文化寿州丛书

在古城安放灵魂
Zai Gucheng Anfang Linghun

楚仁君◎著

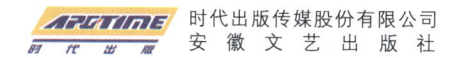

时代出版传媒股份有限公司
安徽文艺出版社

图书在版编目（ＣＩＰ）数据

在古城安放灵魂/楚仁君著.--合肥：安徽文艺出版社，2021.4
（文化寿州丛书）
ISBN 978-7-5396-7096-6

Ⅰ．①在… Ⅱ．①楚… Ⅲ．①散文集－中国－当代
Ⅳ．①I267

中国版本图书馆CIP数据核字(2020)第230282号

出 版 人：段晓静
责任编辑：张　磊　　　　　　装帧设计：徐　睿
....
出版发行　时代出版传媒股份有限公司　www.press-mart.com
　　　　　安徽文艺出版社　　　　　www.awpub.com
地　　址：合肥市翡翠路1118号　邮政编码：230071
营　销　部：(0551)63533889
印　　制：合肥创新印务有限公司　(0551)64456946
....
开本：710×1010　1/16　印张：14.25　字数：260千字
版次：2021年4月第1版
印次：2021年4月第1次印刷
定价：48.00元
....

（如发现印装质量问题，影响阅读，请与出版社联系调换）
版权所有，侵权必究

作者简介

楚仁君,安徽寿县人,文化工作者,安徽省作家协会、安徽省摄影家协会、安徽省散文家协会会员。文学作品散见于《小说选刊》《微型小说选刊》《安徽文学》《新安晚报》《小学生导读》等省内外报刊及网络平台,已发表文学作品及历史文化研究学术论文 200 多万字,出版散文随笔作品集《古城时光》、历史文化研究专著《典藏寿春·寿县成语 500 条》等著作。

序　魂兮归来 ·· 金妤　001

第一辑　飞火流金

在古城安放灵魂 ··· 003
触摸古城的温度 ··· 004
我的古城 ·· 006
古建筑:寿春故都的绝唱 ··· 009
古城听雪 ·· 013
流光之城 ·· 014
古城和诗城的渊源 ·· 016
古城的银杏树 ··· 018
蝶变的护城河 ··· 020
千秋东津渡 ·· 023
淝水谣 ·· 026
郢都绝唱 ·· 028
小城异乡客 ·· 030
古城卖瓜人 ·· 032
我被这世界晃花了眼 ··· 033
除夕的列车 ·· 035

看高铁驰过 …………………………………………………… 036

助人其实很简单 ……………………………………………… 038

一声问候 ………………………………………………………… 040

错失的感动 ……………………………………………………… 041

残荷的生命 ……………………………………………………… 043

一廊花香 ………………………………………………………… 044

夜思 ……………………………………………………………… 046

谁家腊肉檐下香 ………………………………………………… 047

老去生涯 ………………………………………………………… 049

八公山上"洗山雨" ……………………………………………… 050

搬家记 …………………………………………………………… 053

谁还搭理我 ……………………………………………………… 055

宅家的日子 ……………………………………………………… 056

此生难解是书缘 ………………………………………………… 058

人丑就要多读书 ………………………………………………… 061

相机是个虚伪的家伙 …………………………………………… 063

恋上一座城 ……………………………………………………… 064

一块钱的富足 …………………………………………………… 066

城门开启花千树 ………………………………………………… 068

第二辑　越鸟南栖

枕着故乡的静谧入眠 …………………………………………… 073

灯是故乡明 ……………………………………………………… 074

痴想久远的雪事 ………………………………………………… 075

远逝的炊烟 ……………………………………………………… 077

古塘帆影	078
父亲的放牛鞭子	080
父亲的瓜田	082
那缕粽香	084
别样的小菜	085
天堂诗笺	087
清水寡年	096
五月祭书	097
梦西湖	099
三哥活成一棵树	100
与雪松先生书	103
有人记着你的生日	105
远飞的翅膀	106
火红年月,那些摆拍的事儿	108
那年,我当过一回"破嘴老鸹"	111
看电视的惊怵	114
我姓名中的那点事儿	115
现在开始微笑吧	119
人性、良心及其他	122
抗疫,是一堂公开课	124
给别人一个台阶下	126
戒酒的后果很严重	127
坦然面对失败	129
夫妻就像两扇门	130
高情厚谊是同窗	132
柳笛	134

望乡音	143
乡村又闻牛叫声	145
来世不做牛	147
失落的"红宝书"	150
那顿"忆苦饭"	154
一人一床棉被	156
在洪水中发稿	158
掌心飘过稻穗香	160

第三辑　山长水远

季节的温情	165
在节气的智慧中徜徉	167
盘伏帖	169
寒梅待春话冬至	170
站在浩荡的秋风里	172
灭鼠散记	173
"串门"的小麻雀	175
跌弹的斑鸠	177
杀鱼	178
新捕蛇者说	180
寥落的蝉声	184
我跟人类唠唠嗑	186
七宝寻古	189
魂归刘公岛	191
不想再去莫高窟	195

抬人的坟子 ··· 196

附录：

醇享人生在寿域 ··· 陈得时 199
心灵的吟唱 ··· 时洪平 204
读楚仁君和他的《古城时光》 ························· 陈立松 208
享受文学的真味 ··· 王继林 210

后记　用文字救赎灵魂 ································· 楚仁君 214

序

魂兮归来

金 好

在古城安放灵魂,是一份对心灵的承诺。有了这份承诺,在古城的岁月,生命便不再是影子,生活便不再是形式。楚仁君的散文集用《在古城安放灵魂》作为书名,我想,没有什么词语比这个更妥帖更心安了,因为,魂兮亦归来。

一般而言,喜读书善著文的人,对灵魂的看重高于普通人;今人古人相比,古人对灵魂的看重又高于今人;位于"中原"文化圈的古人与位于"蛮夷"文化圈的古人相比,蛮夷文化圈的古人对灵魂的看重更高于中原文化圈的古人。

《在古城安放灵魂》的作者楚仁君,恰巧是个喜欢读书写文章的人,虽生活在当今,但在文化的长河里,是个抚今追昔的人,因为其所住的地方曾是楚国最后的国都,而楚国又曾被中原视为蛮夷,所以,抚今追昔的楚仁君对灵魂的看重,是必然的。

灵魂,由于文化背景和认知程度的不同,每个人的理解也会不同。读罢楚仁君的文章,我想在这里把灵魂理解为"精神之魂""文化之魂""文学之魂"。

关于古城的讲述和抒情,是楚仁君在这本书里呈现的"精神之魂"。

古城,是楚仁君工作生活的地方,是他每一天都在用脚步丈量、用眼耳视听、用大脑思索、用文字记录的一个客观主体。经年累月的丈量、阅读和思考,古城于楚仁君,已经成为精神的家园,抑或精神之魂。

"幽幽古城,繁华殆尽,一幕烟华,敛于残阳。多少次我烟雨里遥遥凝望,殷殷期盼,噙泪的双目望断城墙,只为那前世种下的缘。唐诗宋词,韵律万千,古城从苍凉的忧郁中走来,深深地烙在我的心里,那一刻,我尘封的心海绚烂缤纷,魂兮归来。"这是楚仁君《在古城安放灵魂》中的心灵告白,认定了从千年走来的古城,是他灵魂的栖息地。

"作为楚之后裔,身上流淌着帝国的血脉,楚人韬光养晦的坚韧、激情澎湃的倔强和心思聪慧的狡黠,始终如一盏鲜明的火种,在我心中燎烧出一种微痒的悸动。

"生在楚地,自然对你有着不可名状的依恋。岁月的脚步走得越远,对你的兴趣越是俱增。曾经,无数次向别人炫耀你的辉煌。你是八百年楚国的最后一座都城,见证过历史风云和世事纷扰,留下无尽的遗憾和创伤。你是楚国历史的佐证,你是楚汉文化的象征。千年寿春,我的古城。

"来到寿州古城,似乎就是在刻意追求与古人执手相牵的味道。

"寿州古城,难道你真是为养育我而存在的吗?"《我的古城》中这些文字,饱含深情抒发自己与古城血脉相传、灵魂相依的关系。可以说,冥冥之中的注定,楚仁君觉得古城早已是他的古城,生命托付在古城是灵魂的选择。

关于生活和民俗的叙事,是楚仁君在这本书里显现的"文化之魂"。

古城能成为楚仁君的精神之魂,是因为有文化的附丽。

"有人说,文化是一座城市的气质和灵魂,也是一座城市具有吸引力和创造力的魅力所在,此言不谬也。'设神理以景俗,敷文化以柔远。'(南齐王融《曲水诗序》)寿县底蕴厚重,饱经沧桑,其悠久历史不仅体现在时间的宽度和广度上,更体现在文化的延续性上。古城从历史的尘埃中蹒跚走来,其文化的自然面貌、形态、功能始终未变,历经千秋万代、一脉相承传统文化的浸润和渗透,更显其别具、独有的文化特质和崇盛现象。古老的寿州大地上时时上演着'元佑升平超治古,诞布人文化寰宇'的文化大戏。"在《触摸古城的温度》中,楚仁君讲述得开宗明义、直奔主题。

"未曾过年,先肥屋檐。古城人一直有着腊月腌腊肉、过年吃腊肉的传统习俗。尤其是老一辈人,对于腊肉更有一种难以割舍的情结,在某种意义上,腊肉似乎成了过年的象征之一,就像过年时要贴春联一样,是置办年货、欢度春节必不可少的内容和项目。对于古城人来说,过年时餐桌上如果没有腊肉,那就不叫过年,与平时生活并无二样,其象征意义大于美食意义,其传统文化意义大于饮食文化意义。"在《谁家腊肉檐下香》中,楚仁君则是把文化附丽在古城人家屋檐下挂着的腊肉上。

"盘伏,是农人总结出来的生活经验。过去,农村普遍都是土坯装墙、麦草盖顶的草房,房屋间头不大,只在靠南的墙上留有很小的窗户。屋里光线昏暗,又不通风,东西很容易发霉变味。

"对农民来说,盘伏是伏天必做的大事,具有很强的仪式感。每年入伏后,天气晴好时,家家户户不约而同地都要把屋子里的粮食、衣服等物品,能搬的尽量搬出来,统统放在太阳底下曝晒。这样,衣服才不会霉变生虫,粮食也能够保存更长久。"在《盘伏帖》中,楚仁君又把文化附丽在乡人的盘伏习俗上。

就是这些乡风民俗,才把"文化"一代代相传下来。文化不仅是汗青在书册里的文字,更多的是通过一个个有生命气息、有生命温度、有生命情感的习俗,薪火相传,燎原不绝。

关于亲情与爱情的抒怀,是楚仁君在这本书里呈现的"文学之魂"。

"越鸟南栖"里辑录的文章大多是亲情、爱情、友情等关于"感情"的讲述和抒情。楚仁君在这些文章中显现出的文学特质是真、善、美。

在《父亲的放牛鞭子》《父亲的瓜田》中,通过楚仁君的深情讲述,我们看到了勤劳而无私的父亲形象,感动于那种严厉的父爱:"父亲去世已四十多年,他老人家坟头上的草几番荣枯,始终不变的,是我对父亲的情感和敬畏。许多年来,父亲的鞭子一直高悬于我的头顶之上,冥冥中似乎在抽打着我,鞭策着我,催促我挺直腰杆,积极进取,朝着人生的目标全力奋进。"(《父亲的放牛鞭子》)

在《天堂诗笺》《清水寡年》《五月祭书》等文章中,我们看到的是痛失爱妻的作者在痛苦里哀吟、在悲伤里回忆、在忌日里倾诉的形象。

"于是,疯狂地满世界寻找你的踪影。在曾经的爱巢前来回踱步,幻想你的身影飘然而至。黑黑的世界里什么也没有出现,一如漫漫黑夜般冷峻。

"我禁不住回首往事,阅读你远去的背影,诗情生动而美丽,一如从前你我交谈的倾心。

"只是有一句话,始终未向你说。只是这句话,今生已无处诉说。"(《天堂诗笺》)

"许多人都在准备过年,而你却在另一个世界里。没有了你,哪还有这个家?没有这个家,哪还有过年的味道?家里收拾得再干净,还能再看到你充满爱怜、赞许的目光吗?家里的花草修剪得再漂亮,还能再看见你满心欢喜的样子吗?没有你的世界,注定是一个灰暗的世界;没有你和我一起过年,注定是一个清水寡淡的年。"(《清水寡年》)

"暮春残花,凄风苦雨。那年槐花风舞的五月,是你去世的时日,也是我人生中最黑暗的日子,以至于在此后的岁月里,每每五月来临时,心中不禁生出黯然的情绪来,一如夏日农田边的茅草,不可抑制地疯长。"(《五月祭书》)

楚仁君的感情在文字中倾泻,只有文字才能把痛苦之中的他来拯救。

在所有讲述情感的文章中,最能引起我共鸣的是《那年,我当过一回"破嘴老鸲"》。这篇文章讲述的故事,是那个年代的国人都经历过的,故事中的人们所经历的天塌下来似的感觉,是那个年代的国人都有的感觉,故事中讲述的家家户户的悲伤是那个年代的国人真实的感情。这篇文章中表达的情感已经不是小我的情感了,而是国人痛失伟人的大悲恸,哀乐在全中国每一处土地上响起的大悲恸!

楚仁君是个善于写情感的作者。因为他写的情感都是有血有肉的,都是有灵有魂的,因此才有我所感到的"精神之魂""文化之魂""文学之魂"。

行文至此,与其说我在这里谈楚仁君文章的"精神之魂""文化之魂""文学之魂",不如说我想借此召唤更多的人"魂兮归来"。

魂兮归来,《楚辞》里有那么多的名篇华章,都是在招魂。屈原的《大招》和《招魂》,淮南小山的《招隐士》等,都是在用文学的形式唤精魂、招国魂:"魂兮归来!反故居些。"屈原在《招魂》中呼唤漂泊的灵魂回到故乡,因为只有回到故乡,灵魂才能"乐不可言只";之所以"乐不可言只",是因为"魂魄归来!闲以静只","魂乎归来!安以舒只","魂乎归来!静以安只"(《大招》)——比起漂泊的灵魂,回到故乡的灵魂才能"安""静""闲""舒"。故乡,是灵魂的家园。

从这个层面上讲,借楚仁君的这本书,召唤更多的人"魂兮归来",是为故乡这块土地的文学续写华章,是为故乡这块土地上的文化永续传承,是为故乡这块土地的人们营造精神的家园。

"魂兮归来!反故居些。"

2020 年 6 月于淮南

(作者系中国作家协会会员、淮南市作家协会主席)

第一辑　飞火流金

不知不觉地变了,喜欢享受春风的缱绻,夏雨的阴凉,秋天的绚烂,冬日的安详。深深看你专注的脸,云遮住了光,岁月披上了风霜,醉于平淡无奇的安闲。

刹那间何月何年,你美得像诗,多少偶然和必然,时光倒流。相信有一天,暖一束阳光,愿时光温柔相待,听着那首最爱的歌。

在古城安放灵魂

岁月的滔滔洪流,席卷着世间的泥沙,多少沧海桑田、恩怨情仇都被裹挟着,向着那未知的汹涌波涛奔腾而去。时间的巨大车轮,风驰电掣般辗过滚滚红尘,生命只是宇宙中的沧海一粟。古道漫漫,白云苍狗,生生世世也不过瞬息风云,骤然变幻。阡陌红尘,若水流觞,荣华花间露,富贵草上霜,终究一场繁花落寞。凝眸回首,冷眼看尽枯荣,一切已袅袅如烟,我们孤寂的灵魂,是否在世间寻得安放之处?

在凡尘陌路与淮上古城相逢,是生命的一种机缘和升华。古城是最接近灵魂的地方。城垣里氤氲着淡然与幽怨,凝结成了一曲悲凉怆然的千古绝唱,曲调婉转,深邃幽远,鼓唱出了古城的五朝金粉、十代烟华,吟唱出了古城的沧海横流、英雄豪杰,怨唱出了古城的琴剑飘零、青衫司马,一首断肠的古曲唱尽了古城千百年的历史风云。古城把淡然与幽怨,旖旎成城台上的暗香疏影,芬芳馥郁,在风里娉婷飘散,在人间蛊惑心田。

行走在古城深邃的街巷中,仿佛步入时光隧道,古城的斑驳年光与历史余香扑面而来,让人沉醉不知归路。聆听岁月浅唱的清歌,静观流年曼舞的光影,时光如

半城烟雨半城诗(孟伟　摄)

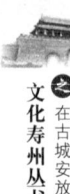

沙漏从指间溜走,那遗风余韵的古城恍若隔世。古城在现代的繁华中,依然保持着特有的古色古香和厚重质朴。这份质朴能在古城经久的建筑中体现,能在青石板深深的印记上体现,更能在世代居住于此的古城人身上体现。站在古城的城墙上,释放着城市森林带来的浮躁,也只有这里建筑的质朴和历史的厚重能消除人身上的飘浮与渺茫,静下心来感受着这座古城的包容与繁华。

古城的淡然与质朴,其实就是给周遭林林总总的大小城市留下的后门,也使古城人不致迷失在炫目的霓虹灯下和奢华的午夜场中。古城是人们在打拼之余,迈向诗和远方的憩息之所,也是释放浮躁、安放灵魂之地。

幽幽古城,繁华殆尽,一幕烟华,敛于残阳。多少次我烟雨里遥遥凝望,殷殷期盼,噙泪的双目望断城墙,只为那前世种下的缘。唐诗宋词,韵律万千,古城从苍凉的忧郁中走来,深深地烙在我的心里,那一刻,我尘封的心海绚烂缤纷,魂兮归来。

触摸古城的温度

触摸古城的温度,要带着一颗敬畏之心去体悟。有人说,在古城胡走海飞的过程,便是触摸寿县辉煌岁月的过程。此言不虚也。寿县的历史,伴随着春秋战国时期的烽火狼烟,在神州大地上开始踽踽而行。公元前241年(楚考烈王二十二年,秦始皇六年)楚考烈王与诸侯共伐秦,无功而返,壮志未酬的他完成了一生中最引以为傲的壮举——迁都寿春(今寿县)。楚考烈王迁都寿春与埃加迪群岛海战,是当时轰动世界的两件大事。迁都寿春改变了中国春秋时期南北地域据城对峙的格局。郢都寿春一度成为仅次于燕下都的第二大都会,跃入当时中国南方最大城市行列。滔滔一水,岁月俱流,寿县的历史源远流长,根深枝茂,史乘纵贯两千年,威名传扬千万里。其悠久的历史深邃如星汉,浩瀚如江河,高妙如山川,悠远如钟吕。在神州的版图上,寿春如巨人般巍然耸立,在漫长的时光中如珍珠般光彩夺目,历史地位不可小觑。

数千年流逝的时光,数千年不老的情怀,在斑驳的寿县古城墙上沉淀成缠缠绵绵的苔藓,闪烁着幽深的远古之光。斗转星移,日月如流,古城的英雄已故,伊人不在,唯有那古朴典雅的历史建筑,穿越时光的积尘,拂去岁月的沧桑,在浩渺的历史长河中,目睹了发生在寿州大地上的沉沉浮浮、是是非非,见证了寿县历史上每一个电光石火的瞬间。寿州古城巍然雄伟的城门楼,宛如四位高大威猛的怒目金刚,直视着人世间的风云变幻;逶迤的古城墙"若匹练横亘,若生铁熔铸也",墙高濠深,楼宇森严,斧刃溅星,锥凿无痕,可谓铜墙铁壁,固若金汤;城墙上9999个垛口,在城垣周长距离相近的情况下,其密度是山西平遥古城垛口的三倍多。这些足以证明寿县古城墙具有城堞坚厚、楼橹峥嵘的军事防御和保其室庐、以御其害的城市防洪双重功能,在全国众多的古城中独具特色。寿县古城墙以其特殊的形制构造与功能,已被列入申报世界文化遗产预备名单。

七朝文物旧江山。文物是寿县历史的见证者,是古人留给后世的第一手资料。史书可以含糊其词,但沉默的文物会带我们接近最真实的过去,可谓"休明神气正,文物旧仪睹"。在寿春楚文化博物馆里逡巡,目光在沉静的文物上游走,犹如在与古人进行一场穿越时空的会晤和对话。展柜中一件件精美的文物滑熟可喜,幽光沉静,似乎在诉说着主人曾经的辉煌。透过文物,我眼前仿佛闪现出古人的生活场景,体会到古人情感的变化。看到楚金币,我会想起了沈括在《梦溪笔谈》中的记载,"郢爰"二字的篆书是那样行笔圆转,纯洁简约;看到越王者旨於赐剑,我想起了勾践卧薪尝胆、忍辱负重二十年,最终成为春秋时期最后一名霸主的英姿勃发;看到铜镜,我想起了李白在《秋浦歌》中的描述:"白发三千丈,缘愁似个长。不知明镜里,何处得秋霜。"……通过这些文物触摸寿县的历史,不会像千年不锈、锋利无比的越王剑一样让我流血,也不会像形体高大、纹饰精美的楚大鼎那样让我迷茫。这是一种感觉,有血有肉,让我在沉思中诞生敬畏。仿佛最后的归宿,透过文物,让人真切地感受到尘土归于大地的沧桑。

触摸古城的温度,要带着一双智慧之眼去发现。有人说,文化是一座城市的气质和灵魂,也是一座城市具有吸引力和创造力的魅力所在。此言不谬也。"设神理以景俗,敷文化以柔远。"(南齐王融《曲水诗序》)寿县底蕴厚重,饱经沧桑,其悠久历史不仅体现在时间的宽度和广度上,更体现在文化的延续性上。古城从历史的尘埃中蹒跚走来,其文化的自然面貌、形态、功能始终未变,在历经千秋万代、一脉相承的传统文化的浸润和渗透后,更显其别具一格、独有的文化特质和崇盛现象。古老的寿州大地上时时上演着"元佑升平超治古,诞布人文化寰宇"的文化大戏。

在古城的亭台楼阁、街巷阡陌间流连转徙,我感受到浓重醇厚的文化气息无处不在,如阳光、空气一样充斥在身边,令人陶醉。看到集高、难、险、美于一体的正阳关肘阁抬阁,我想象着古人祭神祈雨时的盛况和虔诚跪拜的身影,透过这"空中的芭蕾",从中发现了寿县一心同体、革故鼎新的灵魂皈依;听到高亢激越的寿州锣鼓,我想象着楚人举觞称庆时的喜悦和立誓再起的豪情,透过这"会说话的锣鼓",发现了寿县人筚路蓝缕、以启山林的精神特质;吃到清鲜柔嫩的八公山豆腐,我想象着众门客造炼仙丹时的专注和潜心钻研的神态,透过这"东方龙脑",发现了寿县人百折不挠、直挂云帆的求索劲头;闻到香气扑鼻的江淮名点大救驾,我想象着赵匡胤攻城失利的焦灼和咀嚼回味的惊诧,透过这"救驾神点",发现了寿县人结草衔环、感恩图报的坦诚情怀……

"舍诸天运,征乎人文。"(《后汉书·公孙瓒传论》)人文是寿县独特的文化现象。翻开寿县沉甸甸的历史,众多的历史名人雄州雾列,俊采星驰,数量多如瀚沙,才华高如八斗,呈现着"月淡星密云舒卷,繁星拱月参心玄"的浩繁之势,在寿县历史的天空中熠熠生辉,光耀千古。伫立于孙公祠前,眺望着烟波浩渺的安丰塘,我感怀于"循吏第一"的楚令尹孙叔敖忧国忘私、功同大禹的家国情怀;驻足在留犊祠前,瞭望着瓦棱间的瑟瑟衰草,我感佩于建安县令时苗留犊淮南、为官清廉的博大情操;肃立于廉颇墓前,吮吸着楚山上清冽的山风,我感动于战国名将廉颇负荆请罪、将相和平天下的英雄气概;踟蹰于八公山上,凝视着起伏连绵的山峦,我感叹于淮南王刘安壮志未酬身先死、"不终其身,为天下笑"的悲剧人生;徘徊于淝水岸边,耳听着淙淙流动的水声,我感慨于前秦世祖宣昭皇帝苻坚矜大好功、魂断淝水的命运结局……这些历史人物,在古城的大地上留下众多慷慨悲壮的历史故事和人生轨迹,为世人打开了一卷卷波澜壮阔、经天纬地的历史画卷。

我 的 古 城

作为楚之后裔,身上流淌着帝国的血脉,楚人韬光养晦的坚韧、激情澎湃的倔强和心思聪慧的狡黠,始终如一个鲜明的火种,在我心中燎烧出一种微痒的悸动。

生在楚地,自然对你有着不可名状的依恋。岁月的脚步走得越远,对你的兴趣越是俱增。曾经,无数次向别人炫耀你的辉煌。你是八百年楚国的最后一座都城,见证过历史风云和世事纷扰,留下无尽的遗憾和创伤。你是楚国历史的佐证,你是楚汉文化的象征。千年寿春,我的古城。

寿州古城,你就是一本古书,把曾经的风雨烟云,不动声色地嵌入字里行间,在临风开卷的时候,让身处其间的人们,浑然置身于历史的瞬间,从时间的褶皱里,品读沧桑和必然。

寿州古城,你有着凝重的封面,城楼、城墙、街巷、庙宇、亭阁是章节。寿州古城,你有着丰厚的内容,五次为都、十次为郡的经历,奠定了你无与伦比的历史地位。读你千遍,会有千种不同的认知和感悟。

穿过厚重的城门,走进岁月雕饰的街巷,你悠久的历史、深厚的文化底蕴、繁荣的楚汉文化,会让游客惊叹万分,眼前会浮现出你往日的繁市富邑的兴盛景象。随处可见的内涵丰富的古城遗迹,增添了你的神韵和内涵。

你的巷弄太逼仄,人不容易清醒,以为斜斜地披在肩上的暖阳,还是明清时的温婉样貌。起承转合、低声吟咏青砖灰瓦的情节,早已枯涩的记忆,又如返青的禾苗一样温润了时光。寿州古城,你总是背负太多的往事。从历史深处吹来的风,在宣纸上晕开淡淡的墨色。游人被引着,迷失在几千年前就设下的局。

走在寿州古城的街道上,两边店铺林立,牌匾赫然,从古到今,无数人走过这些街巷,甚至脚下的每一粒尘土,都满载了历史的沧桑与厚重。你经历天灾和战火的摧残,巍然矗立到现在,仿佛在无言地诉说着寿州人永不屈服、厚重内敛的品格。

秋鸿(孟伟 摄)

行走在厚重的城墙上,我感觉脚下的砖石承担了太多太多。防御敌人的瓮城和垛口,如今站满了慕名造访的红男绿女,带来了喧嚣和嘈杂。也许,你已经习惯了面对摄影师的闪光灯和游客们的评头论足,但我却怕众多游人的造访,会打扰你的宁静和梦境。每次散步,我都小心翼翼地走在坚硬的青石板上,生怕惊扰了城墙上的块砖片瓦。

在我脚下,这高耸、伟岸、宽厚、坚实的城墙,如皇皇史笔,鸿篇巨制,承载的历史是如此辉煌厚重。黛青色古城砖上那历经沧桑风雨的痕迹,诉说着这座千年古城的久远故事。数千载风雪的摧损剥蚀,给古城烙下历史印记,斑驳的城砖依旧能让我感受到当年铁马金戈、铿锵搏击的雄壮。而城墙脚下静静流淌的护城河,则为你带来了些许古城的灵性。

行人是渺小的,千年络绎不绝,匆匆脚步,如过眼云烟,可阅览风尘无数,却动摇不了这坚厚城墙的一抔厚土。我隐约看到,在现存的9999个垛口和四座马面前,那里曾经伫立过"南唐吕布"刘仁赡气定神闲、指挥若定的身影,留下了死节守城十七个月的传奇故事;我仿佛看到,中国军队与侵华日军在城墙上激烈战斗、视死如归的场景;我依稀听到,风声里夹带着号角阵阵,历史上的数次鏖战在眼前复苏。多少次的兵临城下,多少回的战鼓隆隆,多少朝代在这里升起又落下,而不变的是城墙背后钢铁般的意志——固若金汤。古城人引以为豪,津津乐道。

来到寿州古城,似乎就是在刻意追求与古人执手相牵的味道。满目的青砖灰瓦,古朴的历史建筑,精巧的飞檐雕壁,高耸的城墙市楼,鲜亮的灯笼牌匾,古城中的居民,既有着"采菊东篱下,悠然见南山"的超脱,也不乏"天下熙熙,皆为利来"的精明,平静地过着淡然的日子。抬头看天,是与青砖灰瓦遥相辉映的碧蓝色天空,纯净如孩子的眼睛,间或几丝浮云游过,带走了所有的烦恼和浮躁……

寿州古城,你宛若徐徐展开的《清明上河图》,原生态的风土人情尽收眼底。你的气质从每一座瓮城溢出,从每一条街巷流出,从每一扇旧窗淌出,从每一道雕纹渗出,从每一位寿州贤士的才情里吟出。你每一条蜿蜒的街巷,都渗透着沉稳;你每一块斑驳的青砖,都渗透着古朴。置身其中的生灵,隔着你与历史相望,不敢放纵自己的思绪,生怕一不留神,就会堕入苍茫的历史长河,忘却了站在时间这头的故乡与亲人。

寿州古城,我的古城。你美丽富饶,底蕴丰厚;你青山耸立,绿水环抱;你鸟语花香,虫鸣蛙叫;你乡语如酒,民风淳朴。你是我歌唱、爱恋、梦中的古城,你是我工作、生活、娱乐的古城。我的热血,就是你护城河流淌的清水;我的肌体,就是你脚下厚厚的土地;我的思想,就是吹过你城头的那缕晚风。

寿州古城,难道你真是为养育我而存在的吗?坐在车水马龙的南门口,我想听到你的回音。

古建筑：寿春故都的绝唱

"洪荒之世，野处穴居。有巢以后，上栋下宇。"衣、食、住是人类赖以生存的最起码的需要，就是在原始社会阶段也是不能缺少的。住是建筑的起源，从穴居野处、构木为巢发展而成高楼大厦等各式各样的建筑物。建筑是科学技术和文化艺术的综合体，是人类文明的标志。翻开人类文明的历史，马其顿亚历山大的武功，大流士的改革与专制，释迦牟尼、耶稣基督的说教，秦皇、汉武、唐宗、宋祖的丰功伟业都随流水，如大江之东去，一去不复返了。但埃及的金字塔，希腊和罗马的神庙、城堡、剧场，亚洲的佛寺和欧洲的教堂，秦皇汉武的高坟巨冢，却仍然巍巍屹立。万里长城永不倒，成了中华民族的象征。可以说，世界上任何一个国家，任何一个民族，都有他们引以为傲的历史精华、文明结晶。然而，最能具体形象地表明其历史文明的，非古建筑莫属了。

古建筑，在我国指的是具有历史意义的、1949年之前的民用建筑和公共建筑，包括民国时期的建筑。在寿县，包括寿州古城以及正阳关、隐贤、瓦埠等古镇，还保留着一些古建筑。然而，在大兴土木的现在，我们要用发展的眼光来看待、保护古建筑及其蕴含的文化特质，做到既让古建筑文化保存于世，也让古代文化遗产产生价值。作为中华民族的子孙，我们每个人都有责任有义务保护传承好中国建筑文化，不仅要发展现代建筑，更要吸收古建筑的营养，走出中国特色建筑之路，让中国古建筑文化得以传承。

一个屹立不倒的铁骨英雄

寿县历史悠久，胜迹宏博，以楚汉文化为代表的历史文化博大精深、蕴含丰富，存留下大量弥足珍贵的历史文化遗产。全县现有文物古迹496余处，在3.65平方千米的寿春古城区域内，就有唐、宋、明、清时期的古建筑80多处，其中最具代表性的有始建于唐贞观年间的报恩寺、宋嘉定时期的古城墙、元代的孔庙（黉学）、明朝时期华东最大的清真寺、典雅肃穆的孙公祠等一大批具有楚汉文化特征的古代建筑,使这里成为中国古代建筑艺术的"博物馆"和"标本室"。

寿县古建筑的艺术语言和表现手段非常丰富,通过对建筑物的空间、形体、比例、均衡、节奏、色彩、装饰等多种因素的协调统一,形成寿县古建筑特有的空间造型美。

在空间上,寿县古建筑注重通过各种内外空间来满足人们的实际需要,巧妙地加以艺术化处理,大大地增强了建筑艺术的表现力。例如,作为蔡国和楚国都城的寿春古城,经过严格的总体规划,城市建筑结构严谨,其城垣周长、四门十六坊和大小十字街的格局,保留着典型的唐代中、下都督府的城制。寿春古城平面略呈方形,附会了古代"天圆地方"之说,用有形的建筑实体来表现无形的天宇,以具象的造型来体现象征的意蕴。

在形式上,寿县古建筑注重通过线条和形体、空间和实体的不同组合方式,以及建筑与环境的和谐统一,突出建筑物独特的个性色彩和特有的艺术感染力。如四顶山奶奶庙,依山而建,把连绵不断的自然山势当作建筑空间的有机组成部分,再加上空阔绵长的多层台阶,造成了一种雄壮崇高的感觉,增强了四顶山奶奶庙的造型美。

在比例上,寿县古建筑都注重巧妙地处理各部分的比例关系,如建筑物长宽高的比例、凹与凸的比例、虚与实的比例等,追求建筑美。如孔庙大成殿、报恩寺大雄宝殿、清真寺无像宝殿、奎光阁等古建筑,其内部巨大圆柱的尺寸和比例十分适宜,既与整个建筑相协调,又显示出擎天柱般的雄伟,从而有效地解决了大型古建筑由于体积巨大、比例失调而容易显得空旷和压抑的问题。

在均衡上,寿县古建筑都注重构图上的对称,主要是在建筑物的中轴线上实现对称,如孔庙、报恩寺、清真寺等古建筑作为独立的建筑群都非常均衡对称,孔庙以高大的大成殿、报恩寺以雄伟的大雄宝殿、清真寺以宏伟的无像宝殿为中心,或由南到北,或从东到西,在中轴线上展开,甚至连殿前的银杏树都一雌一雄、左右对称。

在节奏上,寿县古建筑都通过建筑物的墙、柱、门、窗等构成部件有规律地变化和排列,产生出音乐般的韵律美或节奏美。孙公祠、奎光阁等古建筑的廊柱有序地排列,形成连续不断的空间序列,给人一种节奏感和韵律感,从而获得美的享受。

色彩是寿县古建筑的一种重要表现手段,构成寿县古建筑特有的艺术形象,给人们带来独特的审美感受和难忘的印象。寿县古建筑大都色彩艳丽、夺目,灰色的瓦顶、白色的台基、朱红色的围墙、大红色的柱子和门窗,使这些古建筑显得别具一格。

装饰作为建筑的有机组成部分,为寿县古建筑增辉添彩不少。寿县古建筑都十分注重屋顶的装饰,不但在屋角处做出翘角飞檐,饰以各种雕刻彩绘,还在屋脊上增加华丽的走兽装饰。

一座精美绝伦的艺术宝库

"廊腰缦回,檐牙高啄。各抱地势,钩心斗角。盘盘焉,囷囷焉,蜂房水涡,矗不知其几千万落。长桥卧波,未云何龙?"(《阿房宫赋》)亭台楼阁,飞檐青瓦,盘结交错,曲折回旋,精致雅韵又不失大气磅礴。在古老的寿春大地上,有一种美如仙境,不是天堂胜似天堂的古建筑。它可能是气势恢宏的宫銮、千转百回的长廊,或者是曲径通幽的廊庑、简约古朴的亭台,又或者是诗情画意的轩榭、巧夺天工的楼阁。这些古建筑,无不表现着它们的古典美,闪现着大气磅礴的艺术之光。寿县古建筑从构造的角度来看,有以下几方面的显著特点。

在建材上,使用木料作为主要建筑材料,创造出独特的木结构形式。以此为骨架,既达到实际功能要求,又创造出优美的建筑形体以及相应的建筑风格。

在构架上,始终保持构架制原则,以立柱和纵横梁枋组合成各种形式的梁架,使建筑物上部荷载经由梁架、立柱传递至基础,墙壁只起围护、分隔的作用,不承受建筑的荷载。

拜访寿州古建

在结构上,创造和继承了斗拱结构形式,用纵横相叠的短木和斗形方木相叠而形成向外挑悬的斗拱,本是立柱和横梁间的过渡构建,逐渐发展成为上下层柱网之间或柱网与屋顶梁架之间的整体构造层。这是寿县古代木结构构造的巧妙形式。

在标准上,寿县现存一些寺庙、住宅等单体建筑,往往是由若干单体建筑结合配置成组群。无论单位建筑规模大小,其外观轮廓均由阶基、屋身、屋顶三部分组成。下面是由砖石砌筑的阶基,承托着整座房屋;立在阶基上的是屋身,由木制柱额做骨架,其间安装门窗隔扇;上面是用木结构屋架造成的屋顶,屋面做成柔和雅致的曲线,四周均伸展出屋身以外,上面覆盖着青灰瓦或琉璃瓦。单体建筑的平面通常都是长方形,在有特殊用途的情况下,也采用方形、八角形、圆形等。屋顶有庑殿顶、歇山顶、卷棚顶、悬山顶、硬山顶、攒尖顶等形式。每种形式又有单檐、重檐之分,进而又可组合成更多的形式。

在视觉上,重视建筑组群的整体感受,其原则是内向含蓄,多层次,力求均衡对称。除特定的建筑物如四门的城楼外,单体建筑很少露出全部轮廓。每个单体建筑少则有一个庭院,多则有几个或十几个庭院,组合多样,层次丰富,弥补了单体建筑定型化的不足。平面布局采取左右对称的原则,房屋在四周,中心为庭院。组合形成均根据中轴线发展。

在空间上,室内间隔采用隔扇、门、罩、屏等便于安装、拆卸的活动构筑物,能任意划分,随时改变。庭院是与室内空间相互为用的统一体,又为建筑创造小自然环境的准备条件,可栽培树木花卉,可叠山辟池,可搭凉棚花架,有的还建有走廊,作为室内和室外的空间过渡,以增添生活情趣。

在装饰上,木结构建筑的梁柱框架,需要在木材表面施加油漆等防腐措施,由此发展成寿县特有的建筑油饰、彩画。寿县古建筑常用青、绿、朱等矿物颜料绘成色彩绚丽的图案,增加建筑物的美感。以木材构成的装饰构件,加上着色的浮雕装饰的平棊贴花和用木条拼镶成各种菱花格子,是实用兼装饰的杰作。

寿县古建筑的艺术价值主要表现在造型的优美、建造工艺的精巧和色彩的运用等诸多方面,集中反映了建筑产生时代的艺术风格、工艺水平和审美观点,同时反映了当时的社会政治经济等方面的情况。这些建筑物都是历史上艺术大师、劳动人民血汗和智慧的结晶,其中有许多宝贵的经验,值得后世参考借鉴。许多古建筑有着各自永不磨灭的艺术魅力,永远为人们所欣赏珍爱。

"潜心画栋又雕梁,恍如隔世散古香。"寿县古建筑的外在气色如一幅立体的画卷,具有视觉美;如一首凝固的音乐,有着听觉美;如一首无声的诗歌,有着味觉美。寿县古建筑的内在气质体现在"天人合一"的时空意识,具有广阔的心胸;淡于宗教与浓于伦理,具有高尚的情操;"恋木"情结与"亲地"倾向,具有独特的性格。寿县古建筑没有遥不可及的尺度,没有条理不清的结构,没有节奏模糊的序列,没有百思不解的装饰,也没有不可理解的造型。它要求建筑的空间比例组合方式、装饰手法是人所能理解、所能接受的。但这种组合与装饰,又不仅限于外在的表现形式,还要求深入内在的情感蕴含,不但要唤起受众的心理感受,尽量赋予特定的伦理内涵,还要运用一定的象征手法,发挥出特定的浪漫情怀。这就是寿县古建筑的"美"。

拂去历史的烟尘,复现远逝的光华。寿县古建筑是历史留给后世珍贵的文化遗产,具有极其重要的历史价值、艺术价值和科学价值,是激发爱国热情和民族自信心的重要实物,是研究历史科学的重要例证,是新建筑设计和新艺术创作的重要借鉴,是人民文化游憩的重要场所,是发展文化旅游的重要基础。要按照习近平总书记"保护文物功在当代,利在千秋"的重要指示要求,全面贯彻"保护为主、抢救第一、合理利用、加强管理"的工作方针,切实加大对寿县古建筑的保护力度,推进文物合理适度利用,使文物保护成果惠及更多人民群众,让寿县古建筑重现华彩。

古城听雪

你说的江山如画,转眼间入了谁的眉眼?看不见丹青长卷,只看水墨为谁书写。一行一行诗文,是谁用篆体,撰写了离别?

你说的烟雨朦胧,下一刻落进了谁家的楼阙?等不到容颜变老,只看到青史在苍茫的岁月里慢慢更迭。你说的故事,后人的心思,再也无法理解。

灯火灼伤了飞蛾,炊烟融化了风雪。只等秋河渡过了船客,转眼间,我上了关于你的台阶。只是长淮尽头,可有你,陪伴着幽幽明月?

长夜旧曲,花香弥漫的城墙上,谁为你低吟不歇?报恩寺的半卷禅经,可曾为你誊写了几页?孔庙清冷的时光里,是谁的泪水打湿了眉睫?我读不懂你留下的诗句,这一段红尘往事,荒芜了古城的季节。

你说的官亭古街,是你流淌千年的古韵,不肯褪尽最后的颜色。你是氤氲了烟雨的书页,不肯将后世翻开,也不肯将下一册书写。

你说的寿阳八景,说开的是往昔旧事,话语里,不曾为它将繁华点缀,也不曾为它将历史改写。挂在城楼上的山水画,可曾为它封存了那一段不肯说完的岁月?楼头眉月,寂到深深勾一阕。

我找不到关于红尘的解释,就如同飞不过沧海的蝴蝶。大成殿前的庙联再也无法长贴,你说过的等待,早已随着时光变得灰飞烟灭。我不忍看着古城孤单,却

小城故事（孟伟　摄）

无法伸手，留下关于你的一切。

古韵悠悠，是谁在烟雨古都，为你写下了一曲婉约？这红尘几多重，我为你将豪放的故事收成千叠。我期盼多日的冬寒，缓缓覆盖了楚山细雪。

我不该将沉淀在古书里的故事翻开，无意中碰到关于你的那页。当我从春秋数起，还是找不到当年的契书，你与谁相约。开始泛黄的古诗，你可曾违背了章节？

我不敢深信你说下的金池巩固，我只能在你转身后，将岁月改写。这声声哭泣的古城女子，可曾叹了一句：花何曾怨秋，这红尘谁是谁的劫？

寿州一曲，不是春楼杏花，是繁华落幕后，你写下的决绝。山河遗梦，你可曾醉了烟雨，醒了故人，残忍了离别。我等在古城外，听你唱一段，纷纷细雪。

流光之城

城市的夜景，是这座城市最质朴的表情。寿州古城的夜景，宛如孩提时的瞳仁，印证着最渴望、最纯真的颜色，让人迷醉在这千年古都的夜色中，让色彩在记忆中慢慢流淌。

入夜的寿州古城，是一个流光溢彩、亦真亦幻的童话世界。城垣内外，街市灯如昼,璀璨的灯光变幻莫测,呈现出"接汉疑星落,依楼似月悬"的光鲜与繁华,使人不禁生发"楼台不闭灯光美,除却星星何物是"的感慨。

夕阳欲坠,最后一息温暖的霞,湮灭在西天的暮色中。阳光消逝后,接踵而来的是古城的夜晚。灯光,是古城夜晚的元素。古城,是没有黑夜的,车辆的喧哗和街灯无边的耀眼,把关于乡村黑夜的回忆,遗忘在了狂奔不止的时光里。

夜幕渐渐落下,古城内华灯初上,绚丽多彩。大街上的路灯全亮了,像一串串明珠似的挂满了古城的四面八方。街道两边的建筑物上,各色灯串、霓虹灯在不停地闪烁,忽明忽暗,红的、绿的、蓝的、深红的、粉红的、紫色的,各种光芒交相辉映,照亮了街道、楼房。远远望去,整座古城就像用金珠银珠镶了起来,各式各样的建筑呈现着童话世界里才有的风景。

路灯把街道照得一片亮堂,温暖的灯光,让人有一种家的感觉。在橙明的灯光下,马路也露出了温柔的一面,变成了暖暖的颜色,带点褐、带点黄,又有点金属光泽,仿若一条条金光大道,把古城装扮得美丽无比。街上车水马龙,行人熙攘,有的在逛商铺,有的在悠闲地散步,到处是欢声笑语、喜气洋洋的景象。

古城的南门外更是灯火辉煌,五光十色。城墙上的路灯与护城河边的草坪灯珠辉玉映,犹如两条金光闪闪的长龙,把古老的城墙照耀得金碧辉煌,光彩四射,展现出"月色灯山满帝都,香车宝盖隘通衢"的幽然古韵。

宽阔的护城河里,各种颜色的灯光映入水中,波光粼粼的水面仿佛戴上了散开的光晕,璀璨的彩色光华变化繁复,异彩纷呈。水中楼房的轮廓,远远没有岸上的清晰,却摇身一变,成了童话世界里美丽的宫殿。水面上氤氲着的雾气,袅娜多姿,仿若一群白衣少女曼妙轻盈的舞韵。

春申广场也是华灯高照,火树银花。广场西侧,车流来来往往,犹如一条条金色的长龙在舞动。一束束灯光亮起来,照着偌大的广场,有照明灯,有草坪灯,有装饰灯,它们似道道彩虹,把广场照耀得如同白昼。广场上人流如织,热闹非凡。广场舞的音乐声,排练节目的锣鼓声,孩子们玩耍时的欢笑声,交织在一起,汇成一股瀑布般的巨大声浪,回荡在古城深邃的夜空。

寿州古城的夜晚是那般柔媚,荡漾着扑面而来的温馨,灯光编织了夜的美,丰盈了夜景中的色彩。置身于古城夜晚的灯光里,感受这五彩霓虹的炫目与华彩,让我们静静地欣赏这灯火阑珊、光影缤纷的画卷,掬一捧花香入梦。

古城和诗城的渊源

  那淡蓝色的思绪，绵邈，如游弋的音符。我来到马鞍山，一直往前走，便是重峦叠翠的仙境。追溯往昔，我在云雾环绕的采石矶，看到诗仙，太阳鸟在高处闪耀，却不见，千年古树，那抚琴而歌的精灵。

——题记

  "策行宜战伐，契合动昭融。"冥冥之中，似乎是上苍的有意缔结，这两座城市竟有着如此神奇的契合之处、共同之点，演绎着天造地设般的城市之缘。两座城市天南地北，相隔遥远，一个在淮南，一个在江东，地缘关系却割舍不断；两座城市天各一方，雄踞一隅，一个是国家历史文化名城，一个是中国诗歌之城，文化渊源息息相通。两座城市宛若江淮大地上两颗璀璨的明珠，一起闪耀辉映华夏的文明之光。

  历史上的古城和诗城，有过密切的地缘联系。春秋战国时期，寿县和马鞍山同属于楚地。据《左传》记载：楚穆王四年（前622年），"六（今安徽六安）人不服楚，即东夷，楚灭六"，自此开启楚国东进江淮的征程。楚国进入江淮后，经历了与江淮六国集团的征伐、吴楚之争、楚越蔡之战，逐步统一了江淮，并于战国晚期迁都寿春（今安徽寿县），至公元前223年被秦国所灭，楚国在江淮地区的经营长达四百年。马鞍山西周时属于吴国，春秋战国时期先属越国，楚灭越后属于楚国。公元前202年，西楚霸王项羽兵败垓下，自感无颜见江东父老，拔剑自刎于乌江（今安徽和县）。北宋宰相吕蒙正曾叹曰："楚霸英雄，败于乌江自刎；汉王柔弱，竟有万里江山。"相对于马鞍山来说，寿县的历史地位在同时期更为显赫和突出，尤其是战国晚期秦将白起拔郢（前278年），迫使楚东迁淮阳（今河南淮阳县），楚国政治、经济、文化中心也相应东移。至战国晚期后段，随着楚考烈王迁都寿春（前241年），江淮地区的寿县已成为楚国东境的政治、经济、文化中心。

  历史上的古城和诗城，发生过相似的军事战争。马鞍山自古就有"金陵屏障、建康锁钥"之称，战略地位十分重要，历来为兵家必争之地。三国时期，东吴和魏晋在芜湖和采石一线进行过长期的拉锯战。公元1161年（南宋绍兴三十一年，金正隆六年),南宋文臣虞允文率领军民于采石矶(今马鞍山市西南)阻遏金军渡江南进,打响了江河防御战。采石之战是南宋抗金斗争的重要战役,南宋军民以劣势兵力力挫南侵金军主力,打破了完颜亮渡江南侵、灭亡宋廷的计划,加速了完颜亮统制集团的分裂和崩溃,使宋军在宋、金战争中处于极为有利的地位。无独有偶,寿县历史上也发生过相似的军事战争。寿县,古为"江东之屏藩,中原之咽喉","有重险之固,得之者安"。据《寿州志》(清光绪)记载,从春秋战国到清咸丰,在约两千五百年时间里,以寿春为战略中心的各种战争和兵事就有数百场之多,其中比较著名的战争就有楚人灭六、王贲伐楚、曹操入淮、淝水之战等。公元383年,前秦出兵伐晋,东晋大将谢安临危不乱,凭借淝水(今安徽寿县东南)天险,与不可一世的苻坚决一死战,晋军最终大获全胜。淝水之战挫败了前秦肆意扩张的锐气,前秦也因此衰败灭亡,而东晋则趁机北伐,把边界线推进到黄河以北地区,并且此后数十年间再无外族侵略。采石之战和淝水之战,都是中国历史上以少胜多、以弱胜强的著名战例。采石之战中,南宋一介书生虞允文率领一万八千残兵打败金国完颜亮的四十万大军,真是"羽扇纶巾,谈笑间,樯橹灰飞烟灭"(苏轼)。淝水之战中,东晋征讨大都督谢安以八万兵力大胜苻坚八十万前秦军,真乃"昔周瑜赤壁之举,笑谈而成;今谢安淝水之师,指挥而定"(徐梦莘)。这两场战争之间虽然相距近八百年,但都是历史上发生在江淮之间的著名战役,其共同特点是恃水为险,以水为固,凭借长江、淝水天堑进行决战,弱势一方最终取得决定性胜利,从而载入中国军事史册。

　　历史上的古城和诗城,流淌过共同的文化源流。诗仙李白是马鞍山的文化象征和精神标识,中国诗歌之城因此得名。马鞍山是李白多次游历之所和最后的终老之处。有专家研究,李白晚年之所以选择马鞍山当涂作为终老之地,理由有四:一是寻找知音,李白曾多次登临青山凭吊山水诗人、宣城太守谢朓;二是托付诗文,李白将毕生创作的诗文托付给当涂县令李阳冰;三是迷恋山水,李白在马鞍山地区的游踪遗迹有三十多处;四是怀念乡亲,李白关于马鞍山地区的五十五篇诗文中,涉及当地人的就有近二十人。因为有了李白,中国人增加了多少民族自豪感;因为有了李白,诗城人民的文化生活增加了多少丰富的内容。李白与现代,李白与世界,这两条线索贯穿并交织在一起,展示了一个横跨一千三百多年的李白,一个永远活在诗城人民心里的李白。同样,淮上古都寿春也是诗仙李白"人至山水处,寄情山水间"的向往之地。唐开元十四年(726年)春,时年二十六岁的李白西出长安,"仗剑去国,辞亲远游",泛舟淮水,前往广陵(今江苏扬州)游历。李白在途经淮南道寿春郡时,弃舟登岸,慕名造访,登八公山,观东淝河,一路兴致盎然,一路诗兴勃发，在寿期间写下了《送张遥之寿阳幕府》《白毫子歌》《寄淮南友人》《淮南卧病书怀寄蜀中赵征君蕤》等四首诗作。其中《送张遥之寿阳幕府》是李白吟诵寿春诗歌中最富有代表性的作品，艺术特色亦最鲜明，表达了诗人对寿春山水和人文景观的钟爱之情，也抒发了诗人为挽救国家危亡尽一份绵薄之力的雄心壮志。在古城和诗城秀美的山水间以及广袤的大地上，都留下了诗仙李白游历的踪迹和吟诵的诗作。李白是两座城市共有的文化源流和文化标识。

"古木有缘归净土，章台无分集寒鸦。"古城和诗城之间虽然山水阻隔、南船北马，在行政级别、经济水平、生活习惯等方面亦有不同，但两座城市同根同宗，同流同源，地缘相近，人缘相亲，文化相通，血脉相承，那浓厚的历史感和民族感不会因空间的距离而产生隔膜，也不会因时间的改变而改变，相反却会像浓浓的"楚井坊""鼎盛李白"酒一样令人神驰心往，越发浓烈。正如余光中先生所说的那样："纵的历史感，横的地域感，纵横相交而成十字路口的现实感。"(《白玉苦瓜》序)历史文化在古城和诗城的天空中相互交融，熠熠生辉，历史是古城和诗城共有的根，文化是古城和诗城共有的魂，历史是渊，文化是源，缔结了古城和诗城的历史之缘、文化之缘。

古城的银杏树

千年银杏，千年古城，大梦楚都，大美寿州。

三冬时节，寿州古城的银杏树又迎来一年中的"黄金季节"。金色的银杏叶与古城的青砖、灰瓦相映生辉，为古城增添了一道美丽的风景。一丛金黄，点亮古城。金灿灿的银杏树叶格外吸睛、抓人。碧云天，黄叶地，金色连波，绚丽夺目，呈现出既令人惊艳又叹为观止的神韵和风情。

古寺庙中，一株株银杏树挺立天地间，英姿飒爽，如满城尽带黄金甲，凛然有威风。银杏树一边呈现让人炫目的金色，一边翩然飘下片片落叶，顺风贴着地面卷动，铺成一地锦绣，在冬季日渐萧瑟的大地上，鲜明地辉煌着。

古树古城展古韵。银杏，是古城树木中的长者，有着和古城一样久远的历史，沧桑如铁，看世间繁华落尽，荼蘼去皆已成殇。古城银杏走过风风雨雨千秋岁，见

金秋鼓韵(孟伟 摄)

证了古城的翻天巨变;撑起坎坎坷坷定风波,记载着古城的人情冷暖。游人伫立树下,犹如穿越时空隧道,聆听和感受着古树传递出的历史回响。

银杏树价值连城,被古城人视为至宝。城郭内遗留、保存至今的百年以上的古银杏树有十多株,集中分布在报恩寺、清真寺、寿州孔庙等坛庙、寺观里。其中,六百年以上树龄的有三株,七百年以上的两株,千年以上的两株。这两株千年古树是古城银杏树家庭中的"老寿星",尽现王者风范,极其珍稀和罕见,在全国可与之比肩的古树也仅有五百多株。

江淮名刹报恩寺内的两株银杏植于唐贞观九年(635年),已有一千三百年树龄,均为雄株,树高二十多米,枝繁叶茂,遮天蔽日,被认定为国家一级古树,属于国宝级名木。寿州孔庙内的两株银杏树龄七百年以上,一雌一雄,左右对称立于大成殿前,体现了儒家"不偏不倚,无过无不及"的中庸之道。令人称奇的是,大殿西侧的雌株虽历经数次风刮、雷击而不枯,仍生机勃勃,绽放新枝。

寿州古城的银杏树之所以鸠合于寺庙内,是因为银杏树与宗教场所有着至关重要的联系。古城自古民族、人口众多,佛教、儒教、道教、伊斯兰教多元宗教信仰并存,和谐共生,宗教对银杏的引种起到了重要作用,也为银杏的保护做出了重要贡献。银杏树寿命长,树体高大雄伟,最能衬托寺庙宝殿的庄严肃穆。秋天满树黄叶,有不受风尘干扰的宗教寓意。佛教视其为"佛门神树",道教称其为"道家仙树",儒教则把孔子讲学的地方称为"杏坛",建庙时必筑坛、修亭、竖碑、植杏。佛教、儒教、道教都敬奉银杏，在寿州古城内，凡是寺庙都有孤植、列植或丛植的银杏树。

幸存于寺庙里的"活化石"银杏树，在古城有着更深的文化意义，是古城悠久历史的象征。外地游人来到古城，大都要观赏千年古银杏树，在这里流连驻足，焚香顶礼，参悟自身心性，祛除诸多烦恼，获得平静的愉悦。古银杏树的价值，不仅在于它能跨越"有史时期"而获得生生不息的希望和不期而遇的温暖，更重要的是它能在这漫长的"地质时代"保持该物种的遗传稳定。

寿州古城的银杏树别有一番神韵，树姿雄奇，枝叶婆娑，状如虬怒，势如蠖曲，姿如凤舞，气如龙蟠，垂乳欲滴，状若玉笋，苍翠四荫，雅若图卷，品质高雅，坚贞高洁。在这最美的季节里，因为古城银杏的魅力，哪怕千里万里，游客也会如期而至。走进树下，古银杏树的灿烂，融合在这金色的光环里，抒写着生命的张力，感受着别样的惊喜。人们来到这里，仿佛真的走进时光隧道，幻想着世间若真有轮回，褪去铅华，定会有青春的芳华在脸上绽放。

蝶变的护城河

自然界中，像毛毛虫等变态发育的昆虫，在茧中经过一个不食不动的阶段，最终蜕变为成虫，这个过程称为蝶变。昆虫在破茧成蝶的刹那间，实现外形的华美转变和生命的诗意升华。在国家历史文化名城寿县，环绕古城流淌千年的护城河，也经受了一场类似自然界中昆虫蜕变的历程，从污水横流、垃圾盈目，到清流碧波、垂柳袅娜，完成划时代的惊天逆转。古老的护城河凤凰涅槃，重获新生，以其破茧成蝶之日，成就名震一方之时。

寿县古城墙重建于北宋熙宁至南宋嘉定年间（1068—1224年），距今已有九百五十余年历史，比山西平遥古城还早一百年，经历代续修，保存完好，一直发挥着"城池高深，金汤巩固，御外侮而保障平民"的作用，是我国迄今保存完整的七座古城墙之一。环绕城墙开挖的护城河，是寿县城墙城防体系的重要组成部分，作为城墙的屏障，一方面可以维护城内安全，另一方面还能有效防止攻城者或动物的入侵。在冷兵器时代，护城河的军事防御作用功不可没。

寿县古城的护城河与城墙相伴相生。据《寿州志》(清光绪)记载："城外东、南为濠,宽二十余丈,北环东淝,西连西湖。"这里的"濠"即为护城河,据此可以明确,寿县古城外的东面和南面是人工开挖的护城河,北面、西面分别与东淝河、西湖水系相连,逐步形成绕城一周的庞大护城河水系。与全国众多古城的护城河有所不同,寿县古城的护城河建有护城泊岸,位于城墙四周外侧,高三至五米,宽八至十米,其一边紧贴城墙外壁,另一方即外口濒临护城河。除东南一段地势较高外,其余地段皆以条石叠砌壁立河沿。《寿州志·城郭》载："嘉靖十七年(1538年),御史杨瞻率知州钱雍熙,州同吴邦相,指挥张官、刘庆佑卒其功,并创建护城御水石岸。"有碑记曰："自西南角楼起绕北至东南角楼止,其三千丈有奇。所有土岸通砌以石,重合以灰,依古法,数年结而为一矣。虽有大水,可保不为城患。"寿县古城的护城泊岸后经多次修补,渐臻完固齐整。清同治十三年(1874年)重修后,州人孙家鼐特为之记载,赞其"绕城而视,若匹练亘横也,若生铁之熔铸也,完固齐整逾于曩日"。

寿县古城的护城河,从亘古一路走来,见证了时代风云和历史变迁。作为城市历史文化沉淀的护城河,既是古城防御系统的重要组成部分,也是组成现代特色县城结构的要素之一。由于古城的护城河是水域与陆路的交叉区域,因此其维持着古城的生态结构平衡。它的特殊价值又可看作城市文化的延续与沉淀,具有历史文化价值的唯一性、科学艺术价值的独特性和社会利用价值的持续性,是先民留给寿县人民的一份珍贵文化遗产。

伴随寿县城墙产生的护城河,以其独特的形制和精巧的设计流芳百世,在古代发挥着军事防御、排水防洪、交通运输功能,在现代发挥着城市滨水景观、水产养殖、取水灌溉等功能。但随着历史的变迁,护城河的功能发生了根本性的变化,逐渐淡出人们的视野。自20世纪70年代以来,寿县古城的护城河人为破坏严重,水体污染和生态环境逐步恶化,城区居民生活污水及部分工业废水,未经处理就全部排入护城河,使得护城河水体被严重污染,再加上居民环保意识差,随意向护城河丢弃生活垃圾,护城河成为名副其实的"天然垃圾场"。水体的污染直接影响了生态环境,护城河里经常出现鱼类大量死亡的状况。同时,护城河景观系统的散乱与无序,也给寿县古城的风貌造成严重破坏。河上停泊的船屋、河边搭建的民房、堤上放牧的牛羊、水中漂浮的垃圾,以及部分淤塞的河道和坍塌的护城泊岸,使得护城河灰头土脸、面目全非,昔日"河水与泊岸相吻,柳莺与雏燕齐飞"的古城风貌和滨水景观荡然无存。

"零落梅花过残腊,故园归醉又新年。"改革开放以来,特别是伴随着新世纪阔步前行的跫然足音,寿县古城的护城河迎来了柳暗花明的春天和峰回路转的机缘。文化遗产保护和生态环境保护,成为摆在寿县党政领导和全县人民面前的两道重大命题。当地决策者认为,护城河是寿县古城历史风貌的重要特征,积淀着丰富的历史文化内涵,既折射出一个城市的传统文化、人文精神,也形成周边建筑的地域风格。如何顺应现代城市的发展,赋予护城河新的活力,焕发护城河风采成为当务之急。

  思想决定出路。寿县把护城河的保护利用纳入建设生态城市和可持续发展的重中之重,重点加强水源治理、污染源治理、传统空间节点完善、公共活动场所的营造,努力把护城河整治改造成城市重要的滨水空间,重塑护城河的景观特色。2008年以来,寿县投资两亿多元,全面实施了护城河整治工程,聘请国内一流景观设计单位北京大学土人设计院进行护城河综合治理景观设计,相继完成春申广场建设、城内东南拐角塘改造、城墙综合改造、护城河砌石护坡、护城河清淤及恢复、沿岸绿化及船官湖、东台湖整治等重点工程,使护城河旧貌换新颜,发生了脱胎换骨般的变化。2017年12月8日施行的《淮南市寿州古城保护条例》,正式将护城河列入古城保护范围,护城河保护迈入法制化轨道。

宾阳晨曦

整治后的护城河,重现了"一波碧水绕古城"的美景。如今,护城河已成为寿县古城一道美丽的风景线,也是寿县的形象和标识。南门外,通淝桥上车水马龙,桥下护城河水静静流淌。护城河两岸的浓浓绿意,与城墙协调一致,环城林带郁郁葱葱,让人心情愉悦。入夜,宽阔的护城河里,各种颜色的灯光映入水中,璀璨光华变化繁复,异彩纷呈。春申广场及护城河两岸热闹非凡,成为市民休闲娱乐的好去处。而这样的改变仍在继续,未来,整个寿县古城护城河都将像南门至东门段示范区一样漂亮,重现"桂馥兰香气正和,微风轻漾水云波。朱栏紫竹镶玉带,绿树红芳缀草坡"的绝世美景。

千秋东津渡

紫金迭翠看秋枫,硖石量岚对峙雄。
古洞三茅留胜迹,八公仙境乐无穷。
东津晓月晨多趣,西望湖光晚照红。
串串珍珠泉水涌,寿阳烟雨似琼宫。

这是清代诗人概括千年古都寿春的一首诗,寥寥数语,把"寿阳八景"尽收文中。其中的东津晓月,与寿阳烟云、硖石晴岚、八公仙境、三茅古洞、珍珠涌泉、紫金迭翠、西湖晚眺等,是古寿春城著名的外八景。

东津渡为淝水入淮要津,自古繁华。舟楫南来北往,车马东去西行,商贾云集,万货咸备,茶楼酒肆,乐奏宫商,一派《清明上河图》景象。夜阑人静,石桥高卧,扁舟横眠。东山之上,冰轮转腾,朗朗乾坤,如沐清泉。远村鸡啼,惊起水浦飞鸿,城郭如乌龙一条。晓气浸润,野芳沁脾;水中举棹,平畴初耕。回首长空,依稀晓月,已渐隐晨曦之中。真乃一幅恬淡清丽、至净至纯的绝美画面,东津古渡美名传扬四海。

东津渡位于今淮南市谢家集区唐山镇和寿县寿春镇交界的东淝河上,古名长濑津,是寿县宾阳门外的淝水古渡,离寿州古城近两千米。

三国时期曹魏有王粲者,在其所著的《浮淮赋》中云:"田风兴潭濆,波涛动长濑。"这是最早对"长濑"这一地名的记载。其后,北魏郦道元所著的《水经注》中有"肥水"一节记述,又云:"肥水自黎浆(今瓦埠湖上梢)北,经寿春县故城东,为长濑津,津侧有谢堂北亭,迎送所薄,水陆舟车,是焉萃止。"大意是:肥水自黎浆来,流经寿县古城东侧,有渡口叫"长濑津";渡口之上设有谢氏家族的亭子,专门迎送往来贩运木料柴草的客商,水路来的舟船和陆行的车辆都到这里停靠。

王粲著《浮淮赋》距今已有一千八百多年,郦道元著《水经注》距今也有一千五百多年,可见"长濑津"这一地名的历史形成是源远流长的。无论是按《水经注》所云,还是参阅以后的有关史料记载,都可以看出,被称作"长濑津"的东津渡,一直都是东淝河上一个十分重要的渡口,一个热闹繁华的地方。这是一个历史悠久的渡口,人来车往,川流不息,有着与古代寿春城共同兴衰的重要地位。

宋代以前,寿春城址在今之柏家台,紧邻东淝河西岸。东淝河来自阎涧(今瓦埠湖)之水,半绕寿春古城流向淮河。在陆地运输工具相对落后的古代,水上舟船运输至为重要。由于与淮河相通,东淝河为此提供了极大的便利,是为古地淮南地区周边贸易交流的坦途。东淝河是一条具有战略意义的河流,同时又是一道翼护寿春古城的天然屏障。古人云,"夺江必夺淮,夺淮必夺淝",故而每有战事,必先以东淝河为争。与巨鹿之战、官渡之战、赤壁之战、萨尔浒战役并称为中国历史上以少胜多五大著名战役的淝水之战,就发生在寿春古城东淝河上的东津渡附近。

太元八年(383年),前秦苻坚强征各族人民,组成八十七万大军南下,他自称投鞭可以断流,企图一举灭晋。晋相谢安使谢玄等率北府兵八万迎战,在洛涧(即洛河,在今安徽淮南东)大破秦军前哨。苻坚登寿阳城,见晋军严整,遥望八公山(今安徽寿县北)上草木,以为都是晋兵,始有惧色。晋军进至淝水东津渡一侧,要求秦兵略向后移,以便渡河决战。苻坚想待晋军半渡时猛攻,乃挥军稍退。因各族士兵不愿作战,一退即不可止;鲜卑族和羌族的将领希望苻坚战败,以便割据而独立;在襄阳(今湖北襄阳市)被俘的晋将朱序也大呼秦军已败。晋军乘机渡水攻击,于是秦军大败,溃兵逃跑时耳闻风声鹤唳,都以为是追兵。谢玄乘胜攻占洛阳、彭城(今江苏徐州市)等地。苻坚逃至关中(今陕西中部),后为姚苌(羌族,十六国时期后秦政权的开国君主)所杀。后世人们耳熟能详的"投鞭断流""八公山上,草木皆兵""围棋赌墅""风声鹤唳""草行露宿"等成语典故便出自这里。

淝水之战是东晋时期北方的统一政权前秦,向南方东晋发起的侵略吞并的一系列战役中的决定性战役,前秦出兵伐晋,最终东晋仅以八万军力大胜八十余万前秦军,前秦军一路败逃仅剩十万之众。拥有绝对优势的前秦败给了东晋,国家也因此衰败灭亡,北方各民族纷纷脱离了前秦的统治,分裂为后秦和后燕为主的几个政权。而东晋则乘机北伐，把边界线推进到黄河以南地区，并且此后数十年间东晋再无外族侵略。

硝烟渐渐散去，历史相去久远，今人已无法得知是谁最初开辟了东津渡这个渡口，什么时候在这个渡口架设了桥梁，又几度被毁。但是相关的史料尚可表明，至少在五代时期（907—960年）东淝河上已经有了东津渡桥，只是后来被战争摧毁了。寿春辖属南唐的时候，后周的大军数次来侵犯，在东淝河上的东津渡两侧打了好几年的恶仗，破坏极其严重。

据《资治通鉴》记载："（显德三年）三月，甲午朔，（周世宗柴荣，五代时期后周皇帝）上行视水寨，至淝桥，自取一石，马上持之至寨以供炮，以官过桥者人赍（jī，赠送）一石。"《寿州志》亦曰："周世宗征淮南至淝水，亲取一石马上，持以供炮，从官过桥者，人负一石。即此。复倾圮，以舟济。"证明历史上淝水有桥，后毁于战争。

《寿州志》又云："清顺治十年（1653年），兵备道沈秉公驻寿，复创建之。乾隆五十九年（1794年），州人孙蟠与侄孙克任捐资重修，于桥西南增筑长堤。嘉庆五年（1800年），复于西南增建一桥。道光元年（1821年），孙克任弟克依与侄等捐资作举本，以供岁修之费。光绪元年（1875年），候补道任兰生筹款重修，并修西南小桥。"

清咸丰状元、清末大臣、一代帝师孙家鼐撰文曰："东津渡汇东南之水，由城东绕而北循山麓，西与淮水汇，州之东门为往来孔道，旧有桥，今且圮。修治之桥长七十二丈，宽二丈三尺，往来行人得以遵坦途。"州人孙蟠等在修复淝水桥后，又在唐山镇境内修建一座长八十九丈八尺，宽一丈六尺的杨家桥，与淝水桥相连，在今淮南市谢家集区施家湖乡邱岗村古寿春至泸州（今四州泸州市）的鄂君启车节道上修建西南桥。

东淝河的水源来自大别山，是一条状态极不稳定的河流，大水来袭，急流湍急，浩浩荡荡，常常淹没沿岸的庄田，卷走房屋人畜，十分凶险。光绪《寿州志》称：清顺治十年（1653年），东津渡即开始创建淝水桥，但后来的一场大水，将桥梁冲毁。至乾隆七年（1742年），署寿州知府孔传檀与凤台县知县鹿谦吉捐个人的俸银为资，令乡绅孙珩监办，在东津渡口修建较大的桥梁。该桥修完一孔后资金用尽，工程只好中止。此后到了乾隆三十五年（1770年），乡绅郑纯（文颖）捐银千两助修东津桥，修桥工程复工，于是又修成一孔。乾隆四十二年（1777年），大水屡发，冲击东津桥，导致桥墙坍塌。

历史上的淝水桥，"上行车马，下通舟楫"，但由于连年黄泛，到新中国成立前夕已经淤塞不能通航。20世纪50年代,在毛主席"一定要把淮河修好"的号召下,国家为了根治淝水,在淝水入淮口处的五里庙,兴建一座大型节制闸,防御淮水倒灌。同时,由瓦埠湖至淝水入淮口,新挖一条与淝水平行的新河,以扩大淝水下泄流量,并在淝水新河上重建一座三孔石拱桥。20世纪60年代末,国家又在淝水上兴建全长五千多米的钢筋混凝土公路桥,于20世纪70年代初竣工通车,原石桥被拆除。从此,东津古渡荡然无存,淝水上的水陆交通进入一个崭新的时代。

如今,东津古渡已为现代桥梁所替代,但它依然是淮南市通往寿县及六安市的重要交通枢纽、咽喉要地。东津渡因淝水之战而彪炳史册,东津地名被保留下来,一直沿用至今。现在,寿县寿春镇有些居民小区、教育机构仍然在使用"东津"名称,例如东津花园、东津小学等。

淝 水 谣

伫立在古老的淝水岸边,仿佛置身于一幅赏心悦目的水墨丹青画中,令人神清气爽。远眺八公山,水碧山青,绿意荡漾;近观古城墙,楼宇峥嵘,古韵悠长;再看脚下的东淝河,水流潺潺,波光粼粼。山、水、城构成的主题元素,在眼前形成山水相依、城在水中的绝美画面,大有"江南董源传巨然,淡墨轻岚为一体"的水晕墨章之神韵。

水,在这幅画中居重要地位,山静水动,一静一动,起到了调节画面节奏的作用,有水即活,有水则灵,使整幅画作呈现出流畅之生机。清澈明净的古淝河,银波泛泛,烟霞蒙蒙,终年不息地缓缓流淌着,像一条翡翠缎带,从古城和仙山间逶迤而去。淝水,为山光增色,为古城添彩,给这一巨幅山水画添加了无限灵动与妩媚。

淝水,是一条有历史长度的河。"地图罗四渎,天文载五潢。"淝水,古称肥水,源出安徽合肥西北将军岭,经二百里,向西北流入寿县境内,折北流经寿县城东,又西北经八公山南入淮。《水经注》载:"肥水自黎浆北,经寿春县故城东,为长濑津(今东津渡)……又西北注于淮,是曰肥口也。"淝水历史悠久,为古之名水,北魏杰出的地理学家郦道元在《水经注》中,以饱满的热情,浑厚的文笔,精美的语言,形象生动地描述了淝水流经区域的秀美景色、地理情况、建制沿革、历史事件及民间传说,使淝水与书中记述的其他一千两百多条河流一样驰名华夏。淝水,如同一位古朴飘逸的老者,从历史的深处走来,淙淙流淌了一千四百多年,一路唱着古老的歌谣。

山水相依

淝河,是一条有人情温度的河。"标名资上善,流派表灵长。"水能载舟,亦能覆舟,淝河饱经沧桑,经历了历史的波谲云诡和时代的沧海桑田,见证了发生在身边的众多的人和事。公元383年,前秦出兵伐晋,东晋谢安临危不乱,凭借淝水天险,与苻坚决一死战,最终仅以八万军力大胜八十万前秦军,成为中国古代军事史上以少胜多、以弱胜强的著名战例。不可一世的苻坚依仗自己的"有众百万,资仗如山"的兵力和"投鞭于江,足断其流"的军威,最后却落了个"草木皆兵""风声鹤唳"的可悲结局。看到水断陆绝、水流花谢的前秦溃军,那哗哗的水声,似乎是淝水发出的嘲笑。汉献帝建安十八年(213年),时苗驾一牛车任寿春令,一年后,牛生一犊。卸任后,群吏说:"六畜不识父,自当随母。"力劝将牛犊带走。时苗说:"令来时本无此犊,犊为淮南所生有也。"当地民众父老虽"攀辕卧辙",时苗还是执意留犊而去。淝水见证了时苗的水洁冰清、两袖清风,也见证了这位父母官与百姓的水乳交融、浑然一体。那波光潋滟的水面上,仿佛是淝水赞许的微笑。

淝水,又是一条有生命厚度的河。"方流涵玉润,圆折动珠光。"时光浸染的淝水,流淌了上千年,历史的风云在这里重合聚散,多少达官显贵、贩夫走卒湮灭在河滩深处。淠水,宽阔深邃,生命力极强,潮起潮落,饱经风霜,青春永驻。淠水,虚怀若谷,容百川于己怀,却从不偏执。淠水,继承了淮河气势磅礴的特点,又保留着安丰塘微波不兴的本质,形成了一个拥有双重性格绚丽多彩的河。淠水,极为平凡,既没有"飞流直下三千尺"的壮阔,也没有"半亩方塘一鉴开"的静谧,只是周而复始年复一年地流淌,不紧不慢,不追不赶,淡泊明志,宁静致远。淠水,如一面明镜,照映着人世间的你我,帮助我们脱下那虚伪的甲胄,还原成真正的自我。

淠水因八公山而秀美,八公山因淠水而常青,寿州古城因山水而富有生机。无形的水,有形的山;无尽的水,有头的山。淠水是永恒的蔚蓝,八公山是永驻的青葱。淠水与八公山和寿州古城交融,是灵动与沉稳的结合,是静与动的搭配,是智与仁的相互补充。它们是如此默契,没有邀约,自然而成。古人云:"知者乐水,仁者乐山。"我不是智者,也不是仁者,却爱这寿州大地上的山山水水。在淠水岸边遐想,在八公山上漫步,在古城墙边游走,我领略了东淠河的灵动、八公山的沉稳、古城墙的厚重,领悟了山水城的交相辉映,才能成就最美的风景。

郢都绝唱

对于三千年前创造了辉煌历史的楚国,今天的人们已知之甚少。它一度是世界上第一大国,中国历史上第一段长城、第一个县、第一支毛笔,都诞生在楚国这片广袤的土地上。它不仅是华夏大地上文化最灿烂辉煌的诸侯国,也曾经是全世界文明的最高峰。然而,这一切随着秦始皇统一中国,烧毁了各国的史书文献而沉埋于地下。关于这个伟大王国八百年的历史,关于它创造的种种文化成果,渐渐被人们遗忘。楚国的历史被风干成了《春秋》中的寥寥数语。

值得庆幸的是,从20世纪20年代起,中国的考古学家在寿县陆续发现多处楚国遗址和墓葬,这个在地下沉睡了两千多年的古老王国,渐渐显露出它独特而迷人的面容。20世纪30年代以来,寿县相继出土了一大批青铜器、楚金币等珍贵文物,让世人第一次目睹了楚国文物的风采。20世纪80年代,随着研究、寻找工作的逐步深入,考古学家根据历史文献记载和出土文物的相互印证获得惊人发现,证实寿县就是楚国郢都寿春所在地。

在楚国八百年历史上，作为春秋五霸、战国七雄之一的楚国，曾有丹阳（今湖北枝江市）、郢都（今湖北荆州市）、鄀都（今湖北襄阳市）、鄢都（今湖北襄阳市）、陈都（今河南淮阳市）、巨阳（今安徽阜阳市）、寿春（今安徽寿县）等七个都城，其所迁都邑之多、迁都之频繁，是周初其他诸侯国难以比拟的。楚人有将都城命名为"郢"的习惯，因此楚国几乎所有的都城都被称作"郢"。寿春也不例外，《史记·楚世家》中记载："（考烈王）二十二年（前241年），与诸侯共伐秦，不利而去，楚东徙都寿春，命曰郢。"《六书故》亦云："郢，楚所都，楚考烈王自徙寿春，亦命曰郢。名虽同而地则异也。"

寿春是楚国最后一座都城。当时，楚国虽然已呈强弩之末、师老兵疲之势，但在都城的建造上仍不失帝王风范。郢都寿春城规模宏大，格局规整，通过考古发掘探明，寿春城遗址南北长约6.2千米，东西宽约4.25千米，总面积达26.35平方千米。考古发现，城外有护城河与芍陂（安丰塘）和淝水相通。在城的东北部，有多处建于夯土台基之上的大型建筑基址。

楚郢都寿春城包括考烈王城和南城（春申君城）。据《太平寰宇记》记载："废寿春县在县西四十里，考烈王徙都寿春，城即考烈王所筑；西南小城楚相春申君所居。"明嘉靖《寿州志》说："废寿春城在州西四十里，晋修为淮南郡，内有楚王祭淮坛，《六典》曰安丰军（宋时其地属安丰县）、古寿春。"清光绪《寿州志》云："废西寿春县，在州西南四十里，一名楚考烈王城，城中有祭淮坛，其东北隅有棘门（门，君王居处为禁区，门前列以为警戒）。"清嘉庆《凤台县志》以为"废西南寿春县在今州城西南之丰庄铺，值淮水东北处"，"黄歇（春申君）死所也"。楚王负刍五年（前223年），秦将王翦率兵六十万灭楚，俘负刍，时仅十八年。考烈王城为土筑，近水曲，因当时国力衰落，内外交困，宫室的营建殆不可能宏伟壮丽，继以兵燹，又经历两千余年风摧水击，陵谷变迁，终于湮没于泥土之下。

南城又称廓城，为楚徙都寿春后扩建之城。清光绪《寿州志》引用《水经注》论证说："寿春县故城，亦曰南城，即今州城其外廓，包至今东陡涧，并淝水而北，至东津渡，又并淝水而西，尽于大香河入淝处……其地绵延曲折三十余里。"南城当年究竟有多大？其确切界址因城垣夯土倾圮，年代久远，难以勘定。但根据出土文物分布状况与现代高空遥感摄影分析，其规模确实不小，当是楚国贵族将吏、士庶工商聚居的地方。因此，司马迁在《史记·货殖列传》中曰："郢之后，徙寿春，亦一都会也。"南城与考烈王城东西相距约十九千米，连同错落其间的屯营、吏治等诸小城，构成庞大的郢都寿春城，最多时人口三十多万，成为战国时期中国长江中下游地区最大的城市。

"昌唐无复浯溪颂,哀郢常多楚泽吟。"郢都寿春是古老楚国的皇皇巨作,它见证了一个强大的帝国从繁盛走向覆灭的历程,成为八百年楚国的葬身之地,真是呜呼哀哉!郢都寿春,是八百年楚国留下的千古绝唱,振聋发聩,余音袅袅,在时光的隧道中久久回荡。

小城异乡客

"荒林春雨足,新笋迸龙雏。"不经意间,淮上小城的大街小巷里突然多了不少外地人。这些异乡客仿佛一夜间涌满城池,身着奇装异服,操着南腔北调,睁着一双双好奇和探寻的目光,在小城里肆意地游走,似乎对城内每一片砖瓦、每一条古巷、每一栋建筑,直至一星一辰之瑞、一云一露之祥、一鸟一石之妖、一草一木之怪,都表现出极大的热情和浓厚的兴趣。小城似一位古井无波的耄耋老人,敞开宽大温暖的怀抱,以深沉旷达的神态,迎接这些来自天南地北慕名造访的异乡客。

似乎有一种神秘而强大的原始力量,使小城自古及今一直以奇特的"磁场效应"吸引着世人的目光。数千年历史的子午线,勾勒出小城的沧桑和深邃;传承型文化的作法线,渲染着小城的温度与博大。历史文化的千载浸润,让小城宛若"林壑清其顾盼,风云荡其怀抱"的洞天福地,诱惑着异乡客移步这片凤凰来仪、气象万千的神秀之地。他们中有声名显赫的达官显臣,有幽情雅趣的文人骚客,有仁民爱物的清官廉吏,有气冲霄汉的绝世枭雄。这些异乡客或圆梦于斯,或遗恨于斯,或怅惘于斯,或杀戮于斯,在小城演绎着人生悲欢常离合、世态炎凉情淡薄的精彩大戏。

小城雄州胜景,山河多娇,龙争虎斗,群雄并起,引无数异乡客竞折腰。东渐江淮、徙都寿春的楚考烈王,在这里完成了他一生中最后的壮举;一心称帝、僭号寿春的东汉袁术,在这里落得个"共笑江亭绝路亡"的下场;编写《淮南鸿烈》、发明豆腐的西汉淮南王刘安,在这里留下了所谓"阴结宾客,拊循百姓,为叛逆事"的千古遗恨;孙叔敖功同大禹、兴修芍陂,在小城留下了"循吏第一"的交口赞誉;时苗两袖清风、孤高节操,在小城留下了"时苗留犊"的千古佳话;幡然悔悟、负荆请罪的赵大将军廉颇,在八公山上留下了"气吞六国扫群雄,能使相如拜下风"的盖世声威;

运筹帷幄之中、决胜千里之外的东晋征讨大都督谢安,在淝水河畔留下了"但用东山谢安石,为君谈笑静胡沙"的一世英名。

小城山明水秀,人稠物穰,地灵人杰,文风昌盛,吸引异乡客到此观光游历,众多的骚人墨客竞相撰文赋诗,为小城留下大量屈艳班香、沉博绝丽的精美诗篇。历代名家如刘安、吴均、诸葛颖、宋之问、李白、韩愈、韦应物、白居易、刘禹锡、欧阳修、王安石、苏轼等诸多异乡诗人文豪,都写下了大量吟诵赞美小城的诗词歌赋。因众多异乡客的吟诵、推许,小城声名鹊起,威震四海,震古烁今,绵绵不断。

斗转星移,沧海桑田,进入新时代,小城以更强的"磁力"吸引着众多异乡客的目光。随着改革开放的深入和经济社会发展步伐的不断加快,小城成为异乡客吊古寻幽的游觅胜地、投资创业的平安福地。近年来,小城旅游业风生水起,持续升温,吸引着江苏、上海、香港等地的异乡客纷至沓来,络绎不绝,小城街头经常可以看见成群结队游览的外乡客。伴着古城保护系列工程的实施,湖北、江苏等地的施工队伍开进小城,承建高铁站、引江济淮、东街路面改造、北街外立面改造等工程,工地上经常可以看见这些外乡客忙碌的身影。

独在异乡为异客。有人说,一个地方的发展如何,看看来了多少外地人便知分晓。此言不谬。大量涌入的异乡客,使小城不再单调、乏味,多了一些生机和活力,直至带来了思想观念上的碰撞和融合。现在来到小城的异乡客已今非昔比,既没有"漂泊异乡客,踏碎软红尘"的孤苦伶仃,又没得"关山异乡客,砧杵别人家"的凄风苦雨,有的只是"刑天舞干戚,猛志固常在"的豪情壮志。多少异乡客在小城里打拼,走完四季,冷暖自知,耐得住寂寞,守得住繁华。小城,是这些异乡客实现人生理想的地方。

三毛说:"原是流浪的异乡客,直到遇见那片薄绿的田野,那泓戈壁中的清泉,遇见你那亩小小的心田,种着往昔、梦想、满满的快乐,我听见有人悄悄说:这是你动了凡心的地方了,这是你永远不及的梦。"是什么东西让小城具有如此恒久的魅力,令众多的异乡客心驰神往、投身其中?难道小城真是让人动了凡心的地方吗?

古城卖瓜人

散步归来,街灯更加璀璨。踱到城中,北街依旧那么闹热,街道两侧纳凉的人笑声不绝,间或夹杂着夜市中商贩高分贝的吆喝声。古城的夜晚,别有一番情致。

离北门不远,马路西侧路边停着一辆卖西瓜的三轮车,车上的电喇叭不停地喊着:"8424西瓜,好甜哟。"散步一路走来,我早已大汗淋漓,这下正好捎一个西瓜回家解暑。想罢,便向西瓜车走去。

走到车前,借着路灯的光,看清了车主的模样。卖瓜人六十岁开外,一双眼睛很是有神,一副精明干练的样子。肩上斜挂着一个背包,大概是收钱用的。车斗里装有半斗西瓜,有圆的,有椭圆的,有的带花纹,有的没花纹,显然不是一个品种。

我凑上前去问:"老板,西瓜多少钱一斤?"卖瓜人殷勤地笑着说:"五毛。""都罢市了,还这么贵?""不贵,别处这时候都六毛一斤呢。""便宜点吧,我买一个。""不能让价了,再便宜我就贴本了。"一番讨价还价之后,卖瓜人始终不肯让步,我也就作罢了。

我拣了一个碧绿滚圆的大西瓜,让卖瓜人过秤。在他忙活的当儿,我试探性地问:"这西瓜好像不是你自家种的吧?"没想到卖瓜人倒是痛快,坦言道:"是的,四毛三一斤从外地兑来的。没骗你,要是扯谎,我是鬼子妈。"

我被卖瓜人的幽默逗笑了。我问:"这'鬼子妈'是骂人的吧?"卖瓜人纠正说:"不是的,你看电视上山西人都喜欢这么说,是赌咒发誓时经常讲的口头语。"

眼前这个卖瓜人懂得还不少,我有些喜欢上他了。我又问道:"你今年多大了?"卖瓜人回答说:"六十八了。"我直言道:"不像,怎么看也不像六十八岁的人。"卖瓜人急了,辩解说:"属兔的,整整六十八岁,要是扯谎,我是鬼子妈。"我再一次被卖瓜人逗笑了。

这会儿,瓜已称好,我问多少钱,卖瓜人回答说:"六块七。"我掏出十块钱递给他,让他找钱。卖瓜人迟疑了一下,从车斗里提过一个用塑料袋装着的西瓜,用商量的口吻说:"这个西瓜开裂了,刚才车子过减震带的时候颠的,你把它提回去吧,也不用找钱了。"

这家伙做生意精到家了,一个好瓜搭一个烂瓜,连买带送,互不吃亏,真会算计。我捧起西瓜看了一下,除了中间裂开一道缝外,别无异样。我不放心地问:"这瓜还能吃吗?"卖瓜人拍着胸脯保证道:"能吃,跟好瓜一样,要是扯谎,我是鬼子妈。"又来了,这家伙真是三句话离不开"鬼子妈"。

我笑着提起两个西瓜,与卖瓜人告别回家。我边走边想,十块钱买两个瓜,不亏。一到家中,把那只烂瓜草草洗了一下,切开后才发现,西瓜裂开部分的瓜瓤都馊了,不过,其他部分都是好的。这家伙骗人的,真是鬼子妈。

我一边吃着瓜,一边回想着与卖瓜人的叙话,心里总有一种被骗的感觉。但最终还是释然了,为着卖瓜人的精明、睿智、幽默,还有几分狡黠。

我被这世界晃花了眼

下了公交车,我匆匆向老城区的家中走去。

天空阴沉沉的,寒风裹挟着细碎的雪花,飘飘洒洒地落下来,直灌进脖子里,微凉而湿润。我收紧羽绒服,埋头赶路,心里诅咒着这鬼天气。

"老板、老板……"忽然,路边传来了叫声。

我循声看去,见南门大桥边有一个陌生男子,眼睛直直地盯着我看。确信是在喊我,我便停下脚步。

"是在喊我吗?"我问。

"是的,老板。"陌生男子答道。

"你……你喊我有事吗?"我疑惑地问。

"噢,是这样,我是乞讨的。天气这么冷,又下这么大的雪,真够人受的!老板你是一副菩萨相,就施舍一点吧!……"陌生男子操着外地口音,喋喋不休地自我介绍着。

"又碰到一个要饭的,真烦人!"我心里叹息道。

定睛打量,眼前这个陌生男子年龄在六十岁上下,穿着还算干净整洁,与印象中蓬头跣足、衣衫褴褛,跪在地上举着破碗可怜巴巴向路人要钱的乞丐有些区别。

"你年纪也不算大,身体还可以,怎么干这营生?"我揶揄道。

"没办法,老伴瞧病需要钱哪。"陌生男子并不介意我的讥笑,慢吞吞地说,"老伴得了乳腺癌,手术和化疗花了几十万元,新农合虽然报销了一部分,但是家里还是欠了一屁股债。几个孩子在外地打工,日子过得也紧巴。我想出去找个门卫之类的活干干,可人家嫌我年龄大了,不要我。老伴的后续治疗还得很多钱,没办法,我只能瞒着老伴出来乞讨,讨一分钱是一分钱吧。"

看着陌生男子的神情,听着他的叙述,倒有点像是真的,不像经常在路边看到的那些说是遇到天灾人祸、爹死娘跑之类的骗子乞丐。我又动了恻隐之心。

慢着,别上了这乞丐的当,我已不止一次被这些乞丐骗过。我在心里提醒着自己,嘴里却在说:"你跟我说这些有什么用,谁相信?"

"老板,是真的,我没骗你。"陌生男子一脸无辜地说,"再说了,不是到了山穷水尽的地步,谁愿意当这叫花子,像苍蝇一样叫人嫌弃。我是实在没办法,才走到这一步的。老板,你就行行好,给俩钱救救我老伴吧!"

这时,我分明看见陌生男子的脸上滚过一颗水珠,不知是泪水,还是融化的雪水。

我心软了,最终决定掏钱给这位陌生男子,心想,大不了再被骗一次吧。

我开始翻衣兜,可翻遍所有口袋也没有找到零钱。钱夹里倒是有钱,那可是百元大钞,不能就这样轻易地给了他。

见我忙乱找钱的滑稽样子,陌生男子忽然从身后拿出一块纸板子说:"老板,没关系,有手机就成,微信支付吧。"

我一看,纸板上端端正正地贴着一张二维码,心里一阵好笑,这乞丐也挺新潮的,讨饭都用上二维码了。

我掏出手机,打开微信扫一扫,点击收付款按钮,在"设置金额"中按下"10"的数字,再点确定,输密码,整个过程如行云流水般顺畅便捷。

陌生男子拿着自己的手机,看到"交易成功"的提示文字之后,脸上第一次露出了笑容,一个劲地连声道谢。

"你懂得真不少,都知道扫码支付了。"我朝陌生男子点点头,真诚地夸赞他一句。

"与时俱进嘛。"陌生男子嘿嘿笑着,又接着说,"连马云都说,以后要取消现金支付了,咱们要饭的也要紧跟时代步伐。老板,你说是不是?"

我点头称是,挥手告别陌生男子,继续往家赶。

暮色四合,路灯亮起,城门楼上的轮廓灯竟有些炫目。回想起刚才与陌生男子相遇的一幕,我眼前竟有些迷蒙……

除夕的列车

才进入腊月,我就为到哪过年的事儿纠结着。

去年春节,单位安排我参加城区烟花爆竹禁燃禁放值班,与其他被抽调的同志一起,值守在冰冷的街头巷角,在寒风中度过了唯一一个没有家人陪伴的大年夜。

今年春节没有值班任务,可以在家安安稳稳地过一个太平年了。考虑到各方面因素,我打算哪儿都不去,就待在小城里,陪爱人一起过个年。

女儿在电话里听了我的计划,当即表示反对。她的理由很充分,说他们在合肥买了新房,去年5月又搬了新家,在新房、新家里过年更有意义。她坚持让我们到合肥过年。

我拗不过她,也不忍拂其美意,思忖再三,只得答应。女儿听了,欢天喜地,当即就帮我们订好了1月24日下午的高铁票。

除夕一天天临近,伴随而来的还有新冠肺炎疫情。各种消息铺天盖地,形势一天比一天严重。我担心疫情可能带来的影响,试图说服女儿放弃让我们去合肥过年的计划,可女儿坚持说:"武汉离合肥这么远呢,一时半会儿还传不过来。"我只得作罢。

大年三十中午,我和爱人带着简单的行李,打的来到寿县高铁站。一下车,忽然发现高铁站今天有些异样,偌大的站前广场上空无一人,旁边停车场上的车辆也是稀稀拉拉的,与往日熙来攘往的景象大相径庭。

进入候车大厅,高大宽阔的大厅里也是空荡荡的,寂静得有些怕人。屈指可数的几个旅客分散在座椅上候车,全都戴着口罩。偶尔有一两个车站工作人员走过,脸上也都被口罩遮挡得严严实实。

列车快进站了。通过闸机自动检票后,我们来到侧式月台上,站在车厢指示地标前候车。左右看了一下,连我们在内,月台上只有四五个人等在那里,心里不禁有些纳闷,也出乎我的意料,这哪有一点春运的样子!

白底蓝飘带的高铁稳稳地停靠在站台上。走进5号车厢,我被吓了一跳,整节车厢里一个人都没有,所有的座椅上都是空的。

我随便找了一个靠窗的座位坐下来,打电话让在7号车厢的爱人到这边来。

一会儿,爱人过来了,我问她那边车厢里的情况,她说 7 号车厢也是一个人都没有。

我们乘坐的 G7751 次列车,是由亳州南开往杭州东的,没想到车上的人这么少,我和爱人等于是坐专列到合肥过年,一生中还从来没有享受过如此待遇,心中不禁惶惶然,有一种受宠若惊的感觉。

高铁飞驰起来,车窗外的景物快速向后退去。此刻,我完全没有了看风景的心情,心里像压了一盘石磨般沉重,与一个多月前乘坐这条线路的高铁时,有了不一样的体验。

2019 年 12 月 1 日,我曾作为劳模代表,参加了寿县高铁站开通后首趟至合肥的高铁体验活动。在往返的高铁车厢里,我看到的是寿县各界代表一张张激动、自豪的面庞,以及脸上抑制不住展露出的喜悦之情。

这次坐高铁的感觉,却是有些特别。高铁成了我们少数几个人的专列,车厢里冷清到了极点。我在想,原因可能是已临近除夕,外地返乡人员该回来的应该已经到家了。再一个,可能是因为来势凶猛的新冠肺炎疫情,人们能不出门就不出门了。

我的猜测很快得到了验证。从合肥站下车后,出站口站了一长溜身穿防护服、手持测温枪的工作人员,那阵势让人既紧张又害怕。事后才知道,合肥市从除夕这天起,开始在全市所有车站、机场、码头启动疫情防控措施。

今年除夕乘坐高铁的经历,是我一生中最特别的体验,就像所有中国人在 2020 年春天抗击那场新冠肺炎疫情一样,值得珍藏在记忆深处,直到永远。

看高铁驰过

不知搭错了哪根神经,近段时日以来,我鬼使神差般地喜欢上了看高铁,没有任何理由,就像儿时贪恋小画书那样。

我的住所离高铁站并不远,淮河大桥铁路引桥离得更近,直线距离不过两三千米。我站在家里北面的窗前,就能看见引桥和不时"轰隆隆"驰过的高铁。

但是,站在楼上远远地看,总有一种雾里看花的感觉,似乎没那么真切。若想抵近了看高铁,城里人必须出北门,过靖淮桥,再靠近跨河大桥引桥,才能看到高铁。

晚饭后,我习惯陪家人一起散步,溜达的方向几乎都是北门外,一则是为了锻炼身体,二则是为了看高铁。而看高铁则占了很大比重,差不多是我坚持饭后散步的最大动力。

散步抑或看高铁的线路有两条:一条是出北门,过靖淮桥,再顺着一条石砟路,走到东边的高铁站,来回大约六千米。另一条是出北门,经过街头公园,再顺着二里坝堤,往西走到五里闸折回,往返大概五千米路程。在高铁站与五里闸两点之间,任何位置都可以看到高铁驰过的身影。

我居住的小城,与高铁站和五里闸构成三角形,散步时不管是到高铁站,还是到五里闸,都要从铁路引桥下穿过。每次一到桥下附近,我都要在原地待上一会儿,直到看到飞驰而过的高铁,才心满意足地继续散步。

晚上看高铁,与白天看,有着完全不同的感觉。晚上在高铁经过时,离着好远,就能看到灯光如剑般地刺破夜幕,渐行渐近。在我准备定神细看的时候,高铁已从桥上呼啸而过,眨眼间消逝得无影无踪,只觉得脚下的地微微颤了几下。

更多的时候,我看到的都是远处行驶的高铁。如果顺风的话,远远地就能听到"轰隆轰隆"的声音。接着,夜幕下的高铁从车窗里透出的灯光构成一条银线,如同一条神龙一般,转瞬间从桥上飞驰而过,只能看到车尾亮着的红灯。短短的十几秒钟之后,连这红灯也看不见了。

高铁看得多了,我慢慢掌握了一点门道,也差不多清楚了过往高铁在这一时段的运行时间,甚至能精确到几点几分。我还能根据高铁行驶的速度,判断这趟高铁进不进寿县高铁站。

看高铁的两条线路几乎是固定不变的,一天一换,交替出行。除了刮风下雨等恶劣天气,看高铁几乎成了我晚上散步时的全部内容。时间一长,看高铁渐渐成了我生活中的一件重要事情,假如哪天不看,反倒感觉像少做了一件什么事似的,空落落的。

疫情防控那段时间,小城北门被封堵起来,也不允许上城墙溜达,想看高铁时,只能站在自家北面的窗户前,远远地看。我发现,这段时间路过的高铁班次明显少了许多,估计是受疫情影响,旅客们都取消了出行的计划。

现在,疫情防控形势持续向好,商合杭高铁又恢复了正常运行,班次明显增加,仅停靠寿县站的高铁就有近六十班,途经的高铁班次更多,有时每隔一两分钟,便有一列高铁"轰隆隆"地驰过。

看着一列列高铁从小城旁"轰隆隆"地驰过,真有一种"神清骨秀气飘萧"的感觉。那份自豪,那份感动,让我们每一个小城人,都亲身感受到了时代的变化,家门口坐高铁的梦想终于变成了现实。

作为这场巨大变革的见证者，我就是喜欢看高铁驰过的身影。以后只要还走得动路，我会把看高铁的爱好一直坚持下去。不为别的，只为那份自豪，那份感动。

助人其实很简单

一段时间，外地文友来信索要我写的书，女儿也时不时地帮我从网上采购一些日用品，于是，我便经常到住宅楼下的圆通快递店里寄取东西。

时间一长，就和店主熟悉起来。

这是一家新开的快递店，店主是一位年轻媳妇，顾客都喊她小李。小李生得眉清目秀，像一朵出水的芙蓉，清丽、素雅。她聪明能干，店里的业务几乎都由她在操持张罗。

从闲聊中得知，小李的公公不识字，婆婆视力不好，老公腿有残疾，两个孩子还小。几个大人中，只数小李最精明，也数她最忙碌。

快递店只有一间门面，可能是这一家人生活的主要经济来源。几个人分工明确，各负其责，小李的公公负责烧饭、带孙子，婆婆和老公负责接送快递，小李则负责看店。

我上街上班，几乎天天都要从小李的快递店门口经过。看得出来，这一家人挺不容易，几个人每天起早贪黑地忙活着，常常是下午一两点钟，才能吃上午饭。

有一天，我到店里取快递，临走时，小李突然喊住我，有些不好意思地说："麻烦你一件事，能不能把拆掉的包装盒给我留着，下次往外寄快递时还用得上。"

我一听，心想这还不简单吗，便爽快地答应了。

说实话，我正为处理这些包装盒犯愁呢。快递收得多了，取出所购商品后，剩下一大堆包装用的纸箱、纸盒、塑料袋之类的东西，扔了觉得怪可惜，放在家里又占空间。

没法，我只能将这些包装盒拆开、踩扁，摞在家里的阳台上。攒得多了，再集中卖给收废品的小贩，每斤才三四毛钱，一大堆纸盒子也卖不了几个钱，每次几乎都是半卖半送。

这纸盒子卖出去不值钱,可买进来就贵了。听小李说,买新的纸盒子,每只要两块钱。小李的店里每天寄出几十件快递,光外包装的纸盒子成本就得不少钱。

对于我来说,拆掉的包装盒子是个累赘,而送到小李的快递店里,则能派上更大的用场,在往外寄快递时还可以再利用,既节约成本,又绿色环保。

打那天起,我开始认真地对待这件事情。每次取快递回来,不再简单地一撕了之,而是找来剪刀,小心翼翼地划开纸盒子上的胶带,取出所购商品,再将纸盒子整理复原,尽量保持其完整性。

等攒几个纸盒子之后,下楼时顺带送到小李的快递店里。每次送纸盒子时,小李都要说一声"谢谢",弄得我很不自在。后来再送时,干脆不和她打招呼,直接把东西往门口一丢,转身就走。

渐渐地,帮小李留着包装盒几乎成了我的一种习惯。每次收到快递,第一个念头就是一定要给小李留着。除此之外,还搜罗起家里所有纸盒子一类的东西,找出来带到楼下,估摸着小李寄快递时都能用得上。

帮小李留纸盒子,是一件小得不能再小的事情,但我却从中体会到了一份快乐,也从中感悟到一个做人的道理——帮助他人其实很简单,一举手、一投足之间,就能轻而易举地办到。

帮助别人,不需要惊天动地的举动,它就藏在你的一言一行之中,只要心存善念,处处都可以帮助那些需要帮助的人。

帮助别人,并不是一件什么难事。日常生活中,你少扔一个烟头、少丢一片纸屑,就能帮助清洁工减少一份劳累。你把过时的旧衣服捐出去,就能给至今还生活在贫困线下的人们送去一份温暖。

别人有困难时,你伸手帮一把,便会得到一份友谊;别人有不顺时,你好言劝一下,便会得到一份感激;别人孤独时,你真心陪一程,便会得到一份真诚;别人在彷徨时,你自信笑一笑,便会给予他人一份希望。

这些平凡的举动,都是在帮助别人,都能温暖人心。赠人玫瑰,手有余香,帮助别人,快乐自己,你会从帮助别人的心灵愉悦中,体会到人生的幸福。

一声问候

《论语》中记载着这样一个故事:孔子的得意弟子之一冉伯牛病了,孔子亲自去探望和问候。他压抑不住内心的悲痛和惋惜,从窗外拉住冉伯牛的手,发出了一番感慨。这番话,犹如滴滴清凉的露水,滴入冉伯牛那原已日渐枯萎的心,使他再度有着对生命的执着。

"伯牛有疾,子问之。"孔子的一声问候,一句安慰,未承想在重病中的冉伯牛身上竟产生了如此神奇的效果。由此可见,清新的、简单的一声问候,会使人如沐春风,心胸顿时豁然开朗,感到世界是那么美好,人间是那么可爱。

是的,人的一生中,有无数过客,熙来攘往,幻梦一般虚妄,什么也没有留下。一个又一个刹那,像风吹稚火,像水漫蚁穴,一瞬间,便缘生缘灭。三千过客中,总会等来一个契合心灵的知音,相知于今世,相约于来生,愿意用无数浮华的刹那,换得真情的永恒。

曾记得,自那年在诗城认识一位文友后,他每天早上给我发一句问候语,风雨无阻,长年不断。这份沉积的惦念,用一句轻声的问候说出口,也许,只是别人眼中的不经意,于我,却是心底最深的感动。于是,我便效仿这位文友,每天早晨起床后的第一件事,便是向天南地北的亲友发送一句问候语。

庚子鼠年春节期间,新冠肺炎疫情肆虐,我和所有国人一样蜗居于家,过着几乎与世隔绝的宅居日子,孤寂、烦闷、焦虑得无以复加。每天打开手机,微信中最多的,是朋友们的一声声问候:"你安康,我无恙。""安心宅在家里,坚持就是胜利。"短短的问候语中,有鼓励、有安慰、有劝诫,仿佛在手机屏幕上点起一盏盏心灯,让我感到些许温暖。

大千世界,最简单的语言是问候,最丰沛的情感也是问候。人的一生中,又有多少人值得你去问候,你问候的人,一定是懂你或你懂的人。生命是一场懂得,更是一场珍惜,需要你我携手,剪一段流年的时光,握着一路相随的暖,把平淡的日子梳理成诗意的风景。淡淡如水的问候,只有一起走过的人才真正懂得。

这世间最美的情感,是心与心的洒脱牵手,是生命与生命的激情融合,是灵魂对灵魂的神秘仰望。一声看似平常的问候,是人与人之间真情的表白,流传出人类社会本质的诗意来。能把这牵手,这融合,这仰望,寓于平淡而琐碎的日子里的人,是懂得经营友情、爱情的高手。因为他们明白,唯有一声问候,这洒脱才会延续,这激情才会保鲜,这神秘才会永恒。

每天一声问候,随晨风传送四面八方,让上善、真情与旭日同升。问候,是一种快乐的分享;问候,是一种幸福的天籁;问候,是一种惦念的表白;问候,集聚了人世间的正能量。山川异域,日月同天,我们同在一个星球,共有一片天空,问候是璀璨的花树,问候是飞翔的吉祥鸟。一声问候,一份友爱的气息,一座情谊的心桥。

错失的感动

晚上散步,行至北门瓮城时,迎面遇到两位牵手而行的老人,一高一矮、一胖一瘦,迥异的身影,在瓮城四周橘黄色路灯的照射下,特别引人注目。

两位老人,看上去是一对母子,像是散步归来的样子。儿子高大魁梧,两鬓斑白,很是硬朗,他的右手紧紧地拉着老太太,生怕老人摔倒,小心翼翼地呵护着她。

老太太八九十岁,身材瘦小,满头银发,佝偻着腰,右手拄着一根拐杖,一下下点击着路面,在青石板上发出"笃笃"的响声。老太太似乎有些兴奋,一边颤颤巍巍地挪动着脚步,一边喃喃自语道:"这灯真亮啊!"

儿子并不答话,似乎对老母亲的絮叨已习以为常。此时,他的注意力全部集中在老母亲身上,故意放慢步伐,随着老母亲的蹒跚脚步,相伴而行。

在与两位老人擦肩而过的瞬间,我心生感慨:生活中的痛苦在哪里暂且不说,幸福却是随时随处都可以感受到的,就像这一对幸福的母子。你养我长大,我陪你变老,你若不离,我便不弃,用平凡的陪伴来诠释最真的情感,用真真的守护来证明深爱的告白。

这样想着,便信步走出城外。秋意深浓,不久前还能听见护城河边昆虫的低鸣,现在只剩下一片寂静。城墙上的路灯昏暗幽冷,只能勉强看得清道路,远处楼房里的灯光朦朦胧胧,散发着丝丝暖意。

一阵凉风袭来,河堤下的芦苇、白茅发出"哗哗"的响声,我脑子里突然蹦出一个念头,刚才在瓮城里看到的那个场景,不就是一幅看似平常却很暖心的人间亲情图吗?拍张照片,再配上"拉着老娘去看灯"的标题,发到报纸上和朋友圈里,肯定能感动无数人。

想罢,我便拔腿向瓮城方向跑去,想用手机抓拍一张母子俩相依相偎、牵手而行的照片。等我匆匆跑回瓮城,可哪里还有那对母子俩的身影?那幅定格在脑海里的温馨画面,已消逝得无踪无影。

此后一连几日,我准时守候在瓮城里,期望再次见到那对母子俩,了却补拍那张暖心照片的心愿,但始终"良时不再至,离别在须臾"。我懊悔不已,深为失去这次机会而遗憾,也为错失一次感动而深深自责和反省。

曾几何时,我们的交感神经一度变得麻木、迟钝,世俗的尘埃封闭了我们的感官,杀戮了我们感动的根,也让我们看不到感动的芽和果。同样的事物经历得多了,松懈的感官让我们渐渐丧失了感动的能力,感动闪现的瞬间越来越短,感动扩散的涟漪越来越淡。如我般错失这次被感动的机缘,以至于对那对牵手而行的母子熟视无睹。

生命的真谛,是在希望中寻找点点滴滴的感动,存于内心,发于行动。无论是一幅绽开的笑颜,还是一双苍老的双手;无论是一本举足轻重的证书,还是一页片言只语的旧笺,都是我们可以被感动的元素。感动可以乘着七彩霞光,进入我们心灵深处,在那里与自己灰色的灵魂倾谈。

当时光抹淡了心中的记忆,细细低回,重拾起那些曾经被遗忘的喜怒哀乐,在心中留下一道淡淡的痕迹,让感动不再错失。

一起走过

残荷的生命

曾经喜欢残败的事物,喜欢看叶子枯了的荷塘:硕大的荷叶残卷着,再无荷花可依偎,再无香气在缠绕,很颓废,但是我喜欢,毕竟那是盛开过后的落拓。

相比盛荷,可能很少会有人钟情于残荷,毕竟荷花已芬芳吐尽逍遥而去,留下的只是满池衰落,心底陡增无限怅惘。但从残荷的神韵中,似乎能悟出一点人生的况味来。

花无百日红,人无千日好,岂可永驻娇颜?这是谁也抗拒不了的自然法则。人生太过完美,是否会少了一些乐趣?残荷衰草,落红败柳,人类的临秋末晚,都是生命的尾声。残荷虽然现在把美丽收藏,没有了落霞孤鹜的高远,却有了"芳心入梦待明春"的遐想;没有了秋水共长天的辽阔,却有了"寂寞相怜志更纯"的旷达;没有了"镜湖三百里,菡萏发荷花"的繁盛,却有了"卓然独立挚情真"的情怀,令人惊叹残荷生命的顽强。

残荷,绝不会在乎人们是否赞美,毕竟时过境迁,风光不再,一切从另一种姿态开始。残荷无言,意韵犹在。在我看来,残荷并不逊色于盛开的荷花,虽然褪去了鲜活的光泽,亮丽的身姿,但换来的却是玉壶冰魄,有着生命刚毅的张力和不卑不亢、老

残荷傲骨

而弥坚的傲骨。衰败的荷茎凌乱不堪，但依旧固执地在寒潭里坚守着，这就是生命的力量。维纳斯女神一样的残缺之美，甚至超出了所谓的完美无缺。

残荷，并不是生命的终结，而是承载着生命的重负，孕育着下一个新的开始，到了来年，依然会开出高贵美艳的荷花，依然会昂首向天笑，依然会纵藏情愫水云间。在盛开与衰败之间，何必苦求留韵。人们行将老去的生命，是否也如残荷一样昂扬与从容？生命的最后守望，是否也会有一种别样的美？

三千红尘，每个人都是光阴的过客，每个人都有自己不同的世界，但是只要能在光阴中盛开，便不负今生。残荷，用生命在盛开，若夏花般绚烂。

一廊花香

都说"种花续春章"，我却意兴索然。向来认为自己是个粗鄙浅薄之人，既没有"种花莳竹自成阴"的雅人深致，也没有"种花郎君爱花好"的不厌其烦，更没有"种花识花性"的一技之长，不解花情月意，对花事知之甚少。

再者，一直以为伺花弄草是件麻烦事儿，稍有跌扑闪失，费心劳力不说，单是面对萎花枯朵的花殇，那份"红消香断有谁怜"的伤感又能如何消受？以至于多年来，始终不想也不敢尝试去栽花种草。

以前，家里原本种过一些花的，都是些像玉树、对兰、仙人球一类易养的花卉。岂料家生变故，少了一个养花的人，那些花草从此再无人问津，纵任花花草草自生自灭，逐渐香消玉殒。

又是一个花春。意懒心慵之际，偶然踱到阳台，忽然瞥见残存的几盆花草重又绽出新绿，昂扬着蓬勃的生命张力，一时顿生怜意。小心翼翼地归拢起花草，清除枯叶、灰垢，竟显出别样的生机，心里萌生了一丝莫名的感动。

花草尚能绝处逢生，何况人呢？感佩于花草生生不息的精神，突然对养花来了兴致。出于对花草生命的好奇和敬畏，竟不由自主地种起花来，颇有人皆种花图炫眸，我种花来为忘忧的意味。

种花，这是几十年来头一遭的事儿，没什么经验，全凭一种感觉。刚一开始，不挑不拣，只要是能挪到花盆里的，就算是花了。把残存的玉树、对兰、凤尾竹等花草重新拾掇一番,又从朋友处觅得文竹、金边瑞香、长寿花、玉簪、铜钱草、四叶草之类的花草,还从花市和网上购来栀子花、海棠、百合等花卉,大大小小几十盆,把阳台装扮得一片葱绿。

阳台十分狭小、逼仄,挤挤挨挨的花草占了很大地盘,晾晒衣服、取用东西有诸多不便。为节省空间,又从网上购来两个铁艺花架,并排立于窗台之下,依据花架隔挡大小,把花盆一一摆于花架之上。阳台上的空间立时疏朗起来,格调陡增,大有"种花重看一番新"的意韵。

人说"勤人养鱼,懒人养花"。养花三年水,自知人懒养不出好花,不敢有丝毫懈怠。养花要的不仅是那一时的心动,还要付之于永远的行动。闲暇之余,定时给花草浇浇水、松松土;每当下雨天,就把花盆搬到阳台外的晒台上,让花草好好"洗个澡"。每一盆花草,都倾注了我的心血、情感和爱。

花草也是有灵性的,你付出多少,它就回馈你多少。它懂得你的关注,感受得到你的目光,能在最恰当的时候,为你展现最美丽的容颜。偶尔发现它抽出新的枝叶,枝头上顶着含苞待放的花骨朵,带给你的却是一份惊喜。

每天清晨,打开阳台上的房门,一股沁人心脾的花香扑面而来,收获更多的是一种喜悦和感动。那时,无论看花、看枝、看叶、看盆,都别有一番情韵。

养花是一种情调,赏花是一种襟怀。阳台上的花草郁郁葱葱,争奇斗艳,它们鲜艳的色彩、婀娜的体态和芳香的气味,养护着我的眼睛,梳理着我的心情,吸引着我的嗅觉。有时在家读书或是码字累了,便踱到阳台消闲,不由得赏心悦目,神清气爽。

长寿花的茎是深绿色的,像筷子一样细;叶子的颜色比茎还深,摸上去厚厚的,肉嘟嘟的;花是深紫色的,有三层,大拇指一般大小,把鼻子凑上去闻一闻,就会觉得非常香。如果微风吹过,长寿花就会连连点头,似乎在跳舞,十分美丽、漂亮。宋代史浩曾有"料得天家深有意,教人长寿花前醉"的赞美诗句。

海棠花在绿叶的映衬下,有的舒展怒放仿佛在畅怀微笑,有的花苞初绽像在含情不语。海棠花的花瓣在雨中缀满小水珠,更像是一个面容楚楚的少女,轻盈飘逸。花虽无香,却意蕴悠然,令古今多少文人雅士为其倾倒。宋代词人李清照在《如梦令》词中,就有"试问卷帘人,却道海棠依旧。知否?知否?应是绿肥红瘦"的描述。

金边瑞香的姿态婆娑潇洒,屈伸自然,叶片整齐碧绿,叶缘镶有金边,黄似金,翠似玉,玉叶金边终年茂盛。金边瑞香花期正值新春佳节,花香更伴酒香,花开满枝,一团团、一簇簇,繁花似锦,清香浓郁,为新春增添祥瑞之兆。它又以"色、香、姿、韵"四绝著称于世,留下了"牡丹花国色天香,瑞香花金边最良"的吟唱。

花芳以养性。从种花养花,到看花赏花,感受良多,体悟颇深。人生就是一场花事,或繁花似锦,或清冷悠然,皆视之淡然,处之泰然。不再惦记花儿绽放时的绚丽,更在意的是种植和生长的过程,看着一廊花草,心情就舒畅。管它是花还是草,凡是种下的,都是希望,给心灵平添一份淡然与超脱。

　　粉香传信,玉盏开筵。养花人是执着和坚持的,养花人也是从容和善解人意的,平静地看着花开花落,从容娴静,自在生活,收获的是一份心情,一种寄托,一份感受。

　　有感于此,自作五律《廊花》一首:

　　　　春条堪入意,长寿又颜开。
　　　　竹桂千年影,庭廊百媚才。
　　　　罗裙招蝶舞,莺语引云徘。
　　　　快畅阳台里,翩翩仙客来。

夜　　思

　　五月的夜,还是冷风袭人。小城里霓虹闪烁,夜色迷离,阑珊处,辉煌梦意。茫茫人海,滚滚红尘,是谁打开我青涩的梦,耕种相思红豆。是谁许我,雨中的伞,风中的衣,伴我青丝染霜,笑看晨曦,醉听晚霞。

　　那甜甜的誓言,还在湿润耳骨,却被风吹凉,散在夜的黯然。那留在时光的微笑,已被洪流无声地卷走,"尘缘从来都如水,罕须泪,何尽一生情"?痴心风多,情伤己。

　　其实,人生于红尘,就要接受它的洗礼,无论缘深缘浅,无论喜乐悲欢,都是时光机里一段段续写的故事。虽然洋洋万种,却逃不脱爱与恨、悲与欢,一种情思两种闲愁的境界,来展现世间的匆忙与繁盛,灵与魂的对白,涂抹黑与白的色彩。

　　有时会无端感叹,花开花谢依旧,时光流逝依旧,风依旧,雨依旧,天地依旧无言,唯有被岁月辜负的年华永不复返。谁不动心,谁不感触呢?

　　这人间,是否如李白所言"草不谢荣于春风,木不怨落于秋天"。当我们行走于气象万千的世界,谁又能冷静地观看,又能寂然地面对呢?时常感慨"木犹如此,人何以堪"?所以,在人生烟雨中,随草木的情绪浸染心灵,生死由命,缘分于天。

一直希望做一个在凡尘中逐梦的人，与家人相守，安安静静地过着朴素的日子，如草，如云，与世无争，在一人心。在喧嚣中寻一方静处，素纸瘦字，泼洒心情，像品一盏茶、一杯酒那样，让或浓或淡的滋味，坠入灵魂，写意人生完美。

可事与愿违，抓在掌心的温度，被风从指缝中带走，留下层层叠叠的痛。一切的平静，所有的秩序，被惊涛骇浪打翻，听任海浪漫过生命的沙滩，抚平凹凸痕迹，留下无尽的哀伤与无奈。

从不后悔遇见谁，只是后悔怎么成了现在的模样。碎心的疼，让自己天真，用一段情换一段伤。早知如此牵人心，不如当初不相逢。有幸相知，有幸相爱，却无幸相守。沧海，明月，谁言天长地久？水月影，镜花红，欢愉一场空。

一场场春光，一年年秋风，让缱绻的心绪，在念与伤中独自悲戚，任花开花落向谁诉。聆听岁月的脚步，一寸寸逼近生命的暮年，终究会化成一泓清水，归于天，归于地，归于等待的时光湖，来读懂所谓的情缘，所谓的厮守。

夜，还在聆听，还在诉说，风还在轻拂寒意，人还在忧思远望。在这微寒的五月，点拨种种释怀，星月默读静怡，让飘忽的心回归，轻添几许无畏的笑，在漫漫长夜里一点点延伸……

谁家腊肉檐下香

秋冬交替阳光照，山水盈新彩叶飘。季节，是一个移星换斗的魔法师。这不，小雪节气一过，仿佛一夜之间，古城的年味就竞相呈现出来。在古韵犹存的城郭内，家家屋檐下的竹竿上和绳子上，万国旗般地晾晒着一吊吊油光闪亮、香味扑鼻的腊肉，令人垂涎欲滴，望眼欲穿。勾人馋虫和眼球的腊肉，在寒冬的阳光下旗帜般地张扬着，成了古城冬日里一道炫目的风景。

未曾过年，先肥屋檐。古城人一直有着腊月腌腊肉、过年吃腊肉的传统习俗。尤其是老一辈人，对于腊肉更有一种难以割舍的情结，在某种意义上，腊肉似乎成了过年的象征之一，就像过年时要贴春联一样，是置办年货、欢度春节必不可少的内容和项目。对于古城人来说，过年时餐桌上如果没有腊肉，那就不叫过年，与平时生活并无二样，其象征意义大于美食意义，其传统文化意义大于饮食文化意义。

古城人喜欢腌腊肉、吃腊肉，不仅仅是因为有着偏食咸物的饮食习惯，还有着独到的腌制工艺和独特的腊肉风味。古城人腌出来的腊肉，有个晾晒发酵的过程，如同精心酿造等待发酵的美酒一样，需要时间来成全。晾晒过程中，在阳光和空气的关照下，一些有益菌在生长，一点点地渗透到腊肉的肌理中，不动声色地催化着脂肪和蛋白质，成为古城人新年团圆餐桌上最美味的期待。古城人腌好的腊肉肥不腻口，透明发亮，色泽鲜艳，吃起来有一种独特的腊香，保持了色、香、味、形俱佳的特点，具有开胃、祛寒、消食等功效，在古城素有"一家烀肉百家香"的赞誉。

"霜蹄削玉慰馋涎，却退腥荤不敢前。水饮一盂成软饱，邻翁当年息庖烟。"这是南宋诗人王迈描写腊肉的七言绝句，说明古代人就有腌腊肉、吃腊肉的习俗。古城人腌腊肉、吃腊肉的习俗，像古城的历史一样悠长、久远，从古至今，代代相传，生生不息。古城人口耳相传，称腊肉与三个传说有关：其一，曾为曹操耳目的张鲁称汉宁王，兵败南下走巴中，途经汉中红庙塘时，汉中人曾用上等腊肉招待过他。其二，传说清光绪二十六年（1900年），慈禧太后携光绪皇帝避难西安，陕南地方官吏曾进贡腊肉御用，慈禧食后，赞不绝口。还有一个与中国传说中非常著名的怪兽——年兽——有关。古城人相传，年兽是一种头长尖角的凶猛怪兽。"年"长年深居海底，但每到除夕这天，都会爬上岸来伤人。人们为了躲避伤害，每年年底就足不出户。因此，在"年"出来前，就必须储备很多食物。肉、鱼、鸡、鸭等肉食品无法久存，人们就想出了将肉食腌制存放的方法。

传说终归是传说，但古城人并不想去考证其真伪，也并不影响他们腌腊肉的热情和吃腊肉的情结。古城人有充分的理由相信，祖祖辈辈传下来的东西，包括腌腊肉、吃腊肉的习俗，都是金贵的宝贝。特别在讲究均衡营养、合理膳食的当今，古城人中除了注重养生的年轻人排斥食用腊肉外，老一辈人对腌腊肉、吃腊肉一直情有独钟。他们并不在乎过多食用腊肉可能带来的患病危险和致癌风险，也并不贪图享受甘旨肥浓、大快朵颐的口舌之感，只在乎腌制腊肉时的仪式感和晾晒腊肉时的庄重感，只在乎品尝腊肉的个中滋味，那是时间的味道，人情的味道，年的味道，更是家的味道。

古城屋檐下，到处腊肉香。古城屋檐下的串串腊肉，如同古城街巷中簇簇盛开的梅花，是古城腊月里一道暖暖的风景，是古城人间的烟火味，是古城人味觉里的乡愁，是古城人舌尖上的年味。古城屋檐下的串串腊肉，承接着古城潮湿的地气，酝酿于丹田，光耀于竿头，厚积于舌根，薄发于舌尖，逆向地深入泥土，深入人心。过年的记忆在古城人的胸腔里发酵，情感的菌丝在古城人的脑海里攀缘，像滚滚春潮一样，焕发着对古城的深深眷恋。

老 去 生 涯

到诗城马鞍山参加笔会期间,与著名诗人黄玉龙不期而遇,彼此相谈甚欢,大有相见恨晚之感。在笔会相聚的时日里,渐渐熟络起来的黄老师,在大庭广众之下竟一口一声"楚兄"地喊我。我一时回不过神来,颇感诧异,黄老师可是已退休三年了,怎么还喊我老兄?

无独有偶,那天,我乘坐29路公交车去市里办事。车到柏家台站时,上来一位七十多岁的老奶奶,手里还拎着一大包东西。我一见,赶忙起身让座,老奶奶看我一眼说:"谢谢大哥,还是你坐吧,俺到前面寿阳眼镜站就下了。"我一时愣在那里,脸上的笑容也凝固了,心里嘀咕:这老奶奶什么眼神,我有那么大吗?

事有凑巧,物有偶然,把这两次经历联系起来一琢磨,如同夜空中急遽划过的一束闪电,灵光瞬间明晰起来,我悲哀地意识到,自己真的老了。我突然莫名地恐慌起来,一种从未有过的惊怖体验让我无法平息心情,只有一阵阵徘徊不定的脚步,涌动出我难以平静的情绪里快要涨满的一团团热热的气流。

冷静下来,稳步镜前,端详自己的尊容,竟被吓了一跳,蓦地发现镜子里的人是那般惨不忍睹:发秃齿豁,颠毛种种,拱肩缩背,沟壑纵横,完全是一副日薄西山、枯木朽珠的衰容。尽管我才五十多岁,但整天以头上"谢顶光"、眼前"一抹黑"、嘴里"不挂齿"的模样招摇过市,给人一种未老先衰、暮气沉沉的印象,难怪别人看我已是暮暮浮生、垂垂老矣。

岁月如飞刀,刀刀催人老。曾经蓬松而油亮的乌发已风光不再、繁华落尽。头上的"荒漠化"问题日趋严重,稀疏的头发如萧瑟寒风中的几株萋萋荒草,散落在贫瘠的皮囊下苟延残喘,头顶上成了"地中海""扫脑儿""黑暗中的一盏明灯",呈现出"一道残阳铺水中,半江瑟瑟半江红"的颓废,不觉间,成了一名猥琐的"秃顶大叔"。顶上大势已去,手上无力回天,明日黄花蝶也愁,已觉山川是两乡,心中不免生出与刘克庄诗中"已去光阴挽不回,渐觉老态逼人来。决河犹有方堪塞,脱发应无术可栽"般的悲凉和无奈。

人生如梦,岁月无情,曾经明洁而灵动的眼睛已柳昏花暝。一千三百度的高度近视,让我眼前的一切都像隔雾看花,视网膜脱落手术毫无起色,反而雪上加霜,视力衰退的噩运不可逆转,"怯远症"让我变得木讷、呆傻。走在街上,对熟悉的人听其言,方能识其人,别人与我主动打招呼的多,我却很少理睬别人,生怕认错了人遭遇尴尬和招人白眼。久而久之,尽显一副老态,其窘况如白居易在《眼暗》中所描述的那样:"夜昏乍似灯将灭,朝暗长疑镜未磨。千药万方治不得,唯应闭目学头陀。"

青春易逝,年华易老,曾经整齐而洁白的牙齿也已物是人非、世态炎凉。左侧一颗前磨牙和右侧一颗磨牙"擅自离岗",其他牙齿也三天两头闹情绪,嘴里的牙齿像掉齿的木梳一样残缺不全。真是苦煞人也,面对美味佳肴徒自"望洋兴叹",只能选择性地挑些软烂食物充饥果腹。覆水难收,破镜难圆,两颗牙齿弃我而去,令人唏嘘不已,且借《掉牙》打油诗自嘲之:"又落门牙笑老翁,无多岁月看新空。唯求固本将延寿,但叹根源已尽忠。可记当年能咬骨,难为如今只嚼葱。完成使命应无憾,青史无名仍有功。"

《论语·季氏》中说:"及其老也,血气既衰,戒之在得。"老去,是一个无法抗拒的自然规律。世间万物皆有化相,心不动,万物皆不动,心不变,万物皆不变其自然规律,就像所有生命的长大、出生、老去、生病死亡一样地自然。因为命由天定,使世间万物不断地循环往复,永远离不开天命的轮回。春温夏热,秋燥冬寒,因此有了春生、夏长、秋收、冬藏的规律。当老去的现实不能改变,我们只能学会坚强,相信花开花落,世间万物皆有始有终。"老去生涯,都付于一丘一壑。"既然我们无法延长生命的长度,那就去拓展生命的宽度,提升生命的高度,在老去的时光里以"度"为尺,丈量生命、规矩生命、坚定生命、沉淀生命、超越生命、温暖生命,像古城的银杏树一样绽放出暮秋的满冠金黄。接受自然的老去,才是最美的样子。

八公山上"洗山雨"

"林花谢了春红,太匆匆。无奈朝来寒雨,晚来风。"南唐最后一位国君李煜的这首词,语言明快,形象生动,用情真挚,风格鲜明,将人生失意的无限怅恨寄寓在对暮春残景的描绘中,只留下伤残的春心和破碎的春梦,其中糅合了人生苦短、来日不多的喟叹,包蕴了作者对生命流程的理性思考。

作为一种自然降水现象,雨被上自帝王将相、下至黎民百姓赋予了太多的情感色彩。借雨抒情、借雨言志是古典诗词中的一个重要意向。尤其是在民间,久旱无雨时,人们都要举行庄重神圣的祈雨仪式,对于以农耕为主的古代社会来说,这是一个由来已久、根深蒂固的习俗。即便是近代,祈雨活动仍然存在,所以绝不能把祈雨活动简单地看作巫术和迷信,而是一种习俗和文化。

天降甘露洗山青。当一种自然现象与一项民俗不期而遇时,异乎寻常的联想和自然物态的意向便浑然一体,借物抒情成为人们表露心迹、祈福求安的一种直白朴素的表达方式。在国家历史文化名城寿县,自然的雨和天然的山有着割舍不断的情缘,被人们赋予了某种特殊含义,"洗山雨"成为当地一种独特的文化现象。

山不在高,有仙则名。位于寿州古城城北的八公山,南临淝水,北濒淮河,一脉四十余座山峰,方圆二百余平方千米。山虽不高峻,但峰峦起伏,谷幽林茂,景色优美,风光秀丽,李白、韩愈、白居易、刘禹锡、王安石等历代诗人都写下大量吟咏的诗篇。天下奇书《淮南子》、古代著名战例淝水之战、中国豆腐发祥地等众多历史人物、事件和特产,成就了八公山在中国历史文化名山中的地位,蜚声海内外。

八公山群山中,有一座四顶山,山上建有帝母宫,主殿为"碧霞祠",又称"泰山奶奶庙",是专祀大圣大慈、至教至仁的天仙圣母碧霞元君的。相传,元君前身为玉女,是东岳大帝的女儿,每年农历三月十五是其诞辰日和换袍日。八公山自汉唐时期建庙以来,每年三月十五这一天,当地和邻近地方的善男信女都云集于此。帝母宫内人流滚滚,香雾腾腾,众多虔诚的香客来此敬香、祈祷,使这一古老的宫观更加焕发了昔日的灵光。有些奇妙的是,来到庙里求子求嗣者特别多,但凡想生男育女的青年男女和祈盼人丁兴旺的妇妪耆老,纷纷前来烧香求子,且时常灵验。一传十,十传百,帝母宫内香火十分旺盛,被誉为"淮上第一庙观"。

与山上帝母宫内摩肩接踵、熙熙攘攘的繁盛场景相呼应,山雨往往也会不失时机地来"凑热闹"。在农历三月十五日前后某一时间段,一场期盼已久的山雨会如期而至,把包括四顶山在内的群山浇了个透。初时偶有山雨出现,并未引起人们的注意,时间一长,人们渐渐发现山雨的规律,几乎每年的这一时段都会降下一场雨来。于是,富于想象的人便把山雨与广灵慈惠、恭顺溥济的圣母碧霞元君联系起来,认为圣母神灵显圣,感动天庭降下甘霖,在八公山上普施福瑞吉祥,为众生造福如其所愿。久而久之,渐成共识。每年农历三月十五日前后的这场山雨,被当地人称作"洗山雨"或"刷山雨"。

"雨后千叠暮山绿,花落一溪春水香。""洗山雨"过后,八公山上满目苍翠,云雾缭绕,林木清幽,枝繁叶茂。山光塔影,苍松翠柏,给人以春风骀荡的精神陶冶;

远眺八公山

高山流水,梵钟悠韵,给人以甘之如饴的精神享受;轻寒蓊蓊,微风阵阵,给人以高蹈黄昏的精神自由。"洗山雨"把八公山涤濯成出浴美人,风姿绰约,风月无边,是那般清新、幽静、安详。山与雨相融,雨与山相亲,八公山成为人们心目中的神山,"洗山雨"化作人们心灵里的神雨,成为当地人们的精神寄托和灵魂皈依。

八公山"洗山雨"的文化现象,一方面体现了佛教文化"诸恶莫作、众善奉行、大慈大悲、普度众生"的精髓深入人心,另一方面也反映了当地民众对平安幸福生活的向往和追求。从现代气象学的角度去考证和探究,八公山农历三月十五期间的"洗山雨",其实是"一场美丽的邂逅",是天上自然降水与人间民俗活动的一种不期而遇,很大程度上带有巧合的成分。每年4月19日至21日,当太阳到达黄经30°时为谷雨时节,此时正值农历三月十五期间。雨生百谷,播谷降雨,气温逐渐回升,雨量开始增多,寿县三月十五庙会期间"雨洗山"的概率增大,降下"洗山雨"是意料中之事,并非像民间传说的那般神秘。尽管有些虚幻,但这并不影响"洗山雨"成为当地的一种文化现象。

天地相合,以降甘霖。随着八公山绿色植被的恢复和生态环境的改善,山体自我修复和蓄水能力大幅提升,南朝梁文学家吴均在《八公山赋》中所描绘的"袖以华阆,带以潜淮;文星乱石,藻日流阶"的美景得以再现。同时,随着一批文化遗产和历史遗迹的恢复保护、有碍观瞻现代设施的逐步拆除,八公山将逐步恢复历史文化名山的本来面目。天时、地利、人和,造就了更多的"洗山雨",八公山这座历史文化名山的明天,将会山更青、水更绿、人更神。

搬 家 记

人的一生中,总会有几次变迁与异动,搬家,成了居住环境转换和举家外迁行动的一个过程。看似平淡无奇,琐碎得很,不见得有什么惊动人的去处,但把搬家与当时所处的年代相联系,就能从中发现不一样的东西来。

我家三代人,就有不一样的搬家经历。

父亲那一代,生活在暗无天日的旧社会,成天过着提心吊胆的日子。全面抗战爆发后,国民政府根据《民役法》于1937年8月30日明令征集国民兵,以备前线兵员补充。为了躲避"抓壮丁",父亲只得离井背乡,将家从双门搬到姥姥家所在的三道冲。

说是搬家,其实是逃难。在一个伸手不见五指的黑夜,父亲一头挑着大姐、大哥,另一头挑着一口破锅和几个山芋,母亲背着一床烂得像渔网似的破棉絮,一路草木皆兵,一路胆战心惊,一路跌跌撞撞。如果这算是搬家的话,父亲当时所有的家当,用一副挑子就能全部挑走。

到了我这一代,真正过上了改天换日的新生活。1987年参加工作后,我成为村里第一个跳出"农门"的人,人生也迎来了重大转机。20世纪90年代,国家实行房改政策,单位向我出售了一套五十多平米的住房。这套房子原是办公楼,上下两层,高大宽敞,是除老家草房之外,我在集镇上真正拥有的一套属于自己的房子。

搬家这天,老家很多亲友都来帮忙。内弟开来自家的四轮车,大家七手八脚地往车上搬一些旧家具之类的东西。临行前,妻子看着老屋里坛坛罐罐、破破烂烂的一大堆东西,这也舍不得,那也放不下,拗不过她,最后只得统统带走。那时,家里日子过得紧巴,也没什么值钱玩意儿,搬家时所有的家当装起来,只有一四轮车的东西。

新世纪之初,我迎来了人生的第二次飞跃,从乡镇调到县城工作。头几年一直租房居住,周末才能返回镇上的家里,和妻子女儿团聚。在家人和朋友们的支持下,我在县城北街购买了一套七十多平方米的商品房。虽然是二手房,但采光、通风都挺好,对于我这个没有过多奢求的人来说,已是特别满意了。

因为工作调动,我经历了第二次搬家,把家从集镇上搬到县城里。这次搬家用的是大货车，满满当当地装了一大车，连驾驶室里都塞满了东西。所搬运的家当中，除了电器、家具、衣被之类的生活必需品外，还有我多年购买、阅读和收藏的书籍，足足装了十几只蛇皮袋，在车厢里占据了偌大地盘。朋友开玩笑地说："你也学孔夫子搬家——全是书。"

这次搬家之后，我在县城定居下来，生活也从此安定起来。县城环境优美，生活舒适，是一座淮上宜居城市。或许，我不需要再次搬家了，那么就在此颐养天年，终其一生吧。

从20世纪到新世纪，我搬了两次家，每一次搬家都有不一样的感觉，仿佛每一次搬家都是一种成长，伴随着自己的进步，一点点成长为另一个自己。

女儿是80后，与父亲和我所经历的完全是不同的时代，对搬家的概念和认识也完全不同。2017年，女儿、女婿先后分别考入安医一附院和二附院工作，随后把家也从淮南搬到合肥的出租房里。去年，小两口在医院附近按揭买下一套一百多平米的大房子，经过个性化的装修后，准备在今年"五一"期间搬家入住。

想起两次搬家的经历，我有些心有余悸，就叮嘱女儿、女婿早做安排。女儿轻松地说："时代不同了，现在搬家已不算什么大事，有搬家公司，装卸、运输都解决了。况且，现在搬家也没那么多破烂东西了，城里好多年轻人换一次房子，就换一次家具，拎包走人就完事了。"

听了女儿的话，我似有所悟，是啊，时代不同了，搬家也发生了很大的变化，搬家的仪式感已被随意性所取代。

"大舟百尺影白虹，借我搬家我何有。"从一个住惯的地方，搬去另一个陌生的地方，心情不外乎有两种，一种是欣喜，另一种是颓丧，而这两种感觉我们一家三代人都切身体会过。欣喜的是，每搬一次家，生活总会向好的方向发展，日子是芝麻开花节节高；颓丧的是，每搬一次家，离故土越来越远，总会丢掉一些故人和风景。

从父亲那一代到女儿这一代，时光走过七十多年，不同的社会制度，不同的时代背景，成就了一家三代人不同的搬家经历，也折射出一个家庭和一个国家的巨大变迁。

谁还搭理我

奶娘李嬷嬷到贾宝玉的房间请安,看见一帮丫鬟把宝玉的房间糟蹋得不成样子,忍不住啰里啰唆地将丫鬟们数落了一通。可是,疯野惯了的丫鬟们并不买她的账,只顾玩耍,全然不理会这个爱管闲事的"老货",倒弄得李嬷嬷好生没趣,一时竟下不得台来。

与宝二爷房中那帮丫鬟一样,我也曾做下不搭理人的事情。只是,丫鬟们是故意的,成心让这个李嬷嬷难堪,也算是出出积压已久的怨气。而我则是无意的,浑然不知在什么时候、哪个场合怠慢了人,被朋友无端地指摘和攻讦,不明就里,感觉特别闹心憋屈,百口莫辩。

自打眼睛这厮染恙之后,视力一落千丈,眼前的世界变得模模糊糊,冥眗亡见,认人不清、识人不准的尴尬事次第发生。走在街上,碰到印象中与某一熟人体态、神貌相似的人,天生热情的我便主动打起招呼。待到近前,才发现张冠李戴,对方乃一素不相识的人,那人一脸茫然地乜斜着我,眼里满是诧异。

前车之鉴,后车之师。这种令人窘迫不堪的事情经历得多了,心智渐长,遇到类似情状,再也不似以前那般冒失、莽撞。迫不得已需要上街时,也是颔首低眉,宛若一条溜边的黄花鱼那样,行步如飞地专拣屋檐下走,生怕再次遭遇认错人的狼狈事儿。

每天晚饭后,我习惯沿着城墙外侧的石板小径散步,屡次遇见同一批锻炼的熟人。借助城墙顶上投射下来的微弱灯光,对面来人都是影影绰绰的。在对方不先吱声的情况下,我一般不敢贸然打招呼,干脆一不做二不休,装着什么也没看见,低着头,快速相向擦肩而过。

时间一长,熟人和朋友免不了有些微词。有人会在某一场所看似无意地开玩笑说:"那天晚上散步时碰到你,我朝你点头微笑,你咋不理人呢?"语气中带有几分戏谑和责备的成分,好像我做下什么羞于面人的事儿似的。我张口结舌,一时语塞,竟不知如何作答。此时,只盼脚下生出一条缝来,像受惊的兔子似的一路逃去。

我乃一凡夫俗子,并非向来不懂礼仪,傲慢无礼,在某些场合不搭理人实属无奈。我的眼睛近视一千三百多度，右眼因视网膜脱落做过一次手术，虽在合肥、上海等地多处求医，但视力衰退的势头一直无法遏制，每日唯用七叶洋地黄双苷滴眼液维持。由于视力差，在路上认错人在所难免。

有一个笑话，说有一对夫妇在博物馆内观赏艺术作品。高度近视的妻子站在一幅作品前，对丈夫说："你瞧，这要算我平生看到的最丑的一幅画像了。"丈夫连忙拉过妻子说："你过来吧，那不是画像，是一面镜子。"

笑话归笑话，但近视眼的痛苦又有几人知。有人诙谐地总结说，近视眼摘下眼镜，十米开外眉目不分，三十米开外雌雄不分，五十米开外人畜不分。对我而言，窘况更甚，戴着眼镜与别人摘下眼镜时的情况差不多，如果摘下眼镜来，几乎是半瞎，基本处于"霜天晚眼昏花乱"的境地。

熟人和朋友说，我的眼睛总放电，其实是满眼的疲惫不堪，哪里还有什么神采？只是因为近视，我们对所有人都喜笑颜开罢了。总有人因为不解而误解，总有人因为误解而不屑。那么，请你原谅我们近视眼人吧！走在街上，如果一个像我一样的近视眼人没搭理你，那是因为我们根本看不清楚你是谁。近视眼人，也是残疾人。

或许，我们都是近视眼人，总是活在对别人的仰视里；或许，我们都是近视眼人，往往忽略了身边的幸福。有很多时候，我们往往不知道，自己在欣赏别人的时候，自己也成了别人眼中的风景。但愿，还有人欣赏我们、搭理我们，不至于像丫鬟们讨厌李嬷嬷那样。

宅家的日子

一觉醒来，天还未亮，室外仍是漆黑一片，四周如死一般地寂静。懵懂间，忽然记起今天是我值班的日子，心中竟泛出一种莫名的激动。宅家的这些日子，几乎与世隔绝，现在终于可以借值班的正当理由，出门去散一下心了。

这些天来，睡眠一直不是很好，夜里常常被无端的噩梦惊扰。这是过去不曾有过的经历。神经衰弱，精神萎靡，生物钟紊乱，作息无序，眼前的一切都乱成一锅粥，我猜度自己是否患上了抑郁症？

新冠肺炎的闹腾，让我不堪其扰。疫情降临后，人所固有的生命状态、生活秩序、工作节奏、活动轨迹,统统被无情地打乱。面对汹涌而至的疫情,人们除了紧张恐惧、惊慌失措外,还有吉凶未卜的绝望、焦虑。

在突至的疫情面前,我也毫不例外地英雄气短,竟这般地弱不禁风,不堪一击。每天被悲伤惊惧、低落失望、烦躁无助、愤懑怨恨的情绪裹挟着,心情糟糕至极,如同笼罩在浓重的雾霾之下,难以晴朗。整个人犹如困兽一般,在室内狂躁地来回走动着,无一刻安宁,只想歇斯底里地狂嚎一通。

说实话,我并不算是一个内心强大和心理健康的人,尽管之前曾经历过2003年那场不期而遇的"非典"疫情,但面临来势凶猛的新冠肺炎,我已无法坦然坚毅、泰然处之,只想着像蜗牛一样,把自己隐藏在坚硬的壳里,阻隔外界的凶险。

最初居家防疫那几日,一种负罪感油然而生,如鬼魅摄住了我的魂魄。无数医护人员抛生就死,义无反顾,在极端危险的环境中救死扶伤,守护人心,而我却窝在家中,置身事外,袖手旁观,如同土牛石田一般,我为自己生命价值的如此卑微、渺小而感到悲哀。

那一刻,我突然意识到,再这样颓废、消沉下去是十分危险的,必须要改变这一切。无法到抗疫一线冲锋陷阵,那么就老实待在家做好自我防护,不给政府添乱,也就是间接地为抗疫做贡献。想明白这些,我尝试改变,强迫自己进行心理调整,以乐观的心态从容应对这场疫情。

接下来,宅家的日子似乎已不再那么难熬。每天该吃就吃,该睡就睡,逐步恢复规律性的生活节奏。重新安排闲暇时间的填充内容,做做家务,修修花草,更多的时候,则坐在书桌前,泡上一杯清茶,翻出以前心仪已久却无暇阅读的书来,静静地看上半天,让心灵在氤氲的书香中沉醉。心由境造,境由心生,我渐渐适应了宅家的日子,心态积极,情绪稳定,以正确、科学的方法做好居家自我防控。忽然惊奇地发现,以前上学时数学成绩一塌糊涂的我,现在对数字出奇地敏感、清晰。掐指算来,新冠肺炎暴发以来,除去在单位值班的三天,我已宅家十一天。

新冠肺炎逼迫我们宅在家里,尽管有一百个不情愿的理由,但事关全国抗疫大局、事关你我生死,不以个人意志为转移,需要我们每个人适应新环境带来的巨大心理负荷,重新建立起一个新的生活模式,来与我们周围的世界相处。

宅家的日子,让我悟出这样一个道理:灾难面前,求生自救的关键不在于你是否做出什么英勇的行为,而在于避免无意识的错误。在肆虐的疫情面前,忽视政府的规劝,漠视科学的常识,轻视心理的调整,都是你犯下的无意识错误,会将里置于危险境地。

祸兮福所倚,福兮祸所伏。非常时期宅在家里,并非是一件坏事,会让我们得到意想不到的收获。宅家的日子,让我们完成了一次人生大考;宅家的日子,让我们完成了一次心理调适;宅家的日子,让我们完成了一次认知的优化;宅家的日子,让我们完成了一次身心的成长;宅家的日子,让我们完成了一次生命的觉醒……

此生难解是书缘

我与书结缘,是在"读书无用论"大行其道期间。

那是个物质生活和文化生活极度单调、匮乏的年代,在我们那个偏僻闭塞的小乡村,除偶尔看场露天电影,间或看看"草台班子"出演的样板戏外,再无其他可供娱乐开心的事情。

这种生活对于少年时期的我来说,无异于一种残酷的折磨。一颗躁动不安的心始终在期待着什么东西的降临。书包里的课本早已烂得不成样子了,四角卷着边,对我早已失去吸引力。

在百无聊赖之际,我就先从课本之外的"小人书"看起。也就是从那时候起,我才知道这世上还有比课本更好看的书。一开始,是向同学们借着看,后来自己攒钱买着看。渐渐地,家里的"小人书"多了起来,最后竟有几百本,我成为学校"小人书"藏书量最多的人。

我看"小人书"已到了痴迷的程度。九岁那年,我随母亲到北京看望在那当兵的二哥、三哥。那天在逛颐和园时,我突然心血来潮,吵闹着要买"小人书"。二哥解释说:"园里没有书店,出去再买吧。"我不听,抱着一棵树待在原地耍起赖来,一副不达目的、誓不罢休的死硬样子。

二哥又好气又好笑,无奈之下只得独自一人跑出去到处找书店。我和母亲、三哥在原地等了一个多小时,才见二哥满头大汗地跑回来,手里拿着一本"小人书"。我一见,立刻狂奔着迎上前去,迫不及待地从二哥手里一把夺过书来。此时,颐和园的美景和北京的美食,都没有这本"小人书"更有诱惑力。

在返回部队招待所的公共汽车上,车厢过道上留下一大堆不知是醉酒人还是晕车人留下的呕吐物,散发着刺鼻的怪味,车上的人都躲得远远的。我从大人的腿间挤了过去,在那堆呕吐物旁边找个位置蹲下来,背靠着座椅一角,手指蘸着唾沫一页页地翻着,在摇晃不停的车厢里津津有味地看起"小人书"来。

我沉醉在"小人书"的世界里,全然不顾身旁那堆呕吐物的气味。旁边有几个大人看我痴迷的样子,轻声地议论道:"这小孩看书真用功,将来准能中状元。"当时车子正经过天安门广场,车上的外地人都争先恐后地拥到车窗北侧,争睹天安门城楼的巍峨雄姿。我不为所动,像一尊木桩似的蹲在那里看"小人书",这才引发几个大人的议论和感慨。

进入初中以后,我不再满足已看了无数遍的"小人书",开始涉猎文学书籍。当时,文学书籍还不是太多,古典文学名著更是难得一见。那时候看文学书的唯一办法就是靠借,我鼓动班里的同学帮忙借书,有时候就从家里带一点白芋、瓜果、锅巴之类的零食作为犒赏,激起同学们帮我借书的热情。

"书非借不能读也。"清代袁枚笔下的《黄生借书说》描述的情景,也和我当年借书的窘境差不多。借来的书读起来更有紧迫感,更会认真尽心地阅读,也会更加珍惜来之不易的读书机会。

打那时候开始,我便无可救药地迷恋上了文学书籍,如饥似渴地阅读了大量古今中外的文学作品,屋里的床上、桌子上到处堆满了借来的书。阅读几乎成了我生活的全部内容,并且我愈来愈强烈地感到,宁可一日腹无食,不可一日不读书,如果哪天不读书,总感觉少做了一件什么事似的。

当时,我痴迷小说已到了疯狂的程度。上学路上边走边看,吃饭时蹲在马台上边吃边看,放牛时骑在牛背上看,甚至连上厕所时都带着书看上几页。更为严重的是,我对课本已毫无兴趣,上课时常常把小说藏在课桌下偷看。有几次被老师发现,书被收去,最后只得觍着脸找老师求情,保证下次不再犯错,低三下四的主要目的是将书要回来,不然要赔人家的书。

那时候我的家境十分贫寒,晚上看书时连点煤油灯照明都是一件特别奢侈的事情。我曾在《那盏小油灯》的散文里详细地叙述过此事。盛夏酷暑的夜里,看书是一件十分辛苦的事情。为了应对酷热和蚊虫叮咬,我找来一只水桶,桶里盛上井水,将双脚放进桶里,肩上再搭一件浸过凉水的粗布手巾,光着膀子,就着如豆的煤油灯看书,一看就是大半夜。

暑假里,队里安排我看场,这是许多小伙伴都求之不得的好事。看场十分轻松,不用跟大人一样出工干活,中午歇晌时,看场人到稻场上负责轰赶鸡鸭之类的家禽,免得它们偷吃场上的粮食。我知道这是队里对我的照顾,内心十分感激。中午看场时,一边尽心尽责地看护场上的粮食,一边利用这难得的机会看书。一个暑假下来,我竟看了十几本厚厚的小说。

随着阅读量的增加,我心里慢慢打开了一个全新的世界。最意想不到的事情是,我的作文成绩明显提高了,每周一篇的作文写起来更加得心应手,更富有文采。每次听着语文老师朗读我的作文时,心里都美滋滋的,特别自豪。更让我骄傲的是,在学校的"学习园地"里,我的作文都被当成范文在此展示,期期都有,并且每期都在头条,"学习园地"几乎成了我个人的"作文园地"。

长期痴迷小说书,导致在初中阶段后期,我出现了严重的偏科现象,语文成绩在班里名列前茅,数理化成绩却一塌糊涂。班主任不止一次地到家里走访,让母亲劝我"改邪归正",纠正偏科问题。母亲无数次地训斥我,甚至烧过我的书。我虽表面答应,但背后仍然我行我素,一有机会就偷看小说,以至于在升高中那年一路败北,语文考了八十六分,数理化成绩却惨不忍睹,唯一可以宽心的是,竟然没有背着"老鸭蛋"回家见母亲。

在告别学校回乡务农的那几年里,我仍然没有放下书,书成了我最大的精神寄托和生活所需。白天繁重的体力劳动几乎将我累成一摊烂泥,每到晚上,一想到能在灯下看书的幸福,身上的酸痛感似乎不再那么强烈。待专心潜入书的世界里,一天的劳累便能驱除殆尽,只剩下畅游书海的肆意与旷达。

阅读充实了我的人生,读书也改变了我的命运。1987年,幸运之神向我招手,我走上了文化工作岗位。在此后的近三十年的时光里,书如同我的知心爱人,始终不离左右,导引着我的人生,丰富着我的见识,助力着我的工作,累积着我的阅历,锤炼着我的心智,见证着我的成长。

"既笔耕为养,亦佣书成学。"书,成就了我的人生,从开始的痴迷读书,到后来的动笔写作,我实现了人生大逆转。近年来,我先后编辑出版了两本著作,虽然有些拙劣粗鄙,却是我读书带来的最大收获。2016年,我被书香安徽阅读季组委会评为全省"书香之家"。我深切体会到,读书不仅能改变人生,还能一不小心让你出名。

总结这些年读书的经验和感受,我觉得读书好比隐居山林,避开世俗的纷争,抛开凡尘的喧嚣,独享一份精神的自然愉悦;读书如同归隐田园,独享着书赐予的静之美、静之馨、静之醉。宠辱不惊,闲看书卷奥妙;去意无留,漫随书卷人生。阅书,读己,追随心灵的净土。

书香相伴,与书结缘,是我今生最大的追求和向往。正如沈周在《咏帘》诗中所云:"知无缘分难轻入,敢与杨花燕子争。"

书香相伴,与书结缘,也是我今生真正的幸福和满足。借用《古诗十九首》里的话说:"文彩双鸳鸯,裁为合欢被;著以长相思,缘以结不解。"

人生漫漫,红尘滚滚,喧嚣和安宁,隔开了人世的粗鄙和优雅。物质皮相和精神面相,必定属于两个世界,必定呈现两种人生。此生唯愿与书相伴,直至枯木朽株而不弃。

人丑就要多读书

俗话说,"丑人多作怪",说的是长相丑陋的人,经常做一些惊世骇俗、离奇古怪的事来为难别人,或博取他人的眼球赢得关注。文学大师茅盾在流亡日本时所作的《叩门》中写道:"是你这工于吠影吠声的东西,丑人作怪似的惊醒了人,却只给人们一个空虚!"他这句话的意思是,不是因为人丑而喜欢作怪,而是作怪的人往往被认为是丑陋和低级的,因为丑人遭受到的否定和歧视太多。

世上无尽遂心事,满眼总是无奈人。在现实生活中,人的长相是天生的,美丑、精粗自然天成,由不得自己选择。但是,爱美之心人皆有之,丑人一般比较敏感、自卑,尚不能正视自己的容貌,因而习惯于把自己封闭在一个狭小的天地里,不愿意与别人打交道,给人的感觉这个人比较难以接近,容易给人造成一种"多作怪"的错觉。

人所生活的空间,是二元对立的世界,充满了两面性。正如老子在《道德经》第二章中所言:"天下皆知美之为美,斯恶已。皆知善之为善,斯不善已。"这个世界本身就是一个矛盾体,美丑相伴、善恶相随,有美就有丑,有善就有恶,人类始终在这个矛盾体中跌跌撞撞地活着。"丑就在美的旁边,畸形靠近着优美,丑怪藏在崇高的背后,恶与善并存,黑暗与光明相共。"这是雨果在1827年《克伦威尔·序》中提出的著名的"美丑对照原则",体现了唯物辩证法的实质和核心。

人的相貌,为什么有美丑之别呢?佛说:"复有十业,能令众生得端正报。"神话传说中说,女娲在造人时,将一根藤蔓放进河底的淤泥里搅动,然后提起来挥向地面,泥点最终都变成了一个个小人。这些小人由于做工粗糙,难免有些简陋,所以就有了美丑之分。按照生物学和达尔文进化论的观点,由于自然选择压力的降低和人类之间混血情况的大规模发生,每个个体长相的相似程度越来越低,形成离散程度的差异,所以就有了长相上的差异。如此一来,人的相貌美丑自然薰莸有别、泾渭分明,中国古代历史上就有潘安、宋玉、兰陵王、卫玠四大美男和西施、王昭君、貂蝉、杨玉环四大美女。有美就有丑,与此相对应,中国古代历史上还出现了晏婴、左思、包拯、刘墉四大丑男和嫫母、钟离春、孟光、阮氏女四大丑女。

《淮南子·说山训》中说:"桀有得事,尧有遗道,嫫母有所美,西施有所丑。"阐明了世间万事万物都是相反相成的道理,即"砥石不利,而可以利金;檠不正,而可以正弓"。因此,看问题不能太绝对化。人的相貌的美丑,是无法改变和左右的生物现象,并不能说明什么实质性的问题,生命的价值和意义未必能够因此而扭转。四大美女虽然貌美如花,倾国倾城,然而却个个过得不尽如人意。反观四大丑女,虽然相貌差了点,但人家却过得相当好。老天爷是公平的,给了你如花的美貌,就可能不会再给你美满的生活;给了你丑陋的姿容,也许就会补偿你幸福的家庭。世间之事,因果轮回相对应,莫不如此。美有美的优点,丑有丑的长处,正如英国作家罗斯金所言"绝对的丑陋是没有的"。

物竞天择,适者生存,是大自然发展演变的永恒规律。面貌是父母所赐,尽管我等长相突破了人类的想象,有些肆无忌惮、有恃无恐,但这都是无可奈何的事情,因此,需要摆脱心魔,解放自己,学会接受,坦然面对,把更多的心思和精力用在努力提高自己的素养和能力上面。通过自己的辛苦努力和长期付出,在自己的工作或专业上取得巨大的进步和突出的贡献,以此来弥补长相不足带来的人生缺憾。

长相丑陋之人,首先在面貌上就输人一局,没有丝毫优势可言。如若想在人生的棋盘上扳回一局,就要取长补短,努力推进自己的生命脚步。要明白,生命的目的不在于对欲望对外在事物的追求,而在于其自身的不断进步,最终达到人生完美的境地。生命的进步,就是洗涤自我的灵魂,这是长相丑陋之人内省自身、拯救自己的唯一出路。而洗涤心灵的方法就是读书,正像杨绛先生所言:"人丑就要多读书,不是颜值,而是趣味、品位、见识和世界观。"手术刀可以改变容貌,但有一些改造,却要用读书来完成。读书,读真正的书,读"无用"之书,才能抵达心灵的自由世界,真正发现生活无穷之美。

对于我等丑人来说,问题主要在于读书不多而想法太多,需要加深对"丑人多读书"这个道理的理解和认识。读书,是培养丑人价值观的重要途径,读书不仅可以明理,还可以使丑人的谈吐、举止文雅起来。当你进入书的世界,就会得到真挚的友情和极大的收获;当你进入书的宫殿,你不会被抛弃,被抛弃的只有你的缺点;当你与书中高尚的人结为朋友,你的思想、你的情绪、你的道德便会得到升华。排除其他因素,对于丑人来说,提升自己没有比读书更好的途径了。

相由心生,境随心转。书是一面镜子,在屏息凝神的阅读中,书中主人公的精神面貌便会从时光深处渐渐浮现,依稀可辨。读过陀思妥耶夫斯基的书,丑人就多了一份悲天悯人的情怀,会发现世上还有很多比自己命运更悲惨的人,对苦难和拯救的理解肯定比别人更深刻。读过卢梭、爱默生或梭罗等作家的书,如同给那些对物质泛滥、技术至上心存忧惧的丑人们上了一剂心药,让丑人们对草长莺飞的水色天光心生向往。读过李白的诗、苏轼的词、袁中郎的文,丑人们会放弃循规蹈矩和世俗心态,成为一个任性自适、自由奔放、不受世俗羁绊的人。

丑人多读书不应有功利之心。读书不是为了考高分,读书不是为了学谋略,读书更不是为了当官发财。读书是丑人生活的一部分,就如同吃饭喝水一样,是维持生命长久和个体成长的必需营养,是人的思维和心灵与上下古今一切伟大智慧相结合的过程。读书是丑人把书中的内容融入自己的血液中,久而久之使灵魂得到不断净化和升华的过程。任何时候,有趣的灵魂都比好看的皮囊重要。丑人通过读书具备了有趣的灵魂,即使歪瓜裂枣、面目可憎,也会慢慢形成秀外慧中的气质,让人一眼看去很舒服,有亲近感。人,并不是因为美丽才可爱,而是因为可爱才美丽。

有人说:"一个人在四十岁以后就要为自己的长相负责。"对于我等丑人来说,更应如此。客观上,读书虽不能改变一个人的相貌,但可以提升和充盈一个人的灵魂,使人的灵魂更加有趣,从而缩短与外表靓丽人士的差距,让自己的内心与本体同样高贵起来。这才是丑人行走世间、安身立命的"撒手锏"。丑人不必多作怪,丑人就要多读书。

相机是个虚伪的家伙

打开微信,"新的朋友"栏里跳出一个陌生的名字,略想了一下,恍惚中还是摁下了"接受"键。随即,详细资料蹦了出来,除微信名、昵称外,还有对方的个人相册。

微信新朋友是位女性。照片上的她,留着瀑布似的长发,鼻梁上架着一副黑框近视眼镜,看上去特别大方、得体,有着知识女性独有的优雅气质。尤其是她的微笑,透着蒙娜丽莎般迷人的神韵和摄人的妩媚,有一种说不出的魅力。

发现美是一种能力，欣赏美是一种境界。看到微信新朋友青春靓丽的照片，无形中多了一份好感，也多了一份期许，盼望天赐良机，有朝一日能一睹芳容。

机会终于来了。在县里举办的一次大型活动中，微信新朋友也在应邀之列。在证实消息的准确性之后，我竟有一种莫名的激动。这是一种类似粉丝即将见到崇拜已久的明星那样的激动，既兴奋，又忐忑。

与微信新朋友见面，是在活动开始前一片嘈杂时。看见她的第一眼，我便感觉眼睛又出了问题，面前的她与照片上判若两人，除长发、眼镜等明显特征与照片上吻合外，其面容、笑貌与照片上相差甚远。虽说不上面目可憎，但总感觉没有照片上那般好看、养眼，也少了些许妩媚和优雅。从简单的几句交谈中，也暴露出她些许的浅薄。

用大失所望来形容此时的心境最是贴切。梦幻和现实的差距，在此时得到最好的印证。不由自主地，我竟有一种从山巅坠入深谷般的失落感和破碎感。

被欺骗是一种悲哀。无端地，我就有些恨起相机来。

1839 年，达盖尔发明了世界上第一台相机，人类从此可以完整地记录下自己活动的影像。但出乎发明者意料的是，相机竟也有虚伪的一面，这就是不尊重事物的本质，粉饰太平，弄虚作假，掩盖事物的本相。譬如人像摄影，在摄影师肆意的操纵下，即可点石成金，化丑为美，甚至人脸上的疤痕、黑痣都能化为乌有。特别是现代 PS（图像处理）技术的应用，丑小鸭变成白天鹅已不再是神话。

人，皆有爱美之心，但不能自欺欺人。相机满足了人类的虚荣心，人类的虚荣心又驾驭着相机违心地投其所好。不知是冷冰冰的机器有着虚伪的一面，还是贵为万物之灵长、宇宙之精华的人类有虚伪的一面。

由此想来，那些拿着相机到处跑的人，不少都是虐死人不偿命的家伙。

恋上一座城

文友微笑返乡探亲，临回上海时，刻意买了一张县城到虹桥的高铁票。她发微信给我说，现在离开车还有四五个小时，想在等车这段时间里，顺便再看一下古城，问我能不能给她当向导。

微笑的老家在淮河岸边,她长年在南方城市打拼。在这座古城里,我极有可能是她唯一认识的人。作为东道主,我不好意思拒绝她,何况,这只是一个小小的请求。

这是端午节后的第二天,我正好在单位值班。微信聊天之后不久,微笑便拖着行李箱,风尘仆仆地出现在我单位门前。

我值班的地方是一个国保单位,在疫情尚未结束期间,室内展厅都不对外开放。我只得向微笑道歉,陪着她在孔庙前后院子里转了一圈。

看着眼前保存完好的古建筑群,微笑对这里的一切,都表现出浓厚的兴趣。从院内的银杏树、木瓜树,到水塘里的睡莲、金鱼,直至岸边的垂柳等等,这些动植物里仿佛隐藏着什么秘密似的,磁石般吸引住她的目光。

见到大成殿后坡瓦棱间长出的一棵小树,她像哥伦布发现新大陆似的,惊喜地连忙用手机拍了下来。她笑称,古城里的一砖一瓦、一草一木都有古韵,连空气都跟别处的不一样,也带着一丝历史的味道。

我被她逗笑了。微笑是一个诗人,说出来的话都带着诗意。两年前,她曾来过

古城秋韵

一次古城，但因时间比较紧，走马观花地看了一眼城墙和城楼，就匆匆离开了，留下了不少遗憾。

看完孔庙，我准备陪她看看古城内的其他几处景点，可她怕耽误我值班，执意不让我继续陪同。她笑吟吟地说："古城就这么大，丢不了，我自己再出去随便看看。"

我拗不过她，只得随她去转。不大一会儿，手机微信的提示音不断响起，微笑接二连三地传来了一些古城里的照片，有街景、有花市，有立面改造后的楼房，还有街边洗衣、聊天的老人……

这些都是她随手抓拍的即时图片，透露出古城浓浓的生活气息，呈现出一派祥和、舒适的气氛。这些平平常常的场景，对于古城人来说早已司空见惯，可对于微笑这样一个很少光临古城的诗人来说，却具有非同一般的魔力。

在开往上海的高铁上，微笑发来微信说："古城太美了，包括这里的人、花草、砖瓦，还有文化等等。以后，我还会再来古城。如果有可能，我要在古城安家居住，我恋上了这座城。"

有人说，喜欢一座城市，那个城市必然有他喜欢的理由。文友微笑喜欢上古城，似乎并没有什么缘由，只因她与古城莫名地相识、懂得，然后爱恋，水到渠成。

一块钱的富足

晚饭后，我陪妻子向北门外的高铁站方向散步。从人迹稀少的石子路上抄过去，再折向车水马龙的合阜路，刚拐过一个路口，非机动车道上迎面驰来一辆蒙着黄油布的三轮车。在我们前面不远处，车子忽然"吱嘎"一声刹住了，骑车的大姐"腾"的一声跳下来，弯腰从地上捡起了一样东西。

见我们走过来，这位陌生的大姐一点不见外，像见到老熟人似的，忙不迭地举着手里的东西晃了晃，有些兴奋地说："看我的眼睛怎么样？这么多人走过去，都没看到掉在地上的这一块钱，现在叫我看到、捡到了。你们说，我走运不走运？"大姐的那副神情，似乎急不可待地想让我们同她一起分享这意外的喜悦和幸福。

我们停下来方才看清，大姐手里拿着的是一块钱硬币，就是她刚才弯腰捡起的东西。仔细打量,这位大姐的年龄在六十岁开外,皮肤黑里透红,脖子上搭着一条毛巾,身上穿着缀着碎花的灰旧衣裤,脚上蹬着一双黄色的劳保鞋。从外貌和装束上一眼就能看出,大姐是一位常年经历风吹日晒、辛苦挣钱的三轮车夫,岁月的沧桑、生活的艰辛,都深深地刻在了她的脸上。

此刻,大姐像捡到一块金元宝似的,脸上洋溢着抑制不住的喜悦,连额头上的皱纹都露出了一丝笑意。我心里嘀咕,大姐在路边只捡到一块钱就高兴成这样,如果捡到成百上千的钱,那还不欢喜死了。大姐一边小心翼翼地把钱装进身上的布包里,一边松下车闸准备赶路,然后抬起头来,笑眯眯地说:"别看只有一块钱,这可是我今天的额外收入。我拼死累活地蹬三轮车,一天下来也就挣个几十块钱。这一块钱,我可是没淌一滴汗,就挣到手了。"

说完,大姐朝我们点点头,又笑笑,然后骑着空荡荡的三轮车,一路"咣当咣当"地走了。看着摇摇晃晃渐行渐远的三轮车背影,我和妻子对视一眼,都笑了,这大姐真有意思,捡了一块钱还挺知足的。

对这样一位为家人、为生活辛苦奔波的大姐,我们没有理由去苛责她的思想境界问题,不能像20世纪六七十年代的小学生一样,捡到钱后在马路边等着失主来寻找。况且,天色渐晚,大姐急着返回城里,继续蹬三轮车挣钱,根本没有时间在这里耗着。时间对于她来说,那就是养家糊口的钱呀!

"十指不沾泥,鳞鳞居大厦。"现代社会,人跟人的生存状态是不一样的。在我们普通人眼里,区区一块钱确实不算什么,但是,对于生活在社会底层的人来说,或许可以做很多事情。生活的压力,挣钱的辛苦,让他们把每一分钱都看得很重很重。就像这位蹬三轮车的大姐,捡到的这一块钱,或许就能解决她一顿晚饭,她可以买一个烧饼或者两个馒头,拉着客人,边走边吃。我和大姐见面的时间,只有短短的几分钟,下次走在街上或许再也认不出她来,但她当时的那份富足感,却让我印象深刻。

人,是需要一颗富足心的。喧嚣世界,到处都是忙碌的人们。人们总是希望自己拥有更多美好的东西,于是,便汲汲营营地追逐自己的梦想,得到一些,也失去了一些,心中满是愤懑,求不得,舍不得,生命便在这般拥有与失去中流走。现代的我们,往往因为生活的焦虑而紧张,便忽略了自己的内心。若我们少些贪、嗔、痴、怨,让心得到更多的平静与安宁,便是一种大的智慧与觉悟。

心有安处,便是宁静,而静便是泰山崩于前的不变色,是大胸襟,也是大觉醒。哪怕是意外地捡到一块钱,也是一种幸福与满足。

城门开启花千树

有一说一,现代网络真是迅速、快捷。打开微信,有则消息让我眼前着实一亮,因汛情封堵月余的古城靖淮门打开了。这则消息不啻天大的喜讯,令我莫名地兴奋与激动。尽管此事期待已久,也在意料之中,但我还是抑制不住心头的那份惊喜,因为我又可以自由地进出城门了。

鼠年夏季,淫雨霏霏,洪水泛滥,瓦埠湖水位持续上涨。滔滔洪水直逼城墙根下,千年古城再遭洪水威胁。当地政府为保古城安澜,组织民工将悬于城门门洞上方的闸门放下,又在内侧垒起沙袋用以加固,靖淮门的交通往来自此中断。其间,不断上涨的洪水淹没门洞,只留一段券门露于水面。

平日车来人往、川流不息的靖淮门,一时间寂静下来。城里城外被洪水分割成两个世界。城外,一片汪洋泽国,北门广场没于水中,绿化树只露半截树梢,水面上漂满了枯枝烂叶、破烂杂物,散发出一阵阵令人作呕的恶臭。城内,则一切如常,有条不紊,古城人临危不乱,一个个静如细风,笑若涟漪,安之若素。看水的人络绎不绝,站在城墙上看着脚下的洪水,丝毫没有惊慌不安的神情。有的人还手持长长的鱼竿,坐在城墙垛上钓起鱼来,那副悠闲劲,似乎这世上什么都没有发生。

这是古城今年第二次封堵城门。与这次汛期封门有所不同,今年春天因防控疫情所采取的封门措施,多少带有"门以闭藏自固也"的悲壮色彩。春节期间,新冠肺炎疫情如狼奔豕突,来势汹汹,数万古城人的生命安全突遭胁迫。非常时期,必须采取非常手段,政府及时封堵起靖淮、宾阳、定湖三座城门,只保留通淝门作为古城区的出入通道,并采取了史上最为严格的出入防控措施,确保了古城几万人的生命安全,取得了疫情"零感染"的骄人战果。

疫情期间封门,具有极大的不可预见性。而这次汛情封门,则有着十足的把握。因为,古城历史上已经历过无数次洪水的考验,始终安然无恙,固若金汤。水来土掩,城墙和城门屡屡发挥抗洪的作用,阻洪水于城外,数次让古城化险为夷,故有"铁打的寿州城"之誉。

"城西门外淝濉堆,年年波浪不能摧。"古城宫阙重仞,铜墙铁壁。城墙以固有的姿势,立于八公山下、淝水河畔,禳灾却祸,护佑一方平安;城门则以鲜活的神态,雄踞城墙四方,迎进送出,保一隅通畅。城门,总是引人注目。它占尽了古城出入口的"区位"优势,既是城墙的重要组成部分,又是城之所以能立的建筑。一座城门,几块砖,要是没有那些历史、那些传说,它的价值就是我们看到的那样,无须深究。

城门,是古城的保护神,也是古城的安全之门、希望之门、理想之门,更是古城的一道风景。之所以是一道风景,不只在城门本身给予世人的直观感受,而且在于它带给人们一片无限遐想的天地。有城门的城市,才不空虚,也才厚重。进出城门,仿佛进出时光隧道,似可感知这座古城的历史、现实和未来。灾难来临时,把城门关上,挡住了一切外来的凶险,让城里人感到安全、惬意。城门,又是一道屏障,引导人们从叩门的迟疑到推门而入的惊喜,才是它存在的更为重要的意义。

"秋色城门对岳开。"入夜,灯火阑珊,城门开启后的古城又恢复了往日的喧闹与繁华。掩映在夜幕下的靖淮门,流光溢彩、飞阁流丹、气势恢宏,如同古代战场上的铁甲军墙,檐角飞翘,钩心斗角,囷囷焉拔地而起,棱角似一笔白描,凌空潇洒。瓮城内,市民自娱自乐的寿州锣鼓再次敲响,"咚咚锵锵"的锣鼓声久久回荡。北门广场上,大妈们伴随着欢快的乐曲,又跳起了久违的广场舞⋯⋯

城门的开启,标志着古城人的生产生活又恢复了常态。城门的开启,让城内城外合成了一个世界,久困于门内的古城人,又可以相欢语笑出城门了。这一扇用淡然和自信叩开的城门,或许只是简陋的柴扉,却通向百花争妍的另一洞天。

第二辑　越鸟南栖

　　小径埋香,风月琳琅。野塘无须歌惆怅,明月应是在故乡。经年如水的故事,在每一个红尘渡口,滋润着情怀,丰盈着生命,风雨难摧。

　　行走在他乡,漂泊的景致,在清风追逐的泪痕里,挤压着异乡客的灵魂。那连绵的田野,那朵朵的云彩,传递的,都是故乡清脆的乡音。

枕着故乡的静谧入眠

在城里待久了,很是向往乡村的静谧和安详。从繁华遁入荒僻,自喧嚣跌落沉寂,给灵魂寻得一方净化之所,为耳鼓争得一刻休憩之机,在空旷的田野上自由呼吸,在温润的泥土中释放身心,让人顿生"久在樊笼里,复得返自然"的舒心惬意。

故乡夜晚的静谧和安详,一直被珍藏在内心深处,在夜阑人静或心绪繁乱之时,很自然地从支离破碎的记忆中翻检出来,聊以自慰,安抚一颗孤寂的灵魂,以此获得暂时的释然和解脱。

故乡的夜晚将静谧携入空室,将安详洒在星宇。在乡村感受一种空寂,融入夜的聆听,沁入月的缠绵,静想一份独特。如此星辰如此夜,为谁风露立中宵?不需理由,月的自然便是最好的解释;不需目的,夜的寂静会将心灵包容。晚风安然地拂过,不留什么,也不必留什么,只要能带来拂面的清爽,带来月色的清明,一切便都淡然于故乡这如水的夜色中。

昏黑的外衣,紧紧包裹着故乡的夜晚。夜幕笼罩下的村庄和农舍,到处都是沉默与黑暗,辨认不出其中的空间和布局,黑暗如漆一般,看不到一丝光亮。躲进屋里,释放全部的感官,察觉那黑暗不是如果冻般塞得严严实实的凝胶,而是一片空荡,甚至还不是完全封闭的。故乡,在这一片黑暗中酣然入睡。

故乡的夜晚,是那般沉静,像一潭水,似乎所有的生灵都已睡着了,一切都显得那么安谧。躺在床上,四周是一片沉沉的死寂,能听到自己的心跳和呼吸声,甚至连头发滑落到枕巾上的声音,都依稀听得。屋外稀疏的树木,静默在清冷的空气里,听得见微风踱过的声音,静静地在树叶间徘徊。那是来自净土的声音,静美、凄凉。

故乡的夜晚,清凉、静谧,远离了浮华与喧嚣,有着兀涯寂寂的夜,自然而然的恬静,清冽萧索的幽静。凝一眸春的思念,拈一缕夏的悠然,于故乡夜晚的静谧中倾听风尘落素。经年回眸,其实,每一次故乡静谧夜晚的体验,何尝不是一次心灵的泅渡?

人生忙忙碌碌,来也匆匆,去也匆匆,总想寻得一方心灵的净土,有一片碧荫滋长的绿洲。即便是荒僻的故乡，在心中那里依然有着明媚的阳光，宁静而安详。心，开阔明朗，一如这故乡夜晚的静谧。蓦然回首，生命不过是一程又一程的奔忙，流年从指间溜走，留下几许落寞、几多惆怅。枕着故乡的静谧入眠，人生或不会荒凉。

灯是故乡明

有人笃爱节日里那光怪陆离的七彩灯，有人醉心于大街上那令人目眩神迷的霓虹灯，而我却独爱故乡公路两旁那寂然无声的路灯。落日熔金，倦鸟归巢，每次回到故乡小住，我都喜欢伫立在路灯下，凝视着幽美温和的光影，情不自禁地在故乡酣然香甜的鼾声中陶醉，在故乡寂静迷人的夜景中沉湎。

暮色像一张灰色的大网，悄无声息地撒落下来，沉沉地笼罩在故乡的大地上。银汉无声，云约疏星，风起凉生，四野阒然，故乡的夜晚是这般沉静而安详。日暮苍茫，灯火阑珊，公路两旁的盏盏路灯亮了起来，水银般倾泻而下，温馨而恬静。在路灯柔和灯光的映照下，周围的一切都有了神韵，一切都像在梦中，显得那样神秘。故乡，在路灯柔光的衬托下也显得更美了。

故乡的路灯分外柔和清丽，一盏盏的像黑暗中闪光的珍珠，蜿蜒而去，无穷无尽，光影投射到每一个过往的行人身上，映照着每一位过客所走过的足迹。头顶上的路灯，宛若青春少女的柔荑，温柔地轻抚着宁和夜色下的花草、树木、稻田、楼房，如水的灯光洒入路边的沟渠、池塘，阵风拂过，微涟漾动，泛起片片白鳞。灯光透过树隙，丝丝缕缕地洒在平坦如砥、其直如矢的水泥路上，路面像一匹洁净的布，平展展地铺向远方，路边树下那纤弱的小草像熟睡的婴儿，静静地躺在柔柔的灯光下，安然而祥和。劳累了一天的乡邻们，也像都市人一样，迈着悠闲的步子在路灯下溜达、消遣，三三两两的孩子在路灯下嬉戏玩耍，欢快的笑声飘荡在星光璀璨的夜空。一盏盏路灯点亮了孤独的乡村，路边楼房中农家小院的荧屏里正刀光剑影、红颜如玉，上演着绚烂的夜生活。

沐浴着路灯明亮的光，感受着光源投来的温和，我在墨色里悠悠地轻品着那光的柔韵，那影的俏媚，那静夜里投射出的柔情的光彩。故乡的路灯异常明亮，也特别温暖,像老家过去曾经使用过的火盆一样,烘烤得人心里暖洋洋的。路灯散发出淡淡的、柔柔的光,照亮了故乡,也给了我一点光明的空间。

站在路灯下,我心旌摇曳,思绪翻涌,往昔故乡夜晚的场景如放电影般在脑海中闪现。记忆中,故乡的夜晚特别黑,昏黄如豆的煤油灯是无数农家夜晚主要的照明灯具,夜晚外出唯有靠一盏马灯照路,摔跟头、踏稀泥是家常便饭。20世纪七八十年代,故乡终于通了电,家家用上了明晃晃的电灯。一到夜晚,村庄里到处亮如白昼,但村外的公路上依旧是漆黑一团。进入新时代,故乡全面进行新农村建设,不仅农舍改造一新,而且水泥路还修到家门口。更让人欣喜的是,老家的公路上都安装了太阳能路灯,乡村的夜晚从此不再黑暗。

"接汉疑星落,依楼似月悬。"唐代诗人卢照邻的诗句,是故乡夜晚璀璨灯光的真实写照。故乡的灯光,是最温暖最明亮的,它驱散了不安和寒冷,带来了希望和期盼。我喜欢故乡的灯光,喜欢在路灯的光影下率性惬意地行走。

记忆中的煤油灯的灯光温暖无比,承载着回不去的时光。公路边路灯的灯光明亮耀眼,照亮了故乡前行的道路。故乡的每一盏灯,都如可发光的暖炉,在黑夜里熠熠生辉,在寒冷里温暖苍生。

痴想久远的雪事

在朋友圈看到江南下雪的消息时,我正行走在小城匆匆的人流中,心中不免有些怅然。那场期待已久的雪呢?怎么撇开我所在的小城,跑到江南去漫天飞舞了呢?雪啊,为什么不像以前那样眷顾我,让我在雪地里再恣意地玩耍一回呢?

尽管有些失落,但当看到江南雪景照片的时候,我感觉时间好像忽然慢了下来,空间也似乎突然静了下来,脑海里浮现出老家下雪的场景,眼前也闪现着儿时在雪地里疯玩的身影。

记忆中,小时候的冬天特别冷,有雪的日子也很长。每年冬天,都会下一两场大雪。那时的雪,才叫大雪,一夜之间,能把屋门堵上半截,让屋顶和草堆胖上一大圈,变成超大号的白馍。家里的小狗急匆匆跳进雪堆里,双腿陷进去动弹不得……

那时候的冬天是十分难熬的。因为家境贫寒,大都身上穿得不暖,冻得哧哧哈哈的,无处躲藏。兴许是应了大人们"皮孩不冷"这句话,一到下雪天孩子们就变得不怕冷了,打雪仗、吃冰凌、堆雪人、逮麻雀,有时还能玩出一身汗来。

玩雪,是我们儿时最大的乐趣。不愿待在屋里挨冻的小孩子们,都跑到家门口的雪地里玩。玩得最多的是打雪仗,你扔我一个雪团,我砸你一个雪弹,一时间,雪弹满天飞,笑声彻天响,吓得树上的喜鹊都喳喳叫地飞走了。

雪仗打累了,就堆雪人。伙伴们伸出冻得红萝卜似的"鸡爪手",七手八脚地堆雪人。堆出个大概模样,就从家里取来秫秸秆,折几截插在雪人的脑袋上,算是鼻子、嘴巴、耳朵。等堆好一看,雪人鼻歪嘴斜,奇丑无比,大家便一哄而上,一人一脚地把雪人踹个稀巴烂。看到瘫在地上的雪人,大家笑得前仰后合,连鼻涕都笑成了泡。

最有意思的是逮麻雀。用树棍支起筛子或鸡罩类的器物,下面撒上一小把粮食,在树棍上系上一根细绳,另一头引向我们藏身的地方,几个人头挨着头,趴在门缝里偷窥,等待麻雀上钩。雪后无处觅食的麻雀,三三两两地从树上飞下来,睁着警惕的小眼睛四下扫视着,待确认安全后,才蹦跳着钻进去吃食。这时,藏在门后的我们把绳子一拽,麻雀就被罩在里面,大多数都逃不掉,成为我们的猎物。

除了这几样常玩的,我们还变着花样地去玩雪。比如在结了厚冰的圩沟上溜

定湖雪霁(孟伟 摄)

冰,用砸开的厚冰砍老瓦,在雪地上写谁也认不得的字、画谁也看不懂的画……凡是能想到的玩法,我们都玩遍了。那时候的雪天,专属于我们;那时候的冰天雪地,是我们的乐园。雪,是我们儿时最深的记忆,因为有了雪,我们儿时的光阴不再孤独。

时光飞逝,岁月不再。一晃四十多年过去了,只能将儿时玩雪的快乐光景珍藏在内心深处,在独处时徐徐品味。好期盼下一场小时候那样的大雪,即使我不能再像儿时那样去打雪仗、堆雪人、逮麻雀了,但能看到孩子们在雪地里撒欢的高兴劲儿,我也是快乐的。

远逝的炊烟

"断霞低映,小桥流水,一川平远。柳影人家起炊烟,仿佛似、江南岸。"宋代词人高观国的《留春令·淮南道中》别具一格,画面极富诗意,意境深邃旷达,使读者如同身临其境,为词中描绘的淮南乡村美景所陶醉。词人把乡村炊烟渲染、刻画与表现得淋漓尽致,将我们带入一个由文字所砌造的至真至诚至善的绝美世界。

在古典诗词里看炊烟,像看穿越剧一般,遥远、孤独的古代小村庄,自然、宁静、美好地腾起袅袅炊烟。有水井处必有炊烟,有炊烟处必有生命和生活演绎出的种种故事或传奇。

我的家乡地处安丰塘畔,那里有着与高观国词中近似的乡村景致。炊烟是村庄的呼吸,村民们从田间劳动归来,在家里生火做饭时,一缕缕炊烟便呼应着升上天际。每当看到它们像云一样迷人的身影时,我的心中就充满无限快乐。

炊烟升起,大致有一个固定的时刻。一到收工时辰,村庄里便热闹起来,家家户户的房顶上便会升起蓝莹莹的炊烟。村子里有多少户人家,就有多少个烟囱,每个烟囱都"大呼小叫"地冒着炊烟。

炊烟,是乡村人家生活的一部分,和大大小小的事物没什么两样。在这个小村子里,我经常听见长长的牛叫声,常常见到花斑鸡在墙根下啄食,看惯槐花开了一树又一树,柳絮肆意飘荡把圩沟染上一层白色。这个不起眼的小村庄,很多人都穿着草鞋度年月,最爱穿格子上衣的村妇总有忙不完的事。

看炊烟特别有意思。无风的早晨,村子里各家冒出的炊烟慢慢聚拢在一起,在村庄上空缓缓飘浮着,久久不散,远看,像为村庄披上了一块硕大的纱巾。阳光下的炊烟,像一条闪光的蓝带子,不紧不慢地腾上云霄,自由自在的样子很是迷人。

晴天丽日的时候,炊烟像梦一样地东边逛逛,西边瞧瞧,然后飘飘荡荡地消失在视线里。在阴雨连绵的天气里,炊烟一团团挤在一起,迟迟疑疑地不肯离去,在雨帘里变化出不同的景致来。庄稼收获时节,炊烟稀稀落落地在村子上空露一下脸,一转身就匆匆忙忙地走掉了。村民们把时间都用在了收割和劳作上,只是简单做一点粗茶淡饭填饱肚子,炊烟也就没了平时的热烈和浓重。

"处处柴门掩半边,莺啼绿树隔炊烟。"炊烟相伴的时光已渐行渐远,如今,包括我老家在内的广大农村已普遍使用电饭锅、液化气等现代化用具烧火做饭,以柴草做燃料的时代一去不复返,村庄里炊烟四起的温馨图景也难以再现,"依依墟里烟"的绝美画卷唯留记忆中。

炊烟,丰盈着我们的记忆。有炊烟的地方,就有爱和思念,就有漂泊和乡愁。不管是在哪,炊烟都是平淡、平静生活的代名词,和我们的生命、生活乃至命运,有着说不清道不明的某种联系。

袅袅炊烟惹乡愁。炊烟,虽然早已淡出我们的视线,渐渐退出了我们的生活,但那一缕缕代表着宁静、纯洁、轻盈和美好的炊烟,就如家中的老母亲一样,永远掌控着我们失眠与泪腺的开关,牵动着我们思念与乡愁的神经,甚至在我们身体跟灵魂深处,植入了无法言说的疼痛,直通我们的过去、现在与未来。

古 塘 帆 影

蓝天白云,长堤逶迤,鼓浪与石岩相击,碧树与白鹭成趣;烟波浩渺,水光接天,帆船踏浪而行,帆篷鼓风而翔。浣纱村姑,清风古韵弄倩影;三两顽童,岸边石缝摸鱼虾……好一幅"蓬莱仙境""西湖胜景",只恐再高明的画家也觉艺浅技短,不能亦无法表现古塘的唯美与纯朴。

老家临塘而居,世世代代以塘为生,以塘为乐,对古塘有着深深的依恋。古塘,更是我孩童时代的乐园,那时我常约三五个小伙伴,躲过家人的目光,偷跑到古塘边玩耍。塘里可玩的东西真多，或光着腚在近岸浅水处扎猛子，一闹就是半天；或顺着岸边的石缝逮鱼摸虾，每次都满载而归；更多的时候，则是或站或坐于石堤上，静候从塘中驶过的大木船，我们都喜欢看那船桅上的白帆。

那时，从戈店到双门段的那一段塘堤还是土路，一到雨天，堤上烂泥盈尺，举步难行，货运成为难题。伴随着改革开放的春风，当地组建了一支货运船队，利用古塘水路便利的优势，开通了双门至老庙集的货运航线。双门的粮食、木材等货物装上大船，顺着淠东干渠双门至瓦庙段进入安丰塘，依堤西岸一路至戈店，再从戈店至老庙集上岸，转送至等候在码头上的汽车，再通过陆路运往外地。大船返回时，再捎带上油盐布匹等生活日用品，两不放空。大船往返，必从我老家的塘边经过，看大船、看白帆成了我儿时最大的乐趣和期待。

船队经过的时间不定，有时在堤上等了半天，也不见大船和白帆的影子，只得垂头丧气地往回溜。还未到家，就有小伙伴惊喜地喊："看，船来了！"回头一看，大船果然来了，我和小伙伴们欢呼雀跃起来，连忙折转身，一窝蜂地朝塘堤上狂奔，也不管路上的坷垃把光脚丫硌得生疼。只要能看到大船和白帆，我和小伙伴们比过年都高兴。

远远地，就能看见大船上的桅杆，那张挂着的单桅白帆，在蓝天白云的映衬下，更加夺目。待我们气喘吁吁地爬上塘埂，船队就到了近前。船队一字纵向排开，劈波前行，那气势就像电影《甲午战争》中邓世昌率领的中国舰队一样威武。大船有四五只，是我当时所能见到的最大的船了。船上整齐地码放着麻袋，船头立着一位汉子，不时挥动着长竹篙，在船头两边撑划着，掌控着大船的航向。

再看堤岸边，几个拉纤人吸引了我们的目光。每只大船上都有三四个纤夫，负责拉动大船前行。纤夫裸露着上身，一律穿着裤衩，赤着脚，个个身材壮实，皮肤黝黑，脸上身上布满了水珠，不知是汗水还是飞溅的塘水，人整个像才出水一样上下没一块干的地方。纤夫们"嘿哟嘿哟"地喊着号子，前倾着身子拉纤。顺风的时候，纤夫们可以轻松地挺一下腰身；风一转向，纤夫们只能手脚并用地贴地爬行，死命朝前拉，粗大的纤绳深深地勒进肉里。我好长时间都弄不明白，有时自己光脚被坷垃硌一下都疼上半天，那些纤夫赤脚踩在嶙峋怪石上能不疼吗？我真佩服他们。

那两年的暑假，我和伙伴们几乎都泡在古塘边，对家人谎称去洗澡，实则是去看大船、看船上的帆，怎么也看不够，一日不看，倒像丢了魂似的六神无主。看得多了，渐渐摸到了一点窍门，大致掌握了船队往返经过的时间，也不至于在塘堤上傻等了。时间长了，和纤夫们也熟络起来，一边在堤顶上走，一边和堤坡下面的他们叙话，有时还把从自家带来的瓜、梨送给他们吃。船队走远了，我和伙伴们站在原地,恋恋不舍地看着大船渐渐消逝在水天一色的古塘里。船桅上的白帆,带走了我们的心。

20世纪80年代,古塘的宁静被"突突突"的机器声打破,从双门到老庙集的航线已被机帆船所取代,人工拉纤的船队退出了历史舞台,那些大船和船桅上的白帆再也看不见了。每当塘中有机帆船"隆隆"地驶过,我心中不免有一种怅然若失的感觉。近年来,政府加大投入,加大了古塘及周边道路的建设力度,安丰塘环塘堤埂全部修成了宽阔平坦的水泥路,再也不用担心雨天泥泞难行了,再也不用害怕坷垃硌脚的事情发生了。

"好是轻风人放棹,红莲采得满船归。"清代诗人桑日青在题咏安丰塘的诗句里,真实地记录了当时古塘的丰盈与富足。时代飞速发展,天地沧海桑田,四十年的光阴逝去,古塘已今非昔比,一个风光旖旎、娉婷俊美的芍陂古塘呈现在世人面前。再见了,我的大船;再见了,我的白帆。我会把你们珍藏在我的记忆深处,直至永远。

父亲的放牛鞭子

父亲有一杆令人发怵的放牛鞭子,不仅让牛畏惧三分,也让我视之胆寒。

鞭子是父亲自己做的,一截绳子打上几个结,一头系在一根三尺来长的柳条棍上,看似简陋,却特别牢固耐用。

父亲很是喜欢这杆鞭子,走到哪都带在身上。放牛时拿在手里,时不时挥舞一下。走路时别在后腰上,像戏台上的花翎一样晃悠着,有些滑稽。回到家里,把鞭子挂在门后的木桩上,不许我们小孩摸一下。鞭子,成了父亲的命根子。

父亲年轻时是远近闻名的庄稼把式,农活样样精通。割麦时,父亲独揽两道趟,"嚓嚓嚓",只听镰刀响处,麦子成片倒去,一人割过三个壮劳力。父亲更是一个栽秧快手,几趟秧一起赶,"唰唰唰"一阵水响,双手如紫燕般上下翻飞,水田中立时一片青绿。

听母亲说,队里几个妇女曾摽在一起,和父亲比赛栽秧。几个妇女合起来,和父亲栽同样宽的秧趟,父亲一趟秧栽到头,那几个妇女还在田中间拼命撵着呢。

父亲外号"小铁人",是我们全家的骄傲,只是铁人也有累倒的时候。由于长期操持和过度劳累,父亲的身体每况愈下,竟患上了严重的胃病,人瘦得皮包骨头,走路时软弱无力,脸色蜡黄,一双眼睛也失去了往日的神采。

父亲当年的雄风不再,重活干不了。生产队照顾父亲,就安排他放牛。我儿时的记忆,也就是从父亲放牛时开始,才比较清晰。

父亲负责两头牛的放牧。牛,一大一小,大的是头母牛,小的是头牛犊子,是母牛的孩子。农闲的时候,父亲每天一大早就牵上牛出去放牧,让牛吃上带露水的青草。父亲的精心放牧,让两头牛长得膘肥体壮。

那时,我刚上小学。放暑假的时候,父亲喜欢带我出去放牛。他在前面牵着母牛,让我骑在牛背上,我手里再拉着小牛犊的牛绳,一路逶迤而去。人是一老一小,牛是一大一小——一幅别样的放牧图。

庄稼人都特别爱惜牛。在我的印象中,尽管父亲身体十分虚弱,但他舍不得骑着牛放牧,都是在地上牵着牛绳。有时,在田埂上放牧,前面的母牛乘父亲不注意,就"唰唰"偷吃两口田里的秧苗。父亲发现后,呵斥一声,扬起手里的鞭子,往空中一抛,"叭"的一声脆响,惊起田边几只水鸟。母牛吓得一激灵,赶紧别过头去,老老实实地啃起草来。

父亲只是吓唬它一下而已,并没有将鞭子抽到牛身上。父亲心疼牛,从来没打过牛,就连牛偷吃庄稼了,也舍不得打一下。很多时候,牛对于我来说,也不是想骑就能骑的,一般情况下,父亲看四下无人时,才允许我骑上,一见到有人,就叫我下来,他怕庄上人背后戳脊梁骨,说他亏待牛。

父亲的鞭子没打过牛,却差点抽在我身上。那天早上,倾盆大雨下个不停,我和家兵、文燕等几个小伙伴不想去上学,就躲进社房牛屋里打扑克,一时玩得兴起,大家竟忘了时间。

不知什么时候,屋门忽然被"吱呀"一声推开,父亲戴着斗笠、披着蓑衣,浑身湿淋淋地走进来,后面跟着两头同样一身雨水的牛。这是父亲放牛回来了。

在父亲进屋的那一刻,我和几个小伙伴都愣住了,傻子般呆坐在那里。父亲一见,立刻明白了什么,大声喝问道:"你们不上学,在这里干什么?"几个小伙伴似乎回过神来,丢掉扑克,仓皇地从牛屋的破窗里爬出去,兔子般地逃走了。我稍一迟疑,最后一个爬出窗户,赤着脚,一路往家狂奔。

我不敢回家,就躲在隔壁七舅家的马台上,想等父亲消了气再回去。可事情并不像我想的那样简单,没想到父亲不依不饶,非要找我算账不可。我蜷缩在马台上,这边喘息未定,那边父亲就脚跟脚地撵来了。

奇怪的是,父亲没有直接回家,而是从门口一抄而过,径直朝七舅家这边走来,仿佛知道我藏身的地点似的。我一看势头不对,跳下马台,拔腿朝庄东的大姐家逃去。

雨还在下。父亲正在气头上,哪里肯放过我?他不顾病体,紧跑几步,挥起鞭子向我抽来。"叭"的一声,鞭子在我身后炸响,吓得我一哆嗦。这一鞭子够狠的,我明显感觉到,鞭梢带着一股风,从后背掠过去。如果抽在身上,肯定是皮开肉绽。

中午,我躲到大姐家蹭饭吃。大姐得知事情原委后也很生气,又把我数落了一顿,说我不该逃学,父亲身体不好,把他气坏了怎么办?我羞愧难当,匆匆扒了几口饭,就一路淋着雨跑回学校,我不能再让父亲生气了。

当天晚上,我无颜也不敢见父亲,躲在廊檐下的柴垛边,准备在这里度过凄风苦雨的一夜。睡意蒙眬间,忽然听到屋里传出父亲和母亲的争吵声。母亲似乎在为我辩解什么,父亲仍余怒未消,他咳嗽两声,突然高声说:"狗大个年纪,不好好念书,长大能有什么出息?不抽他一鞭子,他哪能长这个记性?"

父亲的话,就像他手里的鞭子一样,真切地抽打在我的身上。那时,我只有七八岁,尽管还不能完全理解其中的含义,但父亲说过的每一句话,我都牢记于心,真正地长了记性,从此再也不敢逃学了。也就是从那时起,每当在生活、工作中遇到失意和坎坷时,我就会想起父亲教诲我的话,就会想起父亲的那杆放牛鞭子。

如今,父亲去世已四十多年,他老人家坟头上的草几番荣枯,始终不变的,是我对父亲的情感和敬畏。许多年来,父亲的鞭子一直高悬于我的头顶之上,冥冥中似乎在抽打着我,鞭策着我,催促我挺直腰杆,积极进取,朝着人生的目标全力奋进。

父亲的放牛鞭子,伴随着我的人生旅途,一路炸响。

父亲的瓜田

父亲一生中最值得骄傲的,是他有一手种植香瓜的技术。

小时候,我就知道父亲会种香瓜。只是,父亲种了那么多年香瓜,我却一直没尝过他种出的香瓜是啥滋味。

那还是生产队的时候,队里每年都种香瓜,种瓜人非父亲莫属。父亲除了种植香瓜,看瓜田也成了他分内的事情。

瓜田在村前的冲田塝上，十几亩瓜田被田埂隔成一小块一小块的，碧绿的瓜秧连成一片，平展展地伸向远处，透着无限生机。

父亲从家里扛去几根木料，在瓜田边搭了一个瓜棚。瓜棚很简陋，四根木料做支柱，在半人高的地方绑上一张竹笆，再用塑料薄膜和稻草扎成棚顶。父亲日夜守在瓜棚里，看着他的瓜田。

自瓜秧下地后，父亲就很少回家。他沉默寡言，只知劳作，整天在瓜田里忙碌着。春天的时候，他忙着施肥、播种、松土、拔草。到了夏天，他又忙着打尖、浇水、压蔓、翻蔓，炙烈的阳光在他的后背上留下了一道道灰白的盐渍。

父亲看瓜回不了家，我和妹妹负责每天把饭送到瓜棚里。父亲停下手中的活计，三扒两咽地吃完饭，把空碗往篮子里一放，就催促我们赶紧回家，不让我们在瓜棚里逗留。

夏天的时候，浑黄的积水淹没了通往瓜棚的道路，我和妹妹不敢过去，只能喊父亲过来吃饭。父亲蹚着没膝的积水，"哗啦哗啦"地走过来，匆匆吃完饭，又"哗啦哗啦"地蹚过去，回到他的瓜棚里。

雨季过去，积水终于退了，我和妹妹送饭时，又能靠近父亲的瓜田了。这时候，香瓜已经快熟了，绿油油的瓜秧和瓜叶下缀着的一个个香瓜，静静地躺在地上，散发着诱人的清香。看着黄澄澄的香瓜，我和妹妹直流口水。

越是到了香瓜成熟的时候，父亲越是不让我们靠近他的瓜田。有时他接过饭来，不等吃好，就像轰小鸡一样，将我们赶走。有时看见我们送饭来了，父亲干脆迎过来，将饭碗接过来，然后撵我们回家。

有很多次，我和妹妹坐在窑冲边的树荫下，远远地、眼巴巴地看着父亲的瓜棚和他的瓜田，心想，这香瓜是什么味道呢？但是，瓜棚里的父亲似乎没看见一样，自顾自地忙活着。

那年上学期，我考了个全班第一，学校敲锣打鼓地把奖状送到家。父亲在瓜田里忙活，没赶上这个荣耀的时刻。母亲代表父亲，从校长的手中接过红彤彤的奖状，脸上笑成了一朵花。

当天晚上半夜时分，我突然被母亲叫醒。我迷迷糊糊地爬起来，看见父亲回来了。他站在床前，脸上露出难以见到的笑容。此刻，见我醒来，他从怀里抖抖索索地摸出一样东西，递到我面前。"呀，是香瓜！"我两眼放光，睡意全消，一把抢过香瓜来。

这个香瓜，比大人的拳头稍大一些，一侧看正常，另一侧则露出了黑色的瓜瓤，这是一个烂香瓜。我不管这些，喊起妹妹，将香瓜掰开，一人一半吃起来。香瓜微甜,糅合着像糖梨果子一样的酸涩,还有一股浓烈的溮水味。

如果说,我吃过父亲种出的香瓜,那么这算是仅有的一个,并且还是父亲偷偷带回来的烂瓜。许多年后,我的味蕾对香瓜的感觉,一直停留在这个烂香瓜上,傻傻地、固执地认为香瓜就是这个味道,以致在众多的瓜类中,对香瓜始终不怎么看好。

我一直不明白,父亲为什么害怕我们到他的瓜田里,甚至连我们送饭到瓜棚里,想看看躺在瓜秧下的香瓜一眼,他都如临大敌,神情紧张,疾言厉色地将我们赶走,不让我们在他的瓜田里多待上一刻。直到长大后,我才从"瓜田李下"的成语中悟出点什么。在我明白这个道理的时候,父亲已仙逝多年。但父亲的瓜棚和他的瓜田,一直长久地留在我的记忆中。

那缕粽香

"白白糍筒美,青青米果新。"又到玉粽袭香的端午,蓦地想起家乡的米粽来。

我的老家在烟波浩渺、水天一色的安丰塘畔。每年端午,和其他地方一样,包粽子、吃粽子成了端午的主题。

进入农历五月,我就眼巴巴地盼望着端午节的到来。对于儿时的我来说,这可是过年之后的又一个大节,有好吃的肯定不用说。而端午节最好吃的,就数那香香甜甜的粽子了。

端午节前一天,是"万户家中缠米粽"的日子。这天下午,队里会照例给妇女们放上半天工,让她们在家包粽子。郢子里立刻热闹起来,茅屋草舍里到处是妇女们忙碌的身影。

一到此时,往往是母亲最劳顿的时候。她不仅要包我们家的粽子,还要帮隔壁妗妗嫂子们包粽子。母亲是庄上包粽子的好手,她包出来的粽子最好。多数情况下,母亲都是先帮邻居包好粽子,最后才包自家的。这个时候,我也放学了,就蹲在母亲旁边,仔细看她包粽子的一举一动。

母亲包粽子很投入。她从水盆里取过两张宽厚的苇叶,剪去根梢,在底部圈成一个圆锥筒,从另一个盆里将泡好的糯米放进筒内,用清水抚平,放入红枣之类的馅料,将苇叶扎紧折向一边,再取过一截早已准备好的麻线,中间缠上两道,一端咬在牙间,一端绕在指上,两头用力一拉,打上活结,再剪去多余的线头、苇叶,一只漂亮的粽子就包好了。

母亲包好的粽子就像一件艺术品,束腰鼓腹,棱角分明,色彩碧绿,玲珑精巧,真真是"碧装束裹二角尖,玉带一缕腰间缠。未解罗裳清香远,无限诱惑在里边"。

煮的时候,母亲将粽子一层层码放在大铁锅里,隙间再放上咸鸡蛋、咸鸭蛋,灶下架上牛粪火烧起来。这牛粪屉屉的火焰烈度介于劈柴和稻草之间,火量适中,烀熟的粽子特别香。烀过几开之后,粽子的清香丝丝地从锅中溢出,屋子里暗香浮动,清气弥漫。我贪婪地嗅着这丝丝缕缕的粽香,口水都要流出来了。

终于可以吃粽子了。轻轻剥开青绿色的粽叶,一股粽香再次扑向鼻端,露出乳白色的糯米,蘸上点红糖,轻咬一口,细细品尝,红枣的甜、糯米的香,与粽叶特有的风味融为一体,充斥于唇齿之间。那黏韧清香、细腻软滑、甜润爽心、美味可口的感受,让人回味无穷。

粽子是家乡的味道,总让远在他乡的游子念念不忘。"土俗清明供祀墓,诗家端午吊离骚。年年节令春徂夏,丙舍南瞻念母劳。"清代儒学大师谢墉的这首诗,正是我此时心境的写照。

数年过去了,我再也没有吃过家乡的米粽,母亲亲手包的粽子所具有的特有香气,只能在梦中回味。芳香四溢的米粽,氤氲在家乡六月的阡陌上,也将永远弥漫在我的记忆中。

别样的小菜

蔬菜菱藕,草之可食也。蔬菜是中国人餐桌上重要的菜品,占据着饭桌上的半壁江山。而从蔬菜中衍生出的腌制小菜,称得上是中国百姓餐桌上一道独有的"舌尖味道"。

相对于荤腥类的大菜而言,小菜的身份相当卑微。在我的老家,它一度像狗肉一样上不得台面,家里来人,一般都羞于端上桌,害怕一不留神,把家庭的窘困暴露出来,丢了面子。

小菜不小。20世纪七八十年代，在极度贫困的农村，小菜曾经是农家餐桌上的当家菜，一日三餐顿顿少不了，来人待客还能凑个数。没有荤腥类的大菜，总不至于连下饭的小菜都没有吧。家家如此，也就不存在失面子的问题了。

那时候，贫穷带来的远不止痛苦、挣扎与迷茫，还有无奈、麻木和屈服。清汤寡水的生活，使乡村随处可见布满菜色、黝黑粗糙的面庞，这是长期小菜下饭营养不良的结果。

尽管如此，也不是所有农家一年四季都有小菜下饭，有些特别困难的农户，连小菜都不能保证。我家就是这样，每年都有断了小菜的时候，甚至有过白水泡饭的凄苦经历。

记忆中，每年夏天都是家里吃菜最困难的时候，难以吃到新鲜蔬菜不说，就连生了蛆的腌腊菜、酱豆子之类的小菜也无法供应。母亲就地取材，变着法子给我们做一些就饭的小菜，还给这些小菜取了"公鸡蛋""瞎眼鱼"之类的名字。

"公鸡蛋"说来荒诞，其实就是炖面浆。做法很简单，取少量麦面和成糊状，加上盐和辣椒丝，再放上几滴菜油，像真正炖鸡蛋一样，放进饭锅里蒸熟。炖好的"公鸡蛋"虽没有真鸡蛋的醇香味正，但单是那辣味、咸味也足能下饭了，我们照样吃得津津有味。

"瞎眼鱼"说白了就是炕茄饼子。将茄子切成斜饼状，蘸上面糊糊，放进锅里炕，待炕得两面焦黄，加上水煮开，起锅前放上青椒、葱蒜等调料焖上片刻，再盛在盆里。这炕茄饼子虽然费点事，但吃起来却真有鱼肉的鲜美味道，令我们胃口大开，常常吃得满头大汗。

"公鸡蛋"不是蛋，"瞎眼鱼"不是鱼，故意把这些小菜名字与荤腥菜肴挂上边，大有画饼充饥、望梅止渴的味道，似乎是在慰藉我们那常年不见荤腥的肠胃。尽管这些别样的小菜有些虚幻，却是那个年代我们最美好的愿望，祈盼着有朝一日，能够告别顿顿小菜下饭的凄苦时光。

望穿秋水，只为美梦成真。随着社会的发展和人民生活水平的提高，百姓家的餐桌发生翻天覆地的变化，当年小菜当家的穷酸窘状已一去不返，取而代之的是荤素搭配、色香味俱佳的丰富菜肴。就连农家的餐桌上，小菜也很少抛头露面了。

如今，人们在家里和餐馆里吃腻了大鱼大肉，偶尔会做或会点上腌腊菜、酱豆子、磕辣椒之类的小菜下饭。每当看到此景，我总是百感交集，没想到当年卑微如草、端不上桌的小菜，竟成了当下佐餐下饭的稀罕物，这些那时可是我们的救命菜啊！

别样的小菜，是我生命的味道。

天 堂 诗 笺

远去的声音

一个声音,在耳畔轻轻响起,仿佛一只轻盈的鸟,掠水飞翔。扇动的羽翼,触响我记忆的风铃,深深浅浅的往事,便纷沓而来。

青梅竹马的你,微笑还灿烂如初吗?

那些埋藏在树下的歌谣、梦想和你少女时期的心事,都已成为岁月树下的落花。落花成泥,只有如故的馨香,温柔一生的情绪。

坎坷的经历,在我的眼底沉淀成一潭古井,智慧在我的额头闪光。在生活的船上,我已不是一个生手。

而怀恋的,始终是那片青青的草地。青青的草地,柔软如你的头发。

往事和你,是荡漾的水中之月,仿佛看不见的暗流。"叮咚"的水声,牵着我的渴望,永远的渴望。

暮色深沉,夜的眼睛沉静地望着一只鸟,孤独地飞,迷茫地飞。而一片鸟羽,在我忧郁的瞳仁里,失失落落。

月光如水

月光如水。静静的夜晚,凉风柔爽,吹动花朵的芳馨,扑面而来。

独立窗前。凝望远处的灯火,忽明忽暗,和天上的星星连接在一起,似灯非灯,似星非星,闪动着变幻莫测的光点。

你离我而去。携带着那串串红豆,一路踏歌,一路欢笑。

你说,要去寻找一个没有痛苦的世界,无论天涯海角,总有一片亮丽的风景会属于你。任我肝肠寸断,你远去的背影义无反顾。跟随你向前的方向,我极力寻找你留下的点点星光,视线中,只有一缕光芒,在这个夏夜里,覆盖了所有旋舞的花朵。花朵失去了光泽,只留丝丝缕缕的清香,使我回味而彷徨。

也许,那红豆变成了一串苦涩的青果,等到经过风雨的洗礼后,才会焕发新生;

也许,你带走的是一次轻轻的握手,待经历岁月的感悟后,才会重拾温暖。

不论身处何处,你不要忘记,今晚的月光下,一朵花从祈祷声中走向了美丽。我深情地凝望昨夜的星辰,伴你上路,去寻找那一个,更加明亮的生命瞬间。

呼　唤

不能安静的黄昏。

站在照片前,你未来遥远的故事走向何处?谁说五月是神农拖着艾叶倾洒心中的泪滴?

远离尘嚣的空间,谁的想象穿透生命的原野,在时光的大截面上,飘浮爱的空明小雨?

忘却的旁白,为隔岸倾听的悲戚声响,塑造携手同行的回想。瞭望的双眸,难以找回人生相伴的过程。浸泡的思想,膜拜一颗受伤的心,朝思暮想那个逝去的人。

钥匙给你留着,那是我们的家,难以躲闪的幽深长夜,陷落多少孤寂的清泪。

其实,你已走过我的生命,剩下的路注定无人相伴。游离的心音,扶着跌倒的月光;夜的合围,吞噬深夜的沉寂。

怀　念

淅淅沥沥的雨声,传送着你的一片容颜。往昔的记忆,飘动在风中的树叶上,于灵魂的深处,旋转着太阳、星星和月亮。

我驾着梦的祥云,响着记忆和灵魂的声音,寻找一段时光的过去。

日子仿佛一线山峦,若隐若现。水波看见一盏昏黄的灯,却无法找到熄灭的路线。

涉水而过,在落雨时节。褪色的照片,晃动一抹灿烂的光明,一不小心,它就会被黑夜撕裂吞噬,演绎成鹊桥相会的陈年故事。

怀念是沉默。怀念是书本。怀念是无尽的相思。

断线的风筝,披着梦的衣裳在蓝天翱翔,洒落无数泪滴的忧伤、无依无归的烦恼痛苦。可爱的小人,用她如玉的手,幻化成朦胧记忆的绵绵跫音,以童稚迎接对你的痴痴怀想。

悲伤的日子,死在手心里,圣诞树却在复活,在拔节……

湿的是相思,干的是日子。

黑的是未来,白的是曾经。

怀念是不可能随便逃脱的。

雨水袅袅娜娜,一如你美丽的容颜。

无期的等待

你走了以后,时间把寂寞拉得很长很长。

相思草疯长五月,黄昏风驮远思恋。

我守在感情的驿站,孤零零地让雨丝浸湿,一整夜一整夜的失眠哟!

夜,没有一声蝉鸣。

风,没有一丝感觉。

于是,疯狂地满世界寻找你的踪影。在曾经的爱巢前来回踱步,幻想你的身影飘然而至。黑黑的世界里什么也没有出现,一如漫漫黑夜般冷峻。

我禁不住回首往事,阅读你远去的背影,诗情生动而美丽,一如从前你我交谈的倾心。

只是有一句话,始终未向你说。只是这句话,今生已无处诉说。

可信鸽已飞进五月,归程,哪还有来期呀?

我苦苦地徘徊在思念的鹊桥边,期盼一年一次的七夕相会。

那个季节,不知道你能不能来?

秋 水

远隔秋水,我已不能再去称颂季节。所有的日子散落四野,从离我最近的地方开始晶莹。

秋水之湄,可以想象:一朵亮丽的菊,吻遍南风之末。你的裙裾已被露珠打湿,而唇际的一朵微笑,却宁静灿烂,如星的眸依然可以点亮一支暗夜的烛。遥远的身后,箜篌奏响,鸟雀齐飞,如弦如歌的往事,就是在这样的记忆中收尽最后的花萼。我追逐的灯火,竟然渐渐暗淡。

怎样才能够望穿岁月的面纱,重新种植纯情的种子?清凉的风悄悄盖过一切,田园牧歌,烟柳草色,再一次显现在悠远的梦里。在咏唱的高处,我只能坚守一朵谢落已久的花朵,安慰未愈的伤痛。

星光遍洒,哪里才是我温暖的福祉。遍布寒露的枝头,温柔的花为什么不再开放一次呢?

蒹葭苍苍,依然修饰千古尽同的忧伤。

搁浅的梦境,依然在混沌如初的日月中等待。

而那秋水，已绵延到天的尽头！

倾诉与聆听

沉默划破了所有古装的语言。

十月啊，我的倾诉与窗外的阳光，让你温暖。

模糊的概念，从记忆的河床上飘逝，最后的蝉鸣被鸟声击落，我感恩的欲望，被深秋的十月珍藏。指缝间留有的空隙，怀念起远方漂泊的云，你在他乡还好吗？我用沾泪的歌喉，叩响你，十月清冷的门扉。

深秋倾诉，漂泊的云与我的思念，被一声意外的鸟鸣，重新凝聚。

你是女国王

可以说你是一个女国王，在家里排兵布阵，指挥着千军万马，杀出想象。

你把所有的智慧都用在怎样对付过去、现在与未来身上，可以演绎出河山一片，风光无限，贤才济济，群英一堂，但找不出将相。

等到疲倦、打盹之前，就沏上一杯白水，让舌头尝尝孤家寡人的味道。反正没有几个人能品得出什么是真正的苦与甜。

让上下五千年积累的经验，来治理荒芜的家园。地里种满一粒粒金钱，谁都知道那些玩意儿不能开花，也不能结果，更不能填饱饥饿。可是从来人人都喜欢。

你把奇谋妙计用在亲友来访、迎来送往、上班之前、下班之后、生日、聚会、佳节、过年、老人、孩子、邻里之间，上上下下、左左右右织成一片，不求逢源，不求圆满，但要在每晚入梦之前，计划出安乐在后、忧患在前。

让饭菜说话，你最懂得锅碗瓢盆的大小与深浅，最深的情也比不上酱醋油盐。只要一上桌，味道就能弥漫所有的房间。

你是家里的女国王，治理着小家些许的臣民。

等待一个人

茫茫黑夜，雨声淅淅。

等待一个人。

渴望一种心情，静候一种声音。

门敞着。黑洞洞的门口，零星的脚步走过，若飘飘洒洒的雨滴，但都停留在别人的门口，别人的门闭若寒壁。

烛光闪忽，淌着浊泪。心旌缭乱，一起一伏之后，像燃尽的蜡烛，又慢慢熄灭。

脚步声过处,一片黯然。

夜已深,犹如洞中寂景。索性下楼步入雨中,忽然有雷声闷闷地从远方滚来。静听那夜晚哭泣的声音,恰似天堂的乐章。

春草低眉,花香散尽,水流成河。走过所有的小径,徘徊所有的回廊,最后伫立在梦的悬崖上,观看半梦半醒的风景。

清醒抑或昏沉,等待的人都不见踪影,只有雨中的残花依然。也许是昔日的落花带走了那个故事,也许是雨水填平了过往的足迹。忽然想起了祝英台的悲哀,梁山伯就这样孤独地仙逝。我梦见自己已经死过一次,并且已经很遥远了,坟头草长,不见一缕青烟。

然而,我不是葬花的林黛玉,我甚至不知道烛光为谁而闪耀。等待的那个人也许永远不会再出现,只淡淡而悠远地笑着,在梦中,在难改的痴迷里。

烛光渐渐地熄灭了。在梦中等待,在梦中再生,在梦中相见。

一只杜鹃,邀我入梦

我想,你就是那啼血的杜鹃了。

可是,可人的鸟却始终没有向我飞来,你就躲在古人的诗词里,日夜啼血。你为什么不肯探出头看我一眼,看思念一眼?

我的心自从能走进怀念里,每个日子都隐隐作痛。

我想,你是在我梦你的时候已经来过了,是我自己错过了时机;我想,你是在我醒来的时候已经飞走了,只剩下似血的泪滴。

可临窗眺望你的那个人是谁?

你已经没了踪影,眺望你的目光该栖息在什么地方,而春天还远。

茫茫的雪夜,你会发现一棵枝繁叶茂的树在为你苗壮吗?

这是我人生的第一场雪啊,却积满了一冬的寒冷。就是这一冬的寒冷,也不能冻结我暗夜里无数次的失眠。可恨的是,我还来不及体味幸福的滋味,就告别了幸福。

我可人的鸟,你可知道,是谁在这场雪中,把自己送进孤寂的寒风里?是谁在寒风的张扬中,凋谢了自己曾经的幸福?是谁在幸福的温柔中,衰败了自己许下的誓言?

然而,痛心啊!谁的一生能在雪中完成?谁的生命能永久地灿烂如雪?谁的幸福披一身比雪还浓重的沧桑,深沉若风?

我可人的鸟,你可知道,谁的一生就徘徊在古诗的门外,想飞,却找不到最初的翅膀?

我可人的鸟,你可知道,谁能在春天到来之前的最后一个夜晚,化成一只杜鹃,邀我入梦?

守　候

不知何时,心退出了季节的轮回,不再有凄风苦雨的侵袭,不再有冰凝的泪滴。今夜,静坐窗前,仰望星空。

心情,是一张网。风走过去了,雨走过去了,被岁月咀嚼的故事也走过去了,唯有一个身影永远走不过去。

有一片落叶飘进春天的记忆,一只蝴蝶追随而去。

寂寥的守候,是一种境界,它能让雪安然地度过夏季。那片洁白的雪啊,是否在某个梦里,轻吻了你的唇,你的嘴角掠过清凉的微笑。

守候在你远航前伫立过的沙滩,每次退潮后,都要拾起贝壳,聆听你遥远的足音和笑语。

守候千年,不会冷,也不会褪色。

飘逝的烛光

暗夜降下沉沉的羽翼。病房里,蜡烛的光焰照亮你惨白的脸。今天是你的生日,庆贺的地点却只能在这充斥生老病死的医院。

尽管心如刀绞,但我们的脸上全都是灿烂的阳光,都在心里企盼,过了这四十九岁的关口,你的生命仍是灿若夏花。

烛光摇曳。你强撑病体,在我们悲唱的生日歌里,双手合十,微闭双目,在烛光里向上苍默默祈祷。你的心愿,吻合着我们的企盼。

天真的小人伸出稚嫩的小手,紧紧抓住你,目光清澈,咿呀学语。大人的世界,她还不懂。

女儿精心安排的这场庆生,始终飘着悲伤的影子。泪眼婆娑地看着你,她此刻最想唱的也许就是那首《烛光里的妈妈》……

不想,这竟是你一生中的第一次,也是最后一次生日。你的生命终结在五月的雨雾里,生死的距离如此短暂!

曾经的烛光已逝,飘飘荡荡融入天际。那　刻,辉映已定格成永恒。时光如水般流逝,梦中的烛光,仍熊熊如炬。

梦回小院

梦中,我又回到故乡的农家小院。

你从田野里归来,身上染着小草的清香,纯净的露水打湿了衣角,脸上闪着宝石似的汗光。

给小猫,逮回一串蚂蚱,高高地插在草帽上;给女儿,掐来两朵野花,美美地别在两鬓旁。

回到家,放下耙子抓扫帚,鸡围你转,鹅绕你唱,小白兔向你行着注目礼,猪圈里,猪崽哼哼唧唧地唱着歌。

你行使着神圣的权力,乐滋滋地来回奔忙,提着沉甸甸的食桶,挥着水瓢当指挥棒。

你围着古老的锅台,天天谱出深情的乐章。灶膛里点着金黄的稻草,铁锅里的馍馍蒸得喷香。

每天,看着女儿一路蹦跳着去上学;每顿,给母亲送上热饭汤。夜晚,你把月光搓成思念的带子,遥遥地、遥遥地投到我的窗前。

你是农家小院的女王,你是我心中的凤凰。

等 你

我的爱人啊,你在哪里?你知道吗?我一直在等你……

春风吹开了婀娜多姿的柳芽,带来了蓬勃的生机,我在等。夏雨淋湿了蜿蜒起伏的河岸,送来了缤纷的绚烂,我在等。秋日丰满了绿肥红瘦的硕果,迎来了沁人的凉爽,我在等。冬雪拥抱了银装素裹的冰冷,迎来了晶莹的宁静,我在等。

我的爱人啊,你在哪里?你知道吗,我一直在等……

我用似水的柔情脉脉地在等,我用如海的宽容缓缓地在等,我用无尽的思念幽幽地在等,我用今生的爱恋痴痴地在等。

我的爱人啊,你在哪里?你知道吗,我一直在等……

我在等你给我不渝,赶走我的孤寂。我在等你许我爱慕,分享我的痴情。我在等你予我纯情,倾听我的心灵。我在等你赐我憧憬,放飞我的思绪。

我的爱人啊,你在哪里,你知道吗?我一直在等,一直傻傻地等着,今生与你最美好的邂逅……

还　是

还是那条小路,一行歪歪斜斜的脚印,蓄满风的叹息,隐失于那片林子。梦的呓语,留一段醒着的回忆。

还是那把二胡,依然挂于墙壁,再也拉不出幽怨的曲子。伤感之事从心底泛起,泪水时断时续。

还是那两颗心,阴阳分离遥遥无期。一颗早已归还泥土,一颗还在苦苦寻觅,人间最美好的东西。

独自悲伤

战栗在你的视野,或者幻化在你的眸中。请不要责怪我的失态,所有被我漫不经心打发的日子,攥在我潮湿的掌心,我情愿伸直五指成无数条道路,让它们真真实实地再走一回。

所有这一切,都是为了苦苦等待你的归期。

因这等待,天空为我而蓝而明艳而充满暴风雨,道路为我而延伸而弯曲而漫长,花朵为我而开而凋谢而结果,我为我而关闭而打开而走出去。所有的存在具备合理性具备象征,所有的象征因多层次变奏而联想无穷。

我真想化坚硬的冷漠成无形柔软透明之水流向你,在你的原野九曲回肠夜夜而歌,或者干脆奔向你答应你完成你所愿。

让我走进一个安静的角落,独自悲伤。

黑房子

有几声鹧鸪,声音在黑暗里颤抖。

静听你远去的足音,灵魂已风化成丝丝缕缕。变冷的岁月在吞噬燃烧的火焰,时光的恶浪把我推进幽冥之中。我把痛苦藏在血液里,来回摸索于黑暗的空间。

夜的阴影扑了上来,将我的心锁进黑色房子。浓厚的云,在脱胎换骨的痛苦煎熬中拼命膨胀膨胀。

无声的霹雳以后,黑色房子化为乌有。一个季节的推移,一种天气的转换,不知发生在何时。

相　思

同样是结局、同样是开始,却无法预料一个雨雾中散乱思绪的许诺,散落了皱褶里的岁月。孤独地回想,许多梦铺成的一片荒凉的人生。

回望着深深落下最完美的初衷,静静地让心漂成涛声。相思,源头是现实里的一根苦瓜藤了不却的情愫。

秋日有人对我说,你有一把风干的爱情,枫叶却执意要留下瞬间的梦痕。

五月的暴风雨,看了风便苍老了许多,几缕伤心的风背负着沙砾,在无意中醒来,期望思绪又一次重复。遥远的安魂曲响起,故事的结尾在远方。

我匆匆地走来,俯在茶花的身上,默默祈求,让相思筑成一座永恒的坟墓。

只怨情深缘浅

回忆里总是些断句残章,像遗落的诗笺。我无法再将你串联成篇,像散落的墨迹,无法再将你装订成册,只由那风一任地吹,只由那岁月如梭地穿过。

只记得,那些诗很美,每一句,每一句都反复研磨过。雨季很青涩,也很漫长,还有一路歪歪扭扭的足迹,稚嫩得可笑。那时的我们还不谙世事,不懂爱,只记得年轻的心狂妄又热切。

那时的梦也很美,总是要依着月光说情话。那时的爱也很唯美,落花飘满南窗,东风卷帘,我与你花前月下共醉红尘,成千古佳话。总无奈,情深缘浅,无力向晚。

书一世情长,相思又苦短,只能在各自的梦境里,叙说着相聚和别离。

门帘后,那双眼睛

那年夏日雨后,一个相亲的机缘,让我认识了你。在你家里,无数审视的目光,在我身上爬满了虫子。局促中,恨不得地下有一个暗洞让我逃遁。

忽然,厢房门帘的一角悄悄掀起,一双含羞露怯的眼睛,与我慌乱的眼神不期而遇。那双眼睛哟,清澈如一潭秋水,怯怯的像雨中的竹叶,柔柔的能融化一切。

看到你这双眼睛的刹那,我的心田瞬间安静一片,如暴雨后寂静的秧苗。世间从未见过如此美丽的眼睛,被融化的感觉是那样酥软。

从此,一眼定终身。你那清澈的眼睛,星星般照耀了我近三十年,也被融化了近三十年。

如今,斯人已去。唯有你的眼睛如星星般,一如从前照耀我的梦境。

清 水 寡 年

我枯坐在家里的椅子上,如同来到空无一人的街头。

冬日的阳光透过玻璃窗,将一片惨淡的光影投射到卧室的地板上,细小的微尘在光影里燕子般翩翩飞舞,客厅墙上的电子钟"嘀嗒嘀嗒"地走动着,越发衬出房间里的寂静、清虚。室外虽有阳光,家里却寒气袭人,空气中凝结着丝丝凉意,仿若坠入冰窖中冷彻肌骨。偌大的房间里冷冷清清,就像朱自清先生描写的那样,"空屋子像水一样",静谧、幽寂,悄然得有些怕人。

外面的大街上很是闹热。春节的脚步声越来越近,空气中飘浮着愈来愈浓的年味。街上到处是喜气洋洋置办年货的人们,不时炸响的鞭炮伴随着孩子们开心的欢笑声,肆无忌惮地撞入我的耳鼓,重重地刺激着我那已不堪一击的脆弱神经。别人都在欢天喜地地忙着过年,我却没有这样的心情,这份快乐不属于我。此时我只想独坐一隅,面对满屋的寂寥和冷清沉思低吟。

往年的这个时候,家里并非如此冷清,年前的几天,往往是最忙的。在忙完单位里的琐碎事务之后,照例偷空回家干上一会儿私活。厨房里的事,我照例是撒手不管的,我只负责室内外的卫生,穿上肥大的工作服,爬上爬下,里里外外,扫擦拖抹,桌椅板凳、门窗地板一律纤尘不染,明净若洗,光洁如镜,焕然一新。再挂上红红的中国结、窗花、灯笼等饰物,家里立时有了过年的味道。整理修剪花草照例也是我全包,尽管不谙花事,但我像对待一件易碎的工艺品一样,小心翼翼地松土浇水,剔除枯枝败叶,一点点清理落在花叶上的灰尘泥污,室内花架上、地板上的花草立时有了生气。再从花店买回几株富贵竹、白玉兰等花卉点缀一下,家里就成了花的世界,陡增了春天的气息。

如今,时过境迁,物是人非。人非人,家非家,一切再难复原,往日情景不再。往年照例喜欢做、必须做的事情,现在已不再那么重要,也不再那么必要。面对一屋的狼藉,再无收拾的心情和心境,看到窗台上落满厚厚的灰尘竟能视而不见,看见墙角桌肚下的蛛网竟也熟视无睹,看见倒下的花瓶竟然懒得伸手扶起来,看见满是枯枝败叶、死气沉沉的花草,没有一丝动手修剪的念头。不知道怎么了,这几天为什么这样懒,不仅手懒,心也懒,像得了大病一样。

年近了,我却失眠得厉害,眼前总是晃动着你的身影。许多人都在准备过年,而你却在另一个世界里。没有了你,哪还有这个家?没有这个家,哪还有过年的味道?家里收拾得再干净,还能再看到你充满爱怜、赞许的目光吗?家里的花草修剪得再漂亮,还能再看见你满心欢喜的样子吗?没有你的世界,注定是一个灰暗的世界;没有你和我一起过年,注定是一个清水寡淡的年。

明天就是年三十了,女儿几次打电话来让我去他们那过年。本不想去,最后想想还是答应了。去就去吧,但是没有你,在哪都是清水寡年。

五月祭书

芹,时间过得真快,转眼又到了你的忌日。不觉间,你离世已整整三年了。三年的时光,短暂而又漫长,一千多个日日夜夜,似水般流去,但对你的思念,却无时不在。你可知道,现在枝上的槐花,开得正盛。

暮春残花,凄风苦雨。那年槐花风舞的五月,是你去世的时日,也是我人生中最黑暗的日子,以至于在此后的岁月里,每每五月来临时,心中不禁生出黯然的情绪来,一如夏日农田边的茅草,不可抑制地疯长。

你可知道,你离世这三年,世上的事情发生了多么大的变化。世界变得扑朔迷离,令人眼花缭乱,越来越不可捉摸;国家也发生了很大的变化,可以说是一日千里,沧海桑田,正在逐步走向富强。这些变化,是你在世时未曾经历过的,也是你所始料未及的。

也许,你对国事、天下事不大关心,正如你在世时那样。我知道,你最牵挂、最惦记的,还是我们家里的事。那么,我就给你说说家里的变化吧。

变化最大的,可能要数我了。在经历与你的死生契阔后,我仿佛脱胎换骨一般,性情大变,看淡世事沧桑,内心波澜不惊,不乱于心,不困于情,不畏将来,不念过往;深谋若谷,深交若水,深明大义,深悉小节;善宽以怀,善感以恩,善博以浪,善精以业;勿感于时,勿伤于怀,勿耽凡尘,勿沉虚妄;无愧于天,无愧于地,无怍于人,无惧于鬼。这些,都是你活着的时候,我从未想过和做到的。

你去世后，单位领导考虑我的现实情况，把我调整到相对轻松的岗位，从事我始终热爱的工作，实现了爱好与工作合二为一的梦想。你离世这三年，我没有辜负领导的期望和厚爱，把身心全力投入文学创作和历史文化研究中，相继出版了两本个人著作。这两本书，在前两年上坟时，已在你的墓前焚烧，想必，你已看过。不管怎么说，这两本书多少也代表了我所取得的一点成绩，是你的去世，给了我很大的动力。这里，我得感谢你。

还有一个变化，就是我的身体比以前强多了。你活着的时候，最反感、最讨厌我喝醉酒的样子。你去世后，我自己管束自己，戒掉了酒，抽烟也比以前少多了。现在没有你的管束和唠叨，好像少了些什么，总是空落落的，好在，我还能管住自己。你去世后这三年，我坚持合理膳食，加强锻炼，体重增加了七公斤，感冒也比以前少多了。再有，今年三月，我到女儿他们医院，把后背上的脂肪瘤切除掉了，是良性的。你在世的时候，一直很担心我后背上的包块，害怕别生出什么事端来。这下好了，你不用再惦记了。

我知道，你最放心不下的还有孩子们。他们的变化也很大，可能你都想象不出来。在你去世的第二年，女儿和女婿脚跟脚考进安医一附院、二附院，月月在一附院本部骨肿瘤科，曹灿在二附院药房。他们俩很争气，很快成了科室里的骨干。这俩孩子特要强，做什么事都要做到最好，像你。去年，他们在医院附近选购了一套100多平米的大房子，今年五月就要喜迁新居了。只可惜，你不能亲眼看看这新房子，也不能去参加他们的乔迁仪式了。不过，没关系，这些都由我代劳了。你离世这三年，外孙女晗晗的个头风吹似的长，蹿高了一大截，体格也强壮了很多，很是伶俐乖巧，惹人疼爱。小宝贝上了医院的幼儿园，还上了校外的舞蹈班、器乐班，表现很出色，像她妈妈，很有文艺范儿。孩子们的工作、学习和生活都很好，都在向更好的方向发展，你不用记挂了。

拉拉杂杂，难以诉尽；书不成字，纸短意长；漫漫长夜，难以思全；拳拳之心，青天做证；眷眷之情，大地可明。你若地下有知，伏惟珍重。

槐花疏影，演绎人间清欢。芹，你离世的三年时光，绕指渐行，悲空了岁月的风华，撰写了年轮的沧桑。你眼眸的风景，你嘴边的浅笑，还有故乡渐瘦的脚印，都一一跌入流年的光影里。五月，花絮零落；五月，春梦搁浅。心底的思念，总是婉转低回，粉如五月的微红，若歌盈袖。

梦 西 湖

一梦到杭州,四季看西湖。苏堤春晓、曲院风荷、柳浪闻莺、雷峰夕照……著名的西湖十景,闻其名便令人如临其境,如见其形。这人间天堂的旖旎风景,美得让人骨软筋酥,飘飘欲仙。

西湖的美无法复制,它是大自然和人类共同缔造的杰作。西湖的景致四季不同,春天"花满苏堤柳满烟",夏有"红衣绿扇映清波",秋是"一色湖花万顷秋",冬则"白堤一痕清花墨",随着季节的变化各有千秋。

可这一切对于我来说,都是虚幻、缥缈的,像一个遥不可及的梦,因为我一次都没去过。有关西湖美景的印象,都是通过间接渠道获得的感知,碎片样镌刻在我的脑海里,少了对西湖的直观感受。

曾经和西湖有过近距离的接触。两年前,我带着妻子从上海赶赴杭州看病,就诊的浙大一院就在西湖边上,坐公交车只有几站路,甚至步行都可以径直走到西湖。如此近的距离,却也未能到西湖走一次。

此时,经过十几次化疗,妻子的身体每况愈下,连走路都十分困难。看到她被病魔折磨得痛苦不堪的样子,我既心疼又无奈。在她病痛略有减轻的时候,我曾几次提议陪她到西湖看看,都被她拒绝了。

不承想,妻子的这一拒绝竟成了永远的遗憾。从上海辗转到杭州治疗期间,我们曾六次来到西湖边上,却一次也未能到西湖转上一圈。妻子至死也未能看上西湖一眼,我也同样未能如愿,可恶的病魔让我们与西湖一次次错过。

花开花落,烟雨散尽,西湖还是那么美吧。听说,现在是荷花盛开的季节;听说,宝石山顶可以俯瞰断桥烟柳;听说,龙井虎跑是文人雅士必走的线路;听说,杭州那十条爱情马路正美得让人流连忘返……

所有这一切,都是听来的精彩故事。我们曾经那么近地靠近西湖,却不曾亲自去领略她的绝美景致。尽管与西湖近在咫尺,却恍若远隔千山万水,畅游西湖最终化作一个破碎的梦。

梦遗西湖,那就再做一个西湖梦吧。阴阳转换,时光倒流,什么时候我们去看一眼真正的西湖吧,把那些听说的精彩故事都变成现实。趁满池荷花未败,趁断桥没有人满为患,趁我们还走得动,趁岁月还未走远,一起去把西湖看个够。

如果没有你的陪伴,西湖的荷花再美,也掩盖不了我的失落。如果只是我一个人,白娘子和许仙的传说故事,则更会引起我的伤感。如果不是和你在一起,我一定无法成为你口中那个纯粹的文人。如果你说情感与你我无关,那谁能告诉我,这个夏天,我能和谁一起漫步在那最美的十条爱情路线?

梦西湖,何日不再是梦?

三哥活成一棵树

从接到三哥去世的电话那刻起,我一直处于恍惚之中。

尽管是预料中的事情,知道早晚会有这一天,但还是感觉有些太突然,甚至有些猝不及防。三哥罹患癌症已有两三年时间,其间经过一次又一次的化疗、检查,终日奔波在家与医院之间,最终还是没有熬过去。

坐在回老家的车上,想起三哥在世时的音容笑貌,我不禁悲由心生,泪如雨下,三哥生前的一些往事,从记忆深处潮水般泛起,像电影闪回镜头般重现于脑际,冲撞我早已凄楚不堪的心。

三哥在我们五兄弟中行三,在兄弟姊妹中行四,顶上面有一个姐姐,最下面有一个妹妹,在过去农村中是一个令人羡慕的"五男二女"家庭。在五兄弟和七兄妹中,无论从哪一头算起,三哥都居于中间位置。后来的事实证明,三哥确实是我们家庭中的骨干和中坚力量。不管是为人处世,还是居家过日子,三哥都是一把好手。

20世纪70年代初,三哥和二哥一起应征入伍,成为家庭的骄傲。家里堂屋中高悬着两块红彤彤的"光荣人家"牌匾,是父母双亲最大的荣耀。特别是父亲,"双军属"的名气在板桥镇乃至在迎河区都赫赫有名。

父亲病逝那年,三哥和二哥在部队进行一项重要军事工程的施工,他俩都没回来为老人家送终,留下了无尽的遗憾。听说,三哥常常在夜里泪湿枕巾。

当年秋天,三哥回乡探亲,一放下背包,就让我带他去父亲的坟。三哥一头扑在父亲坟前,长跪不起,双手捶地,痛哭失声,直至声音喑哑也不停歇。最终惊动大哥,带来七八个壮乡邻,连拉带抱,才将三哥拖离父亲的坟地。三哥一边木然地挪步,一边频频回首看父亲的坟茔,脸上满是愧疚和难舍。

三哥是我们兄弟姊妹中唯一没有上过一天学的人,扁担长的一字都不认识,以至多年来,三嫂一直拿这个说事,大庭广众下不止一次开玩笑说:"当年老上人偏心,不让他们的三儿子上学,大字不识一个,就像傻子样。"三哥听罢,只是笑笑,并不介意。

三哥虽然是个文盲,但并不妨碍他对文化人的尊重。1980年,我高考落榜回乡务农,三哥见我整天一副垂头丧气的样子,既心疼又着急,便劝慰我说:"条条大路通北京,上大学这条路走不通,还有其他的路呢。"

三哥说不出什么高深的道理,但他质朴的话语如田野上的清风,令我陡然一振,顿时豁然开朗,从此一改往日的委顿和懈怠,开始走上实现自己人生梦想的艰难旅程。多年来,在面对困境和挫折时,三哥的话语一直萦绕在耳际,时时刻刻警醒警示着我。

三哥生性耿直,耿直得甚至有些犟,眼里揉不得一粒沙子。作为兄弟中的老小,我得到三哥更多的呵护和关照,无论是在家庭生活中,还是在日常行事中,三哥的"护犊情结"表现得近乎有些偏执和自私。小时候,我和村里的伙伴们玩耍时如果受了欺负,第一个冲过来的一定是三哥。那时的三哥在我眼里,就是一个提刀跨马、驰骋天下的大侠。

那年秋粮上场时,我和几个伙伴在稻场边打闹着玩,表哥老根冷不防从背后搂住我的腰,想把我抱起来悠圈圈。不承想,这被挑稻把子路过的三哥撞见,他以为我受了欺负,稻把子往旁边一撂,抽出扁担,几步冲到跟前,举起来就要打。

老根一见,吓得魂飞魄散,脸色煞白,慌忙丢下我,脱兔似的逃走了。三嫂在一边责怪道:"老根他们逗着玩呢,你哪能这样不分青红皂白地乱咋呼。"三哥讪讪地辩解说:"我就是吓唬吓唬他,又不会真打他。"

三哥特别顾家,也特别能干,像过世的父亲一样勤劳,这是我们其他几个兄弟所不能比的。三哥种田就像大姑娘绣花一样精细,硬是把十几亩承包田种出一地花来。田里的稻穗比别人家的都大一些,成色也纯正,金灿灿、黄澄澄的。土地也懂得感恩,他家的收成是村里数一数二的,这是对三哥辛勤劳动的回报。

每年农闲时,三哥也歇不下来,忙完田里的活,就想方设法寻找一些挣钱的门路。三哥没文化,心却很灵,大字不识一个的他,硬是凭着宁折不弯的毅力和穷追不舍的钻劲,出人意料地学会了蘑菇种植和水泥板预制技术,在老家周围小有名气。三哥的家境渐渐好转,在村里最早盖起接屋搭山的六间大平房,前两年又在上面加盖了二层,成了六上六下的小别墅。

三哥对人心细如发,对我尤甚。在三哥从事水泥板预制期间,我下班回家后没事就往三哥的预制厂跑,有时还帮三哥算算账、打打下手,边干活边陪他叙叙外面的新奇事情。兄弟间这点小事再平常不过了,可三哥却始终记在心里。

有一次逢集,三哥拽着三嫂进了一家服装店,让三嫂比量着他的身材,帮着参谋给我买了一件毛呢中山装上衣。当然,这都是瞒着我的。

那时,我还住在老家,当晚三哥和三嫂便把衣服送到我家。我哪里肯接,要知道,在当时这件毛呢中山装最起码要一百多块钱,够三哥一块瓦一块瓦地推上一个礼拜才能赚到这些钱,太贵了,穿不起。

见我推辞不要,三哥急眉急眼地说:"你在外面上班,没有一件像样的衣服哪成呢?我是你三哥,给你买件褂子还不应该吗?"我仍坚持不要,三哥一见牛脾气又上来了,气呼呼地说:"你再不要,我就把它撕掉了。"说罢,真就动起手来。我赶忙一把夺过来,只得收下,三哥这才露出满意的笑容。

几年后,我的衣服渐渐多起来,就把这件已过时的毛呢中山装上衣又回送给三哥,他只在赶街上集或参加红白喜事时偶尔穿一下。再往后,就没见三哥再穿了。有一次,我曾好奇地追问那件毛呢中山装的下落,三哥自嘲似的笑笑说:"让你三嫂放箱里搁起来了。俺们这些跟黄泥巴打交道的大老粗,哪配穿那么好的衣服?"三哥就是这样一个宁愿苦自己,也不愿去亏待别人的人。

人生无常,福祸相依。在三哥燕子衔泥般筑起自己的小窝,享受儿孙满堂、承欢膝下的天伦之乐时,病魔却悄悄地向三哥靠近。一开始,三哥只是剧烈咳嗽,慢慢地发展成咯血,侄女慌忙将他带到我女儿所在的市一院进行检查,结果不啻晴天霹雳,三哥患上了肺癌,并且是晚期。

上天真是不公,我们兄弟几个和侄儿侄女们都不敢相信。向来比较敏感的三哥,最终还是从侄儿侄女们焦灼的神情和躲闪的目光中猜出了自己的病情。三哥倒十分坦然,反而开导起侄儿侄女们说:"人吃五谷杂粮,哪有不生病的?有了病怕也不行,倒不如随它去吧。"

三哥手术前一天,大哥、四哥和我相约到医院去看他,三哥知道后怕影响我们工作,一直没同意。后来才听侄女说,三哥嘴上讲不让我们去,其实他心里还是希望我们去,毕竟三哥是第一次做这么大的手术,有兄弟们在,他心里踏实。

三哥的手术很成功,病理切片检验结果进一步证实了医生当初的诊断。术后,三哥经历了放、化疗等一系列治疗,身体每况愈下。中间有几次回老家去看他,三哥已被病痛折磨得形容枯槁,憔悴不堪。每次回去,三哥都带着渴求的眼神问我:"我这病还能好吗?"我强忍痛苦,只能违心地答道:"能好,别多想,安心养病。"

我们善意的谎言,最终被无情的病魔戳穿,三哥已濒临油尽灯灭的边缘。在三哥几度病危之际,我们兄弟几个守在床前陪他,三哥清醒之后用极度虚弱的声音嘱咐说,要好好干好自己的工作,代他照顾好侄儿侄女们……我们背过身去,不让三哥看到眼泪,三哥一生最怕眼泪。

车到三哥家后面的南庄闸时,已是夜里十点多钟。下得车来,一路跟跟跄跄地向三哥家奔去。来到灵前,一头扑在地上,泪水再一次模糊了我的双眼,三哥啊三哥,你怎么就这样走了,我们兄弟之间还有很多话没有说完呢!随即,向着三哥的灵柩重重地磕了三个响头。

为平息一下心中的悲伤,我走出屋门,来到三哥家的院外。此时,渠堤上几棵椿树叶子在夜风的吹拂下,发出"哗哗"的响声。我忽然想起,三哥不就像这椿树吗?朴素平凡,硬朗挺立,刚强不屈,宁折不弯,有着顽强的生命力和极强的生存智慧,有着自我激励永远保持端直的品格。端端直直做人,是三哥留下的精神财富。

三哥活成一棵树,活成一棵精神之树。

与雪松先生书

很久不见,别来无恙。你在天堂,是否安好?一分牵挂,九曲回肠;一分思念,魂驰梦乡。

天堂人间,阴阳两地,我只能用这种老套的方式,与你倾诉。人生寒凉,唯心温暖,我只能用这些苍白的文字,叙说心事。你是诗人,我不是。

"不见李生久,佯狂真可哀。"当年,杜甫牵挂挚友李白,写下了这句不朽的诗句。我唯一能做的,就是借助这封与君书,遥寄我对你的哀思。

先生,你独自远行在外,饱尝孤独与寂寞,家里有这么多人在想你,你会感到温暖许多吧?你只身漂泊在外,路无归、霜满颜,家乡有这么多人在念你,你会感到欣慰许多吧?陪君醉酒三千场,不诉离殇。梧桐树,三更雨,不道离情正苦。

这世上,有很多事情都是横生枝节,出人意料。你好端端的,怎么就突然染上了重病,荆楚一行,不想竟成永诀。你就这样离开了世界,没有一句再见,没有一句解释。

从朋友圈里看到你离世的消息,我如五雷轰顶,瞬间天旋地转,几秒钟前,还在微笑的我,突然就哭了,心如撕裂般的痛。淮山默哀,淝水呜咽,哀伤如漫天雾霾,久久不散。

以前,你说过的,偷得浮生半日闲,要与我品茗赏花,做一宿长谈,海阔天空,信马由缰。你说过的,自古人生何其乐,要与我把酒问盏,喝一场醉酒,做一对勾肩搭背、醉卧街头的酒鬼。你也说过的,人生乐在相知心,要与我歃血为盟,当一世朋友,情投意合,不离不弃……

这些,难道你都忘了吗?你我约定的这些事,都因为你太忙,一直不曾兑现。现在,你失约了,终成憾事。你不打招呼,在人生中途退场,是不是有点那个了吧?这个,你懂的。

有些东西,总在失去后才知道珍惜。但是,有些东西,我们明明珍惜了,却还是要失去。我与先生你之间的那份友情,何尝不是?只是,这份情谊已是流水东逝,旧梦无痕。

你走后这几天夜里,我躺在床上无法安睡,心里涟漪四起,难以平静。与你在一起的所有往事,一幕幕在脑海中浮现,点点滴滴,历历在目。你铺陈天地的才华,你醉心诗歌的执着,你悲悯苍生的情怀,你豪放不羁的性格,都让我钦佩莫名,也自叹弗如。

席慕蓉说,相遇是前世五百次的回眸,才换得今世的擦肩而过。茫茫人海,芸芸众生,我遇见了你,你遇到了我,缘分或深或浅,起起落落,填充着你我的一段段光阴,丰盈着你我的人生。不知你是否这样想过,我对此深信不疑。

从相识相知,到惺惺相惜,变成知音,你我的灵魂不再孤独。亦师亦友亦兄长,深恩难忘常怀念;重情重义重相知,厚德未报永别离。原只想,这份情谊来日方长,涓涓细流;不承想,落花流红,梦断成殇。先生,若来世还有缘,你我还做朋友好吗?

天长等世事,化云烟;地久待沧海,变桑田。我把所有的悲伤走一遍,最伤心的是,你已不在人世的终点。我把所有的欲望走一遭,最绝望的是,你已在天堂的起点。守一座空城,等一位友人,你却如烟般散去。

一程山水一程人,一段时光一段缘。留不住的是光影如梦,留得住的是山重水复。先生,你我过去的事,都成了时光的故事。你去了天堂,成为天上的星星。世事喧嚣纷扰,我只能放下无奈,每天都在祈祷,愿先生在天堂安好。山长水阔,风景如旧,时光如初,你我如故。

待到春风吹起,温一壶老酒,我在古城墙上等你。花正香,春正浓,我们一路向前,把遗憾丢进行囊,把友情放在心间,把悲苦留在过去,与快乐撞个满怀。且看花儿,且看山川,且听风吟,且感人生,且候我们的相聚之期。

夜已凉,灯已暗,繁华散去,笙歌正婉转。愿先生在天堂,一切安好!

有人记着你的生日

快下班时,手机响了,掏出一看,是女儿打来的,忙摁下接听键。

女儿在电话里先是问候了两句,话锋一转,忽然问道:"爸,今天是你的生日吧?"

我一愣,一时没明白过来。女儿又重复了一遍,这下听清了,我似是而非地答道:"是吗?"

说实话,这么多年来,我对自己的生日十分陌生,潜意识里根本没有生日这回事,活了五十多年,也没有过过生日。

印象中,过生日我都是以祝贺者的身份居多,对家人,对朋友。我们一家人对过生日的感觉很漠然,所以女儿也很少过生日。过生日最多的是外孙女,每年都过。最刻骨铭心的是妻子的生日,她在医院的病床上,过了人生第一个也是最后一个生日。

其实,我也不知道自己生日的准确时间。当年曾问过母亲,她也记不清了,只记得是农历七月大热天出世的,具体是哪一天,她也说不上来。那年在老家办理身份证时,随口说了农历七月十二日出生。没想到,女儿竟记住了这个日子,以为这就是我的生日。

女儿在安医上班,每天忙得连轴转,十分辛苦,就是现在打这个电话,也是在从出租房到科室上班的路上。尽管这样,她还没忘记我的生日。女儿在电话里说:"老爸,今天是你的生日,祝你生日快乐!"

女儿轻轻的一声祝福,令我莫名地感动,我自己都忘掉的生日,女儿还一直记着。尽管女儿不能陪着我过生日,但我也很快乐。毕竟,有女儿在远方为我祝福。

在这个世界上,有人记着你的生日,真好!

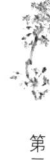

远飞的翅膀

女儿打来电话,照例先是一番嘘寒问暖,声音还是那般轻柔。说完这些之后,电话里忽然沉寂下来,一时竟没有了声音。

我以为手机出了问题,一检查,结果不是,连忙继续呼叫女儿。

过了半晌,才听到女儿的声音。她吞吞吐吐地说:"爸,我考上安医了,下个月就要去上班……"

"这是怎么回事?"我如堕五里雾中,一时没明白过来。

女儿定了定神,在电话里详细讲述了事情的来龙去脉。

原来,安医附院要在合肥高新区建一所分院,这次面向全国招收150名护士。女儿瞒着我,报名参加了招聘考试,一路过关斩将,最终从4000多名考生中脱颖而出,即将成为省城一流医院的一名护士了。

这是天大的喜事啊,有什么不好说的呀?我抑制内心的激动,在电话里埋怨起女儿来。

女儿欲言又止地说:"只是,只是我到合肥上班了,离你越来越远,你一个人以后怎么办,谁来照顾你呀?"

我一听,急了,忙说:"这有什么呀,我现在还能走能行,用不着你们照顾。你们还年轻,干事业要紧,别考虑那么多。再说了,现在县城到合肥有高速,过两年商杭高铁也就开通了,想到合肥看你们,是很容易的事。"

女儿长吁了一口气,轻声说:"其实,自拿到安医的通知书后,这两天一直在考虑,想着要不要去,能不能去,主要是担心你。还有,就是到那边上班后,面临着房子、孩子上学等一系列问题,所以一直下不了决心。"

"这有什么好犹豫的,"我开导说,"到安医附院上班,一直是你最大的愿望,也是我这些年的心愿。这下好了,你的理想就要实现了。这次机会千载难逢,千万不能放弃了。至于其他的事情都不是问题,以后都能慢慢解决的。"

我的劝慰和鼓励起了作用,女儿渐渐欢娱起来,电话里不时传出她的笑声。女儿最后说:"有您的支持,我胆子大多了。老爸,放心吧,我下个月就到安医去上班。"

挂断电话，我一时心潮起伏，久久难以平静。一方面在为女儿自豪，她凭借自己的实力，终于考上了安医附院，实现了自己的人生理想。另一方面也感到十分欣慰，女儿长大了，成熟了，翅膀硬了，也越飞越远了。

女儿在改革开放的十年后出生，从小到大，经历了几次搬家。女儿先在老家上学，后又随家到淠河边的小镇上学。初中毕业后，考进县一中，随后，我家也从小镇搬到县城，一家人又聚在了一起。

2007年，女儿考上安徽医科大学高护专业，在菁菁校园里开始向自己的人生目标奋进。临近毕业那年，适逢安医到大学里招录一批护士，女儿也报名参加了招聘考试。但由于经验不足，笔试未过关，与日夜向往的安医失之交臂。

人生第一次败走麦城的女儿并不气馁，振作精神，重又参加其他医院的招聘考试，先后被南京、杭州等地医院录取。考虑到一个女孩子在外面单枪匹马闯荡不容易，又想到将来我们老了以后有个照应，就选择了离家最近的淮南市第一人民医院上班。

从此，女儿在淮南安定下来，恋爱、买房、结婚、生子，又把亲家老两口接过去，一家五口相亲相爱、欢乐和睦地生活在一起。遇到休息时，女儿、女婿带上外孙女到县城来看我们，老老少少聚在一起，度过了难忘的幸福时光。

天有不测风云。两年前，妻子患病离世，我和女儿都陷入极度的痛苦之中。三十多岁就没有妈妈的残酷现实，对女儿的打击最大，她整天以泪洗面，憔悴不堪，人瘦了一大圈。经历这场生离死别的人生剧痛之后，女儿一夜之间突然长大了，也变得更加坚强。

女儿像她妈妈一样特别要强，从上学到参加工作，一直表现得比较突出，深受老师和单位领导的喜爱。在妻子去世那段时间，女儿强忍着内心的悲伤，每天默默地坚守在工作岗位上，尽心尽责地做好护理工作，病人和家属们都特别喜欢她，夸她服务态度最好。这一年，女儿被医院评为"星级护士"和"十佳护士"，同时被评为"双佳"护士，这在淮南市一院历年来绝无仅有。

女儿没有沾沾自喜，下班回到家中仍坚持学习，她有自己的理想，她有自己的人生目标。

机会从来都是留给有准备的人。在今年春节前安医招兵买马时，女儿终于如愿以偿地走进安医的大门，成为安医骨肿瘤科一名护士。在女儿的激励和支持下，女婿也于今年元月顺利考进安医二附院，当上了一名药剂师。

回想起来，女儿的人生就像一场马拉松比赛。小的时候，她跟在我们后跑，从老家跟到小镇,又从小镇跟到县城。我们在县城定居下来,女儿又继续往前跑,渐渐超过了我们,先是跑到淮南,后又跑到合肥。在一路向前跑的过程中,女儿就像鸟儿一样,羽翼日益丰满,飞得越来越高,飞得越来越远。

也许,作为女儿这一代人,对现在的工作现状和生活环境,还没有什么明显的感触。但对于我们这些20世纪60年代出生的人来说,感受特别深刻。女儿能有今天,全是赶上了改革开放的新时代,是时代给了女儿一对远飞的翅膀。

火红年月,那些摆拍的事儿

很小的时候,曾经历过几次摆拍的事儿,这算是那个火红年代,给我留下的最深刻的记忆。至今想来,酸甜苦辣咸,五味杂陈;回眸追忆,心劳意攘。

20世纪70年代,"农业学大寨"运动在全国轰轰烈烈地展开。我老家所在的黄安大队在"大寨精神"的鼓舞下,党支部一班人带领群众披星戴月、战天斗地、格田成方、移土填沟、修筑水塘、架桥铺路,农业生产蒸蒸日上,村庄面貌焕然一新,成为全县"农业学大寨"的样板。一时间,在县内掀起了"全国学大寨,全县学黄安"的热潮,前来参观、学习、取经的各地干部络绎不绝。

作为"农业学大寨"的先进典型,黄安大队自然成为新闻宣传报道的重点对象,省报的记者隔三岔五地就要跑来采访拍照。每次一拍照,大队干部都要组织社员群众在某个地方集中,在摄影师的调度和指挥下,按照事先的设想和构思,安排社员各就各位,摆好姿势,一声令下,统一行动,现场即刻呈现出一派生龙活虎、热火朝天的劳动场景。

经历第一次摆拍场景时,我还是一个"看客"。那时,我只有七八岁的样子,和一群同伴躲在树丛里偷看到了摆拍的全过程。可能是我们这帮赤身露肉、拖着鼻涕的"毛猴子"有碍观瞻,摄影师毫不客气地下令将我们赶走。生产队长像押犯人似的,把我们撵到远处的圩沟边,一个一个按蹲在树丛里,临走时还吓唬说:"就在这里蹲着别动,谁出来割掉谁的耳朵。"

兴许是被队长的话吓住了,我们大气也不敢出,破天荒地安静下来,老老实实地蹲在树丛里,睁大两眼,好奇地看着眼前的一切。好在藏匿的位置离拍照现场并不远,透过树叶间的缝隙,摆拍场景看得真真切切。

此时,拍照现场已准备停当,所有人员都已站好位置,摆好架势。插秧的女社员一字排开,手里拿着已解开扎绳的秧把子,都如木桩一样地站在水田里。水田两边的田埂上,长蛇阵般站立着两排担稻把子的男社员。全体人员都面向南方,个个表情严肃,现场鸦默雀静,连平日喜欢叽叽喳喳、絮叨不休的女社员们,这时也如同蛐蛐掉进水缸里,闷住了腔。

拍照开始了。只见摄影师在大队干部们众星捧月般的搀扶和推举下,战战兢兢地爬上三张大桌临时搭起来的摄影台上,在上边胆惊心战地呆立了半天,似乎才缓过神来。他端起一个黑匣子似的家伙,头紧紧贴在上面,一边摆弄着,一边喊出"开始"的口令。社员们像得到命令的解放军战士一样,齐刷刷地忙活起来,现场顿时热闹起来。

这事,就像夏天午后的暴雨一样,很快就过去了,谁也没有当作一回事。有一天,学校里突然炸锅似的喧闹起来,原来是老师和同学们在争相传阅一张《安徽日报》。我好不容易把报纸抢到手一看,在头版左侧位置"革命群众斗志高,男女老少战'双抢'"的标题下面,登出了一张很大的照片,正是那天我躲在树丛里偷看到的摆拍场景。不知怎的,我忽然对那天连桌子都不敢上的摄影师有了几分好感。

经历第二次摆拍场景时,我成了其中的一名"演员"。那天下午,生产队长安排"小孩队"全体成员到邻队参加"格田成方"劳动。我扛着和个头差不多高的铁锹,与同伴们来到几里外的邻队,到了现场才知道,省报的记者又来拍照了。我既激动又兴奋,这下我也能上报纸了,以后可以绘声绘色地在同学们面大吹特吹了,心里不禁美滋滋的。

我在环顾和观察"格田成方"场地时发现,摆拍现场似乎进行了一番精心布置,四周插满了红旗和彩旗,高音喇叭里正在播放着《大海航行靠舵手》的革命歌曲。再往里看,等距离地间隔倒插着一长溜扬场用的木锨,每个木锨头上贴着一个字,连起来就成了一幅标语,内容为"农业学大寨""向大寨人学习""发扬大寨人大无畏精神""格田成方改良土壤""争当学大寨模范"等等。再看正中位置,在现场旁边的机耕路上,早已搭好了由六张大桌叠架组成的高台,这大概是准备给摄影师拍照时用的。

正式拍照前,矮个、鼻子上有一颗黑痣的大队长站在高台前,一手抆腰、一手挥舞着给社员们讲话。主要内容是如何配合摄影师完成这项光荣而神圣的拍照任务,要求大家统一命令听指挥,听到开拍的口令后,推车的、挖土的一起行动起来,上土的小孩子们把土往天上抛等等,如此这般交代一番。

与上次拍摄"双抢"的宏大场面不同,这次拍摄的主题是反映黄安大队党支部一班人紧密联系群众、带头参加农业生产的劳动场景。为了突出大队干部们的形象,摄影师安排他们站在推土队伍的最前面。后面依次是生产队长和普通社员,我们上土的"小孩队"被安排在最后面。我在想,这么远的距离,摄影师即使能拍上,照片上肯定只是一个分不清眉目的小黑点。管他呢,只要能上报纸就行,总比我那些都不知道照相机长啥样的同学强多了。

"预备,开始!"摄影师终于发出了和我们学校体育老师一样的口令声。现场的社员们像上足了发条的闹钟一样,突然一起"腾腾腾"地卖命干起活来。挖土的小伙子凶猛地抡起大镢头,一下接一下地刨着硬如石块般的冻土;推车的年轻人喊着口号,飞快地来回奔跑着运土,手推车的木轮"吱吱呀呀"地奏着小曲;我们"小孩队"的同伴也不甘示弱,一锹接一锹地往车上装土,没有来车的间隙,铲起一锹土,使劲朝空中抛去。整个现场红旗招展、人山人海,慷慨激昂的高音喇叭声、震天动地的口号声、劳动工具的碰撞声、来回奔跑的脚步声、社员们的说笑声,交织响成一片,汇成一股强大的声浪,直冲云霄。虽是寒冬腊月,但社员们人人累得满头大汗,有的干脆甩掉棉袄,穿着单衣拼命干活,没有一个人叫苦、喊累、偷懒。这场面,真是震撼人心!

事后听说,报社的那位摄影师也为当天的劳动场面所震撼,竟激动得掉下泪来。临别时,他对大队书记和大队长说,那天拍的一组照片,是他当记者以来令他感觉最满意、最感动的照片。后来,尽管一直没有看到令我一心向往、期待已久的报纸和照片,但我始终对那位摄影师所说的话深信不疑。因为,憨厚朴实的社员和乡亲们,才是这组摆拍照片的灵魂。

人生如梦,岁月如歌。转眼四十多年过去了,"农业学大寨"已成历史,但每次想起那段摆拍的经历,都会心潮澎湃、激情荡漾,仿佛又回到了那段激情燃烧的岁月。摆拍,是那个火红年代的产物,留给世人无尽的思考。"浩浩世途,是非同轨。齿牙相轧,波澜四起。"摆拍的摄影作品,也是在记录历史、反映历史。

那年，我当过一回"破嘴老鸹"

老家人把乌鸦叫作老鸹。在我的印象里，农村中一直十分憎恶乌鸦这种鸟，始终把它视作一种不吉利的动物。它那粗糙的叫声令人生厌，人们普遍认为"听到老鸹叫，丧事就要到"，就会有倒霉的事情发生，往往会"呸呸"地吐上几口，再捡起坷垃朝老鸹待着的树上投掷过去，气愤地将它赶走。因为老鸹嘴黑，成天"呀呀"地聒噪不止，老家人就把那些说话离谱、让人恼怒愤恨的人，称作"破嘴老鸹"。

十一岁那年，我干了一件让全村人都感到震惊的事情，无意间被人们当作"破嘴老鸹"。1976年9月9日，全国人民敬爱的伟大领袖、革命导师毛主席的心脏停止了跳动，在首都北京与世长辞。村里最早得知这一噩耗的我，向全村人通报了这个让人悲痛的消息，没承想，却遭到包括家人在内所有人的呵斥，并且要不是跑得快，差点挨了大哥一顿揍。

记得那天是礼拜四，我生病没去上课，躺在床上翻看小画书。大概下午四点钟的时候，墙上的喇叭突然响起来，这在以前可是从来没有过的事情。公社广播站每天广播的时间都是固定的，一般都是早中晚三次广播。现在还没到开机时间，这时候广播响起来，想必有什么重要的事情要通知。我便支棱着耳朵，仔细听起来。

一阵"吱吱啦啦"的杂音过后，广播里倏然地播放出不祥的哀乐。我的神经绷紧起来，知道又有国家领导人逝世了，前不久周总理、朱委员长去世时广播里就放过这样的哀乐。只是不知道，今天逝世的是哪位国家领导人。哀乐过后，广播里传出中央人民广播电台著名播音员夏青沉痛的声音："我党我军我国各族人民敬爱的伟大领袖、国际无产阶级和被压迫民族被压迫人民的伟大导师、中国共产党中央委员会主席、中国共产党中央军事委员会主席、中国人民政治协商会议全国委员会名誉主席毛泽东同志，在患病后经过多方精心治疗，终因病情恶化，医治无效，于一九七六年九月九日零时十分在北京逝世……"

听到这里，我突然打了个冷战，浑身不由自主地哆嗦起来，便一个激灵爬起来，跳下地，几步蹿到喇叭下，再次竖起耳朵细听。广播里一遍又一遍地播放着毛主席逝世的讣告，千真万确，我没有听错，确实他是老人家走了。当时，我虽然懵懵懂懂，却知道这是件天大的事情，必须尽快告诉村里的大人们，让他们都知道毛主席去世的消息。

大人们都下地干活去了，偌大的村子里只有我和隔壁的七妗在家。七妗因患腿瘤锯掉了一条腿，不能下地干活，只能待在家里看家。我几步跑到七妗家，此时她正拄着拐杖，站在喇叭下静静地听着广播，脸上早已泪流满面。见我进来，七妗抹了一把眼泪说："毛主席去世了，快去报信！大人们都在大五斗那边薅草呢，快去！"

我一边答应着，一边拔腿向村外跑去。我赤着脚，一路飞奔，也顾不得坷垃把双脚硌得生疼，只想早一点让大人们知道毛主席去世的消息。大人们干活的地方离村庄有几里路远，我只记得大致方向。出了村庄，我顺着茅草埂左拐右转，跑不多远，身上的褂子便汗透了，好在没有跑错方向，终于看到了大人们干活的身影。

那时，农村十分闭塞，有什么消息一时半会儿都传不到这里人的耳朵。此时，大人们正在齐腰深的稻田里一字排开，一边薅草一边说笑，完全不知道出了塌天的大事情。我不敢大声嚷嚷，便顺着田埂，找到正在田边薅草的母亲，上气不接下气地把从广播里听到的消息告诉了母亲。

母亲直起腰来，站在稻田里疑惑地看着我，似乎不明白我说的是什么，半天都没反应过来。我急了，提高嗓门说："是真的，毛主席去世了。"这一下，在跟前干活的几个妗妗嫂嫂们都听到了，仿佛炸了锅一般，她们一起七嘴八舌地把矛头对向我，狂风暴雨铺天盖地而来："小孩子家净瞎扯！""毛主席能活万岁，他怎么会去世呢？""呸呸，你就是个报丧的'破嘴老鸹'，不吉利。"……

长到十多岁，还从见过这种骇人的阵势，妗妗嫂嫂们像红眼马狼一样，吓得我腿肚子直转筋。似乎是大人们不信任的目光和责怪的话语，激起了我的自尊和倔强，也鼓起了我的勇气，我涨红着脸，大声地争辩说："我没扯谎，喇叭里正在播呗，不信你们去听听。"

站在稻田中间的大哥看到我这般固执，像破蒸笼蒸馍馍，气不打一处来，突然大吼了一声："再在那胡扯，看我不捶断你的腿。"说罢，丢掉手里的秭子，朝我站立的田埂边冲来，那架势，像一头愤怒的老虎似的，恨不能将我一口吞下。生产队长从后面一把抱住大哥，劝说道："算了，他是小孩子，别当真。"随后，队长以息事宁人的口吻对大伙说："你们继续干活，我回去听一下广播，就知道这事可靠不可靠了。"

队长是我大表哥，沉稳老练，在全生产队有很高的威望。我跟在队长屁股后面回到村子里，来到七妗家证实广播消息的可靠性。此时，喇叭里还在播放着毛主席逝世的讣告,队长站在那里静静地听着,脸上的神情由惊愕到凝重,再由凝重到悲戚,最后变成一副痛不欲生的样子。我看得真切,队长的眼角涌出豆大的泪珠。七姈坐在凳子上,渐渐地由低声抽泣到呼天抢地地大哭。看到七姈悲痛欲绝的样子,我的眼泪也流了下来。

恍惚间,记不清队长是什么时候走的,只记得他临出门时朝我点了一下头,那意思是说我没有扯谎。我没有跟队长再回到稻田那边,但我可以想象得出,当队长宣布从广播喇叭里听到的确切消息之后,包括母亲、大哥在内的所有人,都是一种什么样的表情和心情。

傍晚,生产队早早地收了工,在我的记忆里,这是破天荒的一次。大人们回到村里,都聚在喇叭下收听毛主席逝世的消息。哀乐一遍遍地响起,整个村庄笼罩在悲哀的气氛之中。似乎是受到这种氛围的影响,庄上顽皮的孩子们停止了打闹,连晚归的鸡鸭牛羊也屏息静气起来,一切都像有个人在指挥一样,村庄里异乎寻常地安静,安静得有些怕人。

这天晚上是一个特别的夜晚,也是我所经历过的一个最难忘的夜晚。村庄里完全没有了往日的喧闹和生机,家家关门闭户,到处黑灯瞎火,不少人家未动烟火,大人小孩水米没沾牙,大家都像失去了亲人一般,沉浸在无比的悲痛之中。许多人家的窗子里,传出了压抑着的啜泣声,这哭声让人肝肠寸断,村庄的夜晚被哭声所淹没。这令人心碎的哭声,深深地刻录在我儿时的脑海里,久久地、久久地回响在我的耳际。

许多年后,当回想起当年所经历的这些事情时,我才渐渐明白过来,在那个特殊的年代,人民领袖毛主席已成为老百姓心目中救苦救难的神,人们对他老人家有一种特别质朴、特别深厚的感情。当我把从广播里听到的消息告诉他们时,一向打心里热爱毛主席他老人家的大人们,宁愿相信这是黄口小儿的信口雌黄,也不愿意接受毛主席逝世的事实,从感情上说,这是万万不能的。由此,我对当天大人们听到消息后异乎寻常的过激反应,也就有了更深的理解,包括大哥要揍我的粗暴行为。

那年的9月9日,是我终生难忘的日子。因为那一天,是人民领袖毛主席逝世的日子,也是因为那一天我当过一回"破嘴老鸹",在村子里第一个向全村人报告了他老人家去世的消息。尽管是一个让人心碎的噩耗,但从一定意义上说,是我让全村人更早地知道了这一消息,让他们提前做好了接受老人家去世的心理准备,也让我更深切地感受到了老百姓对毛主席那份最质朴、最真挚的情感。

看电视的惊怵

1984年10月1日,在首都北京举行了共和国成立35周年的盛大庆典。改革开放使中国大地迸发出了勃勃生机,人们终于在时隔25年后,再一次在雄伟壮丽的天安门广场,看到了震撼人心的阅兵式。这是改革开放后的又一次大阅兵,宏大隆重的阅兵式盛况空前,激荡人心。

晚上,我躺在牛屋里辗转反侧,睁着空洞的眼睛看着黑漆漆的房笆,翻来覆去地睡不着觉,耳畔始终回响着天安门广场震天动地的脚步声。黑暗中,老牛的反刍声慢条斯理,搅扰得我烦躁不安,尽管已进入深秋时节,我却分明急出一身汗来。

兴许是情急智生,我猛然想起陈老郢子生产队。这个队比我们老家先通电,队里有几户人家买了电视机,早先我曾和伙伴们去看过《霍元甲》。今天有阅兵式,想必有电视机的人家都要看这个节目,我去兴许能看到阅兵式。

我所居住的村庄离陈老郢子生产队有四五里路,虽说不远,但中间要翻过两道冲田坎和三个乱葬岗,加上连日阴雨,又是伸手不见五指的夜里,路上泥泞不堪,十分难走。也许是急着想看到阅兵式,在路过几个乱葬岗时并没觉得怎么害怕。

到了陈老郢子生产队,我轻车熟路地找到以前看电视的那户人家。当我浑身泥猴一样地站到堂屋里时,一屋子男女老少都惊异地看着我,像看外星人一样地上下打量着我。我掏出一毛钱来,男主人摆摆手,第一次破例没收我的钱,心里一时暖暖的,感激地朝他笑笑。

看完阅兵式,已是夜里十一点多钟,我顺原路往家走。走出村子不远,紧挨着路边是一个小乱葬岗。我一边走,一边回想着电视里的阅兵场面,心里仍是激动不已。正想着,猛一抬头,突然看到骇人一幕——乱葬岗上摆放了一座丘坊,阴森恐怖,令人胆战心惊。

路边这座丘坊好像才置放没几天,坊前的纸幡还比较完整。我来的时候,急着想看阅兵式,根本没注意到这些。此时,借着晦暗的天光,只见那座丘坊仿若一只黑魆魆的鬼魅,阴风怒号,纸幡发出"哗啦哗啦"的响声。

一时间,我吓得毛骨悚然,魂不附体,冷汗立刻就下来了,双腿筛糠似的抖个不停,想动却挪不开窝,喉咙像被掐住一样,怎么也发不出声音。我被巨大的恐惧夺去了灵魂,像一截木桩似的呆立原地,丝毫动弹不得。

  我当时十九岁,正是血气方刚的年纪。响起刚才看到的阅兵式场面,身上突然有了一种力量。我强迫自己镇定下来,平抚一下猛跳不止的心脏,拭去额头上的冷汗,开始挪动僵硬的双腿,慢慢向阴森可怖的丘坊走过去,一步,两步……丘坊离我越来越近,我的心再次提到嗓子眼。我一咬牙,硬着头皮从离路边只有两三米远的丘坊前走了过去。

  一过丘坊,我仿佛闯过鬼门关一样,立即拔腿朝家的方向狂奔。破胶靴不跟脚,又舍不得丢,干脆脱下来提在手里,赤着脚往家跑。一边跑,一边感觉后面有个黑影在追我,我吓得头也不敢回,一个劲地跑啊跑,只恨娘老子少生了两条腿。

  待我跑回家,浑身上下里外全都湿透了,也不知是雨水还是汗水,总归没有一寸干净的地方。我一摊烂泥样瘫在床上,老牛犁田似的喘着粗气,想吐却又呕不出来,整个人散了架一样。

  此后三天,我躺在床上起不来。母亲过来问我怎么回事,我没敢告诉她实情,只骗她说头痛,歇一歇就会好了。看这场电视,让我付出的代价太大了!

  时移世异,沧海桑田。如今,近四十年过去了,我家也发生了天翻地覆的变化,家用电器一应俱全,仅液晶电视就有两台,坐在家里就能看到丰富多彩的电视节目,再也不用东奔西跑看电视了。我所经历的为看一场电视被吓得半死的悲催事情已成为历史。当然,农村早已全面推行了殡葬改革,像在墓地放置丘坊吓死活人的事情再也不会发生了。

我姓名中的那点事儿

  写下这个题目,我心中竟有些惶惶然,一个极其普通的姓名有什么好说的呢?煞有介事地在这里故弄玄虚、吸睛招眼,不是在故意浪费别人的时间吗?

  然而,每每沉吟深思,有关余下姓名的一些庸常琐事,如岩浆般在心里翻滚、冲撞,随时寻觅着可喷薄而出的山口,对于我而言,大有如鲠在喉、不吐不快之感。

  真正研究和关注自己的姓名问题,是从那次乘车经历开始的。

那天，我从淮南乘坐29路公交车返回县城，后排两位年轻女士一路上叽叽喳喳地说笑着，像两只快乐的鸟儿，吸引了一车人的目光。

车过东津渡桥时，其中一位美女忽然对车顶右侧的招贴画来了兴致，惊喜地对同伴说："呀，快看，车上贴着与淮南有关的成语。"随后轻声地念道："'八公山上，草木皆兵''风声鹤唳''人心不足蛇吞象'……"

同伴也轻声念道："选自《典藏寿春·寿县成语500条》，楚仁君编著。"接着又想当然地猜测说："这个楚仁君好像是一个女的。"另一个附和道："是的，这个女的不一般，名字也挺好听的。"

听着身后两位女士的对话，我不禁哑然失笑，这些成语的编著者就在她们眼前，明明是个货真价实的纯爷儿们，怎么就成了女人呢？看来，这两位美女也犯了望文生义、胡猜乱蒙的毛病。

也难怪美女们曲解，"君"字一般都用于女孩的名字。古往今来，有许多名字中带"君"字的历史名人，比如像西汉皇后王政君、许平君，中国古代四大美女之一的王昭君，中国古代四大才女之一的卓文君，清代杭州才女孟丽君等等，近现代的还有歌唱家邓丽君等。

在人们的久远印象和思维习惯中，"君"字带有明显的女性色彩与特征，一直以来，几乎约定俗成地成了女孩名字的专属，成为父母的首选和最爱。作为一个男人，将女人专属的"君"字，堂而皇之地用在自己的名字里，岂不鸠占鹊巢、贻笑大方吗？

其实，我没有侵占女孩专用名的故意。以前名字中用的，是"军队"的"军"字，从上学到参加工作，一直沿用这个字，我的身份证上至今还在使用这个名字。之所以改字，是因为一场误会。

老家有一个和我同姓同名的本家哥哥，因参与打砸法院的警车被治安拘留，一时间轰动全县，成为当地民众街谈巷议的话题。误会，就是在这样的背景下发生的。

因为同姓同名，许多人误以为我就是这起案件中的主犯。走在街上，我能感觉到路人投过来的怪异目光，往日十分熟络的人，见到我像躲瘟神一样逃得远远的。无奈之下，我只得费尽唇舌，成千上万遍地向人解释，期望摆脱干系，洗清冤屈。

更令我想不到的是，县局一位副局长在一次会后，把我喊到他的办公室，劈头盖脸地把我批评了一顿，反反复复地说道："你怎么能干议事呢？简直一点不懂法，这样下去怎么得了……"

从未受过如此严厉批评的我，当时真想从楼上跳下去。可冷静一想，领导这是在关心我,只是他被传言搞蒙了,把我当成了我那个犯了法的本家哥哥。我只得耐下心来,把向他人解释了千万遍的同名问题,再一次向领导诉说了一遍。末了,他用怀疑的目光看着我说:"是这样的吗?"这会儿,我连哭的本能都没有了,感到比窦娥还冤上十倍。

这件事以后,我下决心要把名字改了。"楚"是姓氏,"仁"是字辈,这俩字都动不得,只能在后面的"军"字上动脑筋、想办法了。苦思冥想半天,又翻字典查上一番,经过反复比较、斟酌,最后确定改成"谦谦君子"的"君"字。

我对改过的名字很满意。这个"君"字比"军队"的"军"字文气些,也符合我喜欢舞文弄墨的职业特点。别看只是一字之差,但蕴含的意思大相径庭。我当时改名字的想法很单纯,只是想与本家哥哥的名字区别开来,以防以后再遇到类似的麻烦时,别人不会在第一时间想到我。众所周知,我可是一个安分守己的人哪!

改过的名字,果然达到了预期的效果。伴随着一篇篇"豆腐块"的见报发表,我的名字很快被周围的人们所熟知,一时间,结识的文友遍及本地城乡。不少初次见面的文友开玩笑说:"乍一听或一看你的名字,以为是你的笔名和网名,还以为你是一个大美女呢,楚楚动人嘛。"我只能尴尬地笑笑。

名字问题似乎就这样风平浪静地过去了,不想又起波澜。在一次席间,本地的文化学者苏老师,忽然向众人谈及我的姓名问题,他侃侃而谈:"你这个名字特别好,从字面上看,你是楚国的仁义之君。我们这里曾是楚国最后一座都城,你的名字有楚国遗风。中国历史上出现过最有名的四位仁君,第一个是西汉第四位皇帝刘恒,第二个是汉光武皇帝刘秀,第三个是开创'仁宗盛世'的宋仁宗赵祯,第四个是明孝宗朱祐樘。所以,你的名字蕴含很多的历史文化信息,是一个好名字。"

我听得目瞪口呆,没想到我的名字中竟有这么多的学问,在心里暗自钦佩苏老师学识渊博、满腹经纶的同时,也私下里庆幸自己改名字的明智之举。本想改过后与本家哥哥划清界限,不承想歪打正着,竟改出一个藏金纳玉的好名字。

起初,我以为名字只不过是一个人的代号,读起来上口,听起来好记就行了,根本没想到其中有这么多讲究。难怪近些年有那么多的人在关注和研究姓氏文化,一些起名网站如雨后春笋般地涌现出来。

面对公交车上的两位美女的误解,又出于苏老师对名字的解读,我对自己的姓名突然产生了浓厚的兴趣,竟产生了一探芳春、追根溯源的想法。目的只有一个,就是想看看自己的姓名中,到底蕴含着哪些意思。

通过查阅和研究有关资料,我发现我的姓名确实非同一般,暗含众多的文化内涵和基因密码。

先说"楚"字。"楚",丛木,一名荆也。灌木名,又名荆、牡荆,属落叶灌木,开青色或紫色的穗状小花,鲜叶可入药。或指一种小乔木,枝干坚韧,可做杖。《诗经·王风·扬之水》中曾有"不流束楚"的记载。楚是周朝国名,原在今湖北和湖南北部,后扩展到今河南、安徽、江苏、浙江、江西、四川等省。楚国八百年的历史彪炳史册,属有"春秋并列五百,战国跃居七雄"之称。至文王熊赀时,后世子孙以国名为姓,始称楚氏。

再看"仁"字。古代儒家的一种含义极广的道德规范。《说文·人部》曰:"仁,亲也,从人,二。"《礼记·中庸》中云:"仁者人也,亲亲为大。"本指人与人相互亲爱。孔子所倡导的"仁",以"爱人"为核心,包括恭、宽、信、敏、惠、智、勇、忠、恕、孝、悌等内容,而以"己所不欲,勿施于人"和"己欲立而立人,己欲达而达人"为实行的方法,泛指有仁德的人。

最后是"君"字。一是古代各级据有土地的统治者的统称。《仪礼·丧服》中曰:"君,至尊也。"郑玄注:"天子,诸侯及卿、大夫有地者皆曰君。"后指君主制国家的元首。二是指统治,主宰。《荀子·王霸》中说:"合天下而君之。"三是指古时的一种尊号,如战国时商鞅称商君,白起称武安君。亦用于统治阶级上层妇女,如汉武帝之外祖母臧儿被尊为平原君,其姊号为修成君。四是对人的敬称,《史记·张仪列传》中曰:"臣非知君,知君乃苏君。"五是妻称夫,古乐府《孔雀东南飞》中有"十七为君妇"的说法。

看到上面这些资料才发现,我的姓名确实有些特别,正像苏老师所言,是个极富文化底蕴的好名字。难怪很多文友都对我的姓名大加赞赏,原来我的姓名中代表着一种文化,有着楚风汉韵的浓重色彩。

这大大出乎我的意料,没想到我的姓名跟寿县的历史文化扯上关系了,确实让我激动不已,也颇为自豪。更有意思的是,登录全国公民身份信息系统查询,全国名叫"楚仁君"的仅有我一人,不用再担心重名问题了。以后再有文友提及我的姓名问题,我也可以侃侃而谈、卖弄一番了。

好名伴一生。但愿我的好姓名,能给我带来一世的好运气。

现在开始微笑吧

一个人,只有在面对生死考验的时候,自身的潜能才会被彻底激发出来,才会在危险时刻迸发出人性的悲悯和无奈,才会在绝境中展示出强大和坚韧。不是吗?

如果说,十六年前那场惊心动魄的抗击"非典"疫情经历,算是一次生死考验的话,那么,对于我而言,则从中领略到日常生活中难以体验到的惊悚与战栗、豪迈与雄壮。

和平年代,同样面对着形形色色的生死关头。2003年初春,那场来势凶猛的"非典"疫情,宛如一只无形的擎天魔手,把人们推向生与死的悬崖边,令人们陷入极度惊惧、恐慌之中。

仿佛世界末日来临一般,溹河小镇瞬间坠入死寂的深渊。大街上空旷寂静,渺无人踪,家家关门闭户,鸡狗都难得一见,一片萧瑟冷清。小镇上空笼罩着令人窒息的黑云,似乎死亡在一步步逼近。谣言四起,像夏日午后平地而起的飓风一样无孔不入,令人心惊胆战。人们从未有过的恐惧感,源于对"非典"的无知、防疫药品的匮乏和灾难来临时那种孤独、无助。

镇政府大楼里出现了史无前例的岑寂,安静得甚至有些怕人,以至于陡然响起的电话铃声都会吓人一跳。胆战心惊地看上半响,确定无事后,才敢把话筒拿到手里。

这天傍晚,突然接到镇领导的电话,他命令我带车去接送一名发烧病人,务必快去快回,不得有任何差池。他还说,已安排镇卫生院和村委会人员,配合我开展行动。放下电话,脑子里一片空白。我知道接送发烧病人是一项多么危险的工作,一般人都唯恐避之不及,更何况我要近距离地去接触病人。如果发烧病人真是"非典"感染人员,那后果将不堪设想。想到此,后背不禁一阵发凉。但军令如山,作为党政办主任,我岂能临阵脱逃?我不敢怠慢,硬着头皮带上驾驶员,朝病人所在的顾庄村赶去。在车上,我与镇卫生院和村委会人员取得联系,约好集合的时间、地点。

镇上离病人所在村有十几公里路程。待我到达约定地点,村干部早已等候在那里，不一会儿，镇卫生院的救护车也到了。我安排镇卫生院的人和车在路边待命，我陪村干部一起去接病人。

那天晚上，天黑得伸手不见五指，又刚刚下过一场小雨，田间小路泥泞不堪。偏偏病人所在的村庄不通公路，车子开不到近前，我们只能一步三滑地踩着烂泥，跌跌撞撞地往病人家赶。等到了病人家，我和村干部俩人都成了泥人。

看到我们，病人家属像见到救星一般，千恩万谢，又是递烟，又是倒茶。原来，病人是一个年轻媳妇，丈夫在外打工，"非典"期间不准回家，公公、婆婆年事已高，腿脚不便。两天前，媳妇突然发起高烧，一直不退，可把老两口吓坏了。镇领导得知情况后，安排我来接送病人，把她转到镇卫生院隔离治疗。

家属此时的心情，我能理解，但还是推回了老人递过来的茶杯，不是不渴，是不敢喝。事不宜迟，我立刻安排病人家属找来担架，把病人朝车上抬。病人脸被烧得通红，十分虚弱，她在担架上躺下时，忽然朝我们笑了一下，似乎是表达感激之情。我浑身一热，感到有一种力量在生成。

病人家离车子停放的地点还有几华里路，我们一行人护送着病人，艰难地朝车前移动。这时，天又下起了小雨，道路更加泥泞，行进的速度很慢。村干部打着手电在前面带路，我紧随其后，身后便是抬病人的担架。一行人并不说话，只听得脚踩稀泥的"扑哧扑哧"声。

三月的夜晚，仍然寒气逼人，路边的麦田黑黢黢的，小麦已经抽穗，一阵夜风吹过，麦田里发出鬼魅一样的"哗哗"声，令人毛骨悚然。我想加快脚步，离病人的担架远一点，但脚下都是稀泥，怎么也走不快。再看身后抬担架的几个壮汉，可能是走惯了夜路和泥路，一步不落地紧跟在我身后，想甩都甩不掉。紧张、恐惧，加上泥路难行，我浑身上下如水洗一般。

好不容易挪到车前，双腿已如灌了铅一样寸步难行。我一屁股坐在路边的石磙上，像濒死的老牛一样，大口地喘着粗气，一句话也说不出来。卫生院院长和几名工作人员全都穿着防护服，而我和村干部什么都没有。因为走时匆忙，连口罩都没戴，就这样和病人直接接触了。借着车灯，我和村干部对视一眼，相互苦笑了一下，又摇摇头。

救护车一路鸣着笛，呼啸而去。我强打精神，站起身来，和村干部握手告别，然后钻进车内，虚脱一般地瘫在座椅上，指挥驾驶员加速赶上救护车，只有把病人送进医院大门，才能算全面完成任务。

等安顿好病人，回到办公室已是夜里十一点多钟。此时，我毫无食欲和困意，尽管一晚上水米未沾牙，恐惧和劳累已将所有的欲望抛到九霄云外。回想起晚上经历的一切,心里还怦怦直跳,越想越后怕。在今晚所有护送发烧病人的人当中,在未采取任何防护措施的情况下,我是同病人距离最近、接触时间最长的人。如果该病人确诊的话,我被传染上的概率要比其他人都大得多。想到这,我的后背直冒冷汗。

当晚,我就睡在办公室里。我不敢回家,害怕把"非典"病毒带回家里。那时,女儿才十几岁,正值豆蔻年华,我不能让可怕的"非典"病毒伤害到她及家人。如果真要是感染上"非典"病毒的话,那么就让我一个去面对吧。

蜷缩在办公室的长条椅上,我辗转反侧,翻来覆去地睡不着觉,感觉如同在炼狱中煎熬一般。巨大的恐惧,攫夺我的魂魄,恍恍惚惚中,死神狰狞地狂笑着,伸出邪恶的手掌,一步步地向我逼近。我吓得大叫一声,一骨碌爬起来,身上早已是大汗淋漓,原来是做了一个噩梦。这一夜,包括家人在内,没有任何人知道,我经历了怎样一个恐怖的夜晚。

第二天一早,我打电话给镇卫生院院长,了解昨晚送去的病人情况。院长说,病人还在发高烧,病情危急,正在组织医生全力抢救和隔离治疗。我一听,心一下又提到了嗓子眼,看来病人八成是传染上了"非典"病毒,那么我呢……一时,我竟六神无主,束手无策。我又能怎么办呢?只能自我隔离。一连几天,我都守在办公室里,对家人谎称说是抗击"非典"疫情值班,一刻也不能离开岗位。其实是不敢回家,我在惊恐不安中,独自等待着灾难的降临。

第三天上午,在焦灼、漫长的等待中,我终于盼来了天大的好消息。院长在电话中欣喜地说:"病人的体温降下来了,她是感冒引起的发烧,因为耽搁久了,所以才高烧不退。现在,可以排除她是'非典'病人了。"我几乎不敢相信,连连追问,院长一一做了肯定的答复。我忽然感觉到,拿电话的那只手在微微颤抖,几天来紧绷的神经瞬间松弛下来。我一摊泥一样地瘫坐在椅子上,半天回不过神来。看看窗外,蓝天似乎更蓝,空气也更清新,弥漫着一股牛奶般的香气。隐隐约约间,我仿佛看见女儿张开双手,像鸟儿一样向我飞来。

短短几日,我真切地体会到了什么叫度日如年,每天都在惊悚、惶恐、焦灼、疲惫中挨过每一秒。等待的结果让我喜出望外,竟然产生了劫后余生的畅快之感。

这次抗击"非典"疫情的经历,虽然是虚惊一场,却让我的灵魂和肉体经过一次生与死的转换、轮回,让我对生死有了更进一步的理解和认识。时至今日,我仍不后悔当时的选择,甚至还有些庆幸,最起码我比别人多了一次生死的体验,更为重要的是,我经受住了这场生死考验。

只有经历过生死的人,才有资格说生死、谈人生。生命的意义,也许只有经历过生死边缘的人,才能感悟得透彻,才能看淡这个世界的繁华,才会懂得平平淡淡才是真。生死考验面前,销魂的痛苦和狂喜,瞬间的生死轮回,一定会让一个人的内心升腾起辽阔和高远,一定会让一个人的灵魂得以升华,一定会让一个人黯然的生活张灯结彩。经历过生死考验的人,更能笑对沧海,栏杆拍遍,气横吴钩,拥有更加深刻的人生和丰饶的生命。

世间除了生死,都是小事。一个经历了生死的人,他会用灵魂致敬生命,用心安放生活,就像泰戈尔所说:"只有经历过地狱般的磨炼,才有创造天堂的理由。"也如卡夫卡所说:"只有那些来自死亡深处的声音,才是美妙的声音。"

生,使一切人站在一条水平线上;死,使卓越的人露出头角来。既然世上除了生死都是小事,那么从现在开始,我们微笑吧。

人性、良心及其他

英国诗人约翰·格林里夫·惠蒂埃说过:"所有描绘悲伤的词语中,最悲伤的莫过于'本来可以'!"这句话用于描述当下的新冠肺炎疫情,似乎比较贴切。我在想,是否可以这样说,庚子鼠年的春节,"本来可以"不是这样的。

世事一场大梦,人生几度秋凉。2020年的春节,本该是普天同庆、万家团圆的幸福时刻,骤然而至的新冠肺炎疫情,却让华夏神州乾坤挪移,悲喜逆转。无妄之灾,偏偏选择在这个当口造访,有些诡异刁钻,古怪邪门,甚至有些阴险恶毒,让人猝不及防。

这个春节,将是一个伟大的春节。伟大的意义在于,每个国人在这个冷冰冰的节日里,都做了一些该做的或者不该做的事情。在一定程度上,新冠肺炎成了最好的过滤器,也成了最真的分辨仪,人性中的忠奸、善恶、美丑等等,展露无遗。

应当承认,历史上任何一次灾难,从来没有像新冠肺炎这样,对我们固有的认知体系带来了根本性、颠覆性的打击,对我们人性的考验是如此残酷、如此无情,对我们良心的拷问是如此强烈、如此震撼。

不容置疑,新冠肺炎是一块显现人性的试金石。试金用火,烈火见真金。国难面前,成千上万的医护人员、部队官兵、党员干部、社区工作人员,闻疫而动,利剑出鞘,日夜奋战在抗疫防控第一线,救死扶伤,守护人心。正是这些普通人,用他们的责任、担当、仁心、大爱,点燃起人性的光辉,照亮了神州大地的每一个角落。病床上的患者,正是通过这些普通人发出的点点荧光,在心底燃起新的希望,重新找回战胜病魔的信心和力量!

在这些普通人面前,任何语言都显得苍白无力。我找不到更好的词语,去赞美和歌颂他们。绞尽脑汁,只想到这样几个关键词:人道、人伦、人情、人瑞、人杰……

不能回避,新冠肺炎又是一面暴露人灵魂的镜子。鉴人用镜,患难见人心。冰山雪崩,没有一片雪花是无辜的;大疫当前,没有任何人是局外人。这场灾难,就是传说中托塔李天王手中的照妖镜,所有牛鬼蛇神、妖魔鬼怪都将原形毕露,"这厮谁真谁假,教他假灭真存"。

疫情汹汹,人命关天。有的不良商家泯灭人性,瞒心昧己,极尽囤积居奇、哄抬物价、制假售假之能事,趁火打劫,发国难财。还有的凶恶之人四处传播"病毒",报复社会,犯下了不可饶恕的罪恶,连苍天都不忍直视。这些邪恶之人品质恶劣,良心丧尽。他们自私自利,唯利是图,贪得无厌,欲壑难填,不惜损害国家和他人的利益,以达到自己龌龊的目的。他们价值观扭曲,心理阴暗,常常无缘无故地去伤害他人,大做一些见不得光的事情。

对于这些恶贯满盈的人,自有法律和正义去制裁、去审判,我已无话可说,也不屑于去评价他们,只想送他们这样几个字:人渣、人妖、人猫、人犯、人物……

人性这东西,是人类的共性,与兽性、神性、非人性、反人性截然相反。人类与动物的最大区别,就是人类拥有人性。人性具有两面性,如若不是在新冠肺炎面前、危急关头、权利或者利益最大化等极端因素情况下,人性丑恶的一面很难暴露出来。

塞翁失马,焉知非福。新冠肺炎在给我们民族、国家、社会和家庭,带来沉重灾难和巨大损失的同时,也让我们近距离地看清了一些人的真实面目。高尚的人自是高尚,纯粹的人自是纯粹;卑劣的人自然卑劣,险恶的人自然险恶,泾渭分明,壁垒自现。

人性的丑恶,是没有下限的;而良心,则是人性无法跨越的底线。一个人,如果泯灭了自己的良心,那么即便活在世上,也是没有灵魂的行尸走肉,会受到良心的责备,无法坦然快乐地生活。在灾难面前,依然保持自己的良心,互相帮助,战胜困苦,这才是整个人类社会最宝贵的财富,更是需要我们一起传承的中华文化精髓。

在今后的岁月中,我们也许再也不会遇到像新冠肺炎这样大的灾难,但也不能忽略可能随时出现在我们生命当中的各种突发事件。学会爱,懂得爱,了解爱,付出爱,让每个人在生活的利刃下屏息而行,且行且珍惜。学会保持人性,学会葆有良心,学会关爱,学会信任,在生活的磨难与困顿里迎难而上,相互关心,相互扶持,最终收获最好的自己。

峥嵘栋梁,一旦而摧;水月镜像,无心去来;世态炎凉,环境险恶;世风日下,人心不古,长此以往,国将不国。"致君尧舜上,再使风俗淳"。对这些"次品"人进行批判、抨击、指责、谩骂,这种非理性的情绪宣泄于事无补,需要把他们从自私、贪婪的泥淖中拯救出来。

社会和众人的搭救,只能是救赎行动的一方面,更重要的则是邪恶之人的自我救赎。要知道,这世界上本无上帝,永远不要奢望世间会有谁来救赎你。没有谁有义务去成为谁的太阳,没有谁有资格去改变谁的人生。你所能拯救的,仅有你自己,需要救赎的也仅有你自己,洗心革面,重新做人,与这个世界握手言和。

圣者度人,强者自救。放下执念,让自己的人性、良心得以回归。放弃狭隘的小我,重塑豪迈的大我,珍惜人的称谓,找回人的尊严,保持人的根本。卑劣与伟大、恶毒与善良、仇恨与热爱,可以互不排斥地并存在同一颗心里。你可以不善良,但请你不要太恶毒。最大的仁慈不是帮助,而是不伤害。你成不了耀眼的火炬,就做一只微光的萤火虫吧,打起灯笼,点亮心灯,照亮暗夜中的一角。

寒冬过尽,春花依然会盛开。正义终将战胜邪恶,人类必将战胜病毒,我们也定将战胜世间的丑陋,人性的光辉一定会重返人间,像春天的阳光一样普照大地,温暖苍生。

抗疫,是一堂公开课

新冠肺炎疫情,给我们的民族、国家、社会、家庭和个人,带来了物质、精神和情感上的巨大创伤,同时也给我们带来了和平、幸福和安宁时期所无法触及、无法感受的新内容、新体验,即对民族、对国家、对社会、对自然的认识,以及建立在疫情和灾难基础之上的关于人情、人性、人文乃至生命价值的认识,还有在认识的同时伴随着的种种思考。

"失之东隅,收之桑榆。"悲苦来临之际,也是喜乐降临之时。波普说:"并非每一灾难都是祸,早临的逆境是幸福。经历克服的困难不但教训了我们,并且对我们未来的奋斗有所激励。"当前,激战正酣的抗疫战争,是一部荡气回肠的教科书,对我们每个人来说,都是一次难得的受教育机会。抗疫战争,是一堂比任何灾难片都更真实的生命教育课,是一堂比任何说教都更实在的爱国主义教育课,是一堂比任何体验都更真切的心灵考验课。

抗疫战争,教给世界什么是中国人的公民精神。在此次抗击新冠肺炎疫情中,中国人所表现出的坚强、团结、力量和公民精神,令世人震撼。一方有难、八方支援的同胞情谊,一路逆行、守护人心的奉献精神,众志成城、团结奋战的顽强意志,中国人用自己的行动改变着世界的看法,中国的公民力量和形象通过各种渠道传递给了全世界。这股凝聚了中华传统美德的公民力量,征服了世界人民的心,令世人赞叹和钦佩不已。

衡量一个现代国家文明程度的重要标志,就是看它在大灾大难面前的国家意志、社会价值和公民精神。在新冠肺炎疫情面前,能否做到把人民群众生命安全和身体健康放在第一位、把疫情防控工作作为非常时期最重要的工作来抓,不仅是政府危机处理能力的展示,更是进步的中国对人民生命的尊重,是发展中的中国人文精神的提升,是开放的中国走向世界的见证,是一个历经磨难的民族文明力量的升华。

抗疫战争,让世人看到什么是中国人的坚硬心灵。这场抗疫战争,以其鲜活而又丰富的人文内容,将使世人和国人在情感上得到净化,在思想上得到沉淀,在人格上得到填补,在生命价值观上得到重塑,加深对生命意义的思考和对生命的珍惜,敬畏自然,珍爱苍生;加快心理品质的培养和健全人格的确立,为自己的心灵补上灾难和挫折教育这一课,为自己收藏坚强与勇气;加大责任意识的培养,使大爱情怀重新点燃,在灾难中警醒,在灾难中反思,在灾难中成长。

上帝给每个人的口袋是有限的,你选择装什么,你就负重什么前行。这场抗疫战争,教会我们放弃痛苦、欲望,学会新的生活;教会我们相互信任可以获得安全感,从中学习哀伤并同情他人,学会珍惜身边的每一个人,学会放弃渺小的自我,学会善待每一个生命,学会对灾难的科学认知,学会做谣言的终结者,学会少一些误解,学会从心灵出发有效地去捐助,学习领会生存能力,学会正确看待社会上的丑陋,学会发自内心的感动……

2020年抗击新冠肺炎疫情之战,具有原生态、研究性和鲜明性的特点,给每一个人都上了一堂生动、鲜活的公开课。

给别人一个台阶下

那天,几个朋友约好来看我,为尽地主之谊,晚上便安排他们在小城一家有名的酒楼小聚。好友相聚,少不了诗酒助兴。一番推杯换盏、觥筹交错过后,几个朋友个个是酒酣耳热,醉眼蒙眬。酒足饭饱之后,几个人勾肩搭背,踉跄着下得楼来,在酒店门前告别。

目送他们远去,我正要回家,忽然想起公文包还落在房间里,遂返身上楼。此刻,二楼已人去楼空,很多包厢都是黑黢黢的,只有我们刚才喝酒的包厢里还亮着灯。大概是服务员在收拾残局,我想。楼上静悄悄的。包厢的门虚掩着,我轻轻走过去,推开门,忽然看见有一个服务员,正背对着门,在吃桌上的剩菜。听到动静,服务员转过脸来,猛然看到我,像见了鬼一样,下意识地"啊"了一声,吓得赶紧吐掉嘴里的东西,然后闪到一旁,惊恐地站在桌边。

平生第一次碰到这种难堪的事情,前面喝下去的酒,这会儿一下醒了大半。我愣在那里,一时进退两难,不知如何是好。再看那位服务员,此时正像木桩似的杵在那里,垂首低眉,满脸绯红,双手局促不安地绞弄着衣角,那表情就像一个做错事的孩子,准备随时听候大人的责骂和发落。

服务员年龄尚小,脸上甚至还带有几分稚气,大概是刚出校门的学生。尽管她穿着肥大的工作服,但凭着我的眼力,一眼就可以看出,她是一位来自农村的小姑娘。小姑娘是这个包厢的服务员,刚才我只顾忙着招呼几个朋友,一直没注意到她。这会儿,小姑娘像困在笼子里的小老鼠一样,浑身禁不住瑟瑟发抖,一副可怜兮兮的样子。

兴许是初来乍到,小姑娘还不懂酒店的规矩——不能动客人的东西,哪怕是剩菜。也许是小姑娘饿极了,现在已经9点多了,饥肠辘辘之下,便吃了几口剩菜,垫垫肚子。还有一种可能,小姑娘来自农村,过惯了节俭的日子,看到剩菜,觉得倒掉可惜了,所以就在客人走后,吃了几口。万万没想到,我下楼后又突然折了回来,让小姑娘措手不及。更难为情的是,她偷菜吃的一幕场景,正好让我撞见,要是传出去真是丢人死了,弄不好还要被老板开除。这可能就是小姑娘害怕我的原因。

看到小姑娘羞愧的样子，我心里有些不落忍，嘴里轻描淡写地说："没什么，别浪费，吃掉好。"然后像什么事也没发生一样，走到原来的座位上，拿起包，匆匆走出包厢。在做这一切的时候，我尽量装出一副无所谓的样子，只是想让现场的尴尬气氛尽早结束，也想让小姑娘尽快摆脱这种窘迫的状况。在下楼的时候，我虽然没有回头，但还是感觉到身后的小姑娘似乎对着我的背影鞠了一躬。

十多年过去了，这件事我一直记在心里。想必，那位小姑娘现在已经结婚生子，不知她是否还生活在小城里，是否还记得当年所经历的这件事情，是否还记得当年我这个让她尴尬万分的大叔？

《菜根谭》里说："路径窄处，留一步与人行；滋味浓处，减三分让人尝。"人生在世，宽容为大。金无足赤，人无完人，包容别人的不完美，原谅他人的小过失，既是在救人，也是在度己。芸芸众生，你我凡人，谁都会有遭遇尴尬的时候，谁都会有蒙受难堪的事情，适时、恰当地给别人一个台阶下，既是给他人的一种解脱，也是给自己的一份安心。

戒酒的后果很严重

县里举办文学采风活动，邀请邻市的十几位作家朋友到古城参观考察。采风这天，恰逢双休日，饭局上自然安排酒水。

席间，我屁颠颠地打的来到一位仰慕已久的老师身后，躬身敬酒，以表钦佩之情。老师看了一眼我手里端着的玻璃杯，极不情愿地站起身来，低声说了句："你就用豆浆跟我喝吗？"我一时语塞，傻子似的呆立在那里。

少顷，我忙不迭地赔着笑脸，带着几分卑怯，讪讪地解释道："老师，不好意思，我的右眼视网膜脱落，前两年才在省立医院做的手术。白酒对眼睛伤害很大，所以，我只能用饮料代酒敬您，略表心意。"

老师听罢，沉吟半晌，鼻子里哼了一声，随后转过身去，自顾自地喝下小半杯酒去，一副虚与委蛇、随便应付的样子。看得出来，老师对我端着豆浆去敬酒的行为颇为不满，既有几分不悦，又有几分不屑。

此时，老师头也不回地坐下来，与邻座的人继续谈笑起来，似乎忘记了我的存在。我像做了什么亏心事似的，涨红着脸，灰溜溜地逃回到自己的座位上，如坐针毡，浑身极不自在。好在主客双方都在热火朝天地喝酒、聊天，并没有人注意到刚才发生的一切。

像这样尴尬、难堪的场景，自打我戒酒之后频频上演。每逢此时，常常让我狼狈不堪，窘迫得几近窒息，被酒桌上的人笑红了脸，站也不是，坐也不是，只盼脚下生出一条缝来，夹起尾巴，像老鼠一样地遁去。

先前，白酒还能整上几杯，酒量虽说不大，但我喝酒时的豪气却是"恶名在外"。时日一久，别人都知晓我是个能盛酒的家伙，轻易不敢招惹。自从右眼做过手术之后，顾忌到继续喝酒可能致盲的严重后果，迫不得已，狠下心来戒掉了酒。

我能喝酒，但并不好酒，戒酒对于我来说，并不是一件很难的事情。一开始，朋友们都不肯接受这样的事情，一有酒局，便轮番轰炸，百般劝说，只想让我重披战袍，再驰酒场。无奈我戒酒心意已决，水泼不进，风刮不倒，任你怎样劝，就是不端酒杯，固执得近乎变态。

我的坚持终于有了效果，朋友们逐步适应了我不喝酒的现实。再有酒局，他们不再理会我，只拼了命般地与客人斗酒放蠱子，我似乎已不再那么重要。更多的时候，我成了一名忠实的旁观者，酒桌上的热闹似乎与我无关。

既然不喝酒，也就失去了陪客的价值。我戒酒之后，惨遭淘汰出局，逐步被边缘化。再有酒局，请客的朋友有意邀我，旁人立刻反对，一脸坏笑地调侃道："他又不喝酒，请他干吗？白白浪费了一个座位。"我的酒场渐渐少了，倒也落得个清静，真是乐哉。

可是，好景不长，遇到有些必须参加的饭局，出于礼节，要向客人敬酒，我只能觍着脸，端着白开水或饮料，不厌其烦地向每位客人重复着讲述了无数次的理由，以期博得客人的同情和理解。那絮絮叨叨的情形，如同鲁迅笔下的祥林嫂。

通常情况下，多数客人都很大度，很是理解我的身体处境，并不在意我喝的是什么。最头疼的是那些爱较真的客人，就像上述的那位老师，虽然嘴上不说什么，但是他心里肯定不爽，以为我端着饮料去敬酒，是对他的不敬。

这样的结局，很是出乎我的意料，万万没想到，戒酒的后果会这般严重。我发现，不管你基于什么原因戒掉了酒这东西，那么你在这个世上也就成了毫无价值的东西，你会成为被人冷落、嘲笑、羞辱的对象，继而被疏远、被轻慢、被忽视，甚至失去尊严。

酒风盛行,积习难改。对于我等戒酒之人而言,既然无法改变这个现实,那就因时而变,急流勇退。在此番情形下,选择无奈地逃离,也是一种自我身心的救赎。放弃无聊的酒局,追求健康的生活,无疑也是人生的一大智慧。

坦然面对失败

美国著名田径运动员菲里浦斯有一句名言:"什么叫作失败?失败是到达佳境的第一步。"台湾长鸿益集团厂训中对失败也有一番高见:"失败就是迈向成功应付出的代价。"失败,是人的一生中迈不过去的坎,谁也无法避免。失败,仅仅是自己的一种感觉,一种绝望的感觉。失败的人,在经历几次挫折后,在心中为自己设置了界线,他们不再试图努力去超越这个界线,这才是真正的失败。"失败乃成功之母",一个人失败了,才知道成功的可贵,才会在不断的失败中,找到成功的方法,开辟人生的新天地。

在人生中,想想有多少次,我们曾经与真正想要的东西失之交臂?任何东西都有可能遭受这样的命运。它可能是事业、爱情、财富、一个家庭、一段人生,这样的例子不胜枚举。当无法实现自己的目标时,我们会怎么办?与其花时间哀悼过去,不如重新开始,这就是树立新目标的最好时机。如果能这样选择的话,我们的生活会再次生龙活虎起来。人生新的目标建立之前,我们就已经学会跨越曾经遇到的失败和障碍,也知道未来可能会再次遭遇失败和障碍,但是这一次我们是有备而来。

观看奥运会比赛时,我喜欢听参赛运动员成功背后的故事,因为我特别钟情于胜利背后的巨大付出。当听说有人多年来一直致力于一个目标,比如达到或超过某一项奥运纪录,正如我们所知道的,那需要付出很多心血与努力——练习成千上万小时,成百上千次比别人优秀的成绩,才会在那一瞬间有希望胜过他人。通常,这种付出伴随着巨大的牺牲,运动员会为此放弃更多的梦想。当我们坐在电视机前观看这些运动员的精彩表现时,我们往往会为看到他们摔倒或失败而心碎。因为作为观众,我们会对此产生一种视觉联想,生活中的许多人往往通过各种不同的生活方式,为追求一个目标而努力,每个人都曾经失去一些心爱的东西。我曾看过一些有关的报道,一些运动员曾发生过巨大伤病,那些伤病看起来不可逾越,但他们都想方设法地恢复了健康。他们不仅学会重新站起来,而且继续参加比赛并胜出,许多几乎经历毁灭性打击的运动员甚至还获得了金牌。正是他们取得的成就和他们背后的故事,成为深深感动我们的源泉,鼓励我们振作精神,去完成自己的人生目标。

生活中,每当我们看到别人实现目标,也会使我们相信,如果付出同样的努力和奋斗,我们也可以达到自己的人生目标。人生中最黑暗的时刻,黎明一定就在不远的前方。世间任何事情都会变化,人生中最痛苦的时刻,也许就是否极泰来的瞬间。

夫妻就像两扇门

大伟和小美两口子又干架了。不过,在他们居住的小区里没有任何人知晓,就连大伟和小美的一双儿女都不知道。

大伟和小美是天生的一对。大伟性格豪爽,小美年轻漂亮。在一次朋友聚会时,小美被大伟梁山好汉似的慷慨所吸引,一见倾心。两人很快发展成恋人关系,一年后,便步入婚姻的殿堂。

婚后,大伟和小美恩恩爱爱,出双入对,是小区邻居眼中的模范夫妻。大伟从事装潢业务,这几年越做越大,风生水起,成为小城装潢行业的龙头老大。小美教书育人,成绩显著,被市里评为"教坛新星"。两人的事业如日中天。

这夫妻就像两扇门,开关时会发出吱吱嘎嘎的声音。大伟和小美相处久了,难免有磕磕碰碰的事情。渐渐地,随着一双儿女的相继降生,大伟变得懒散起来,对小美的关心少了。小美也变得爱絮叨,常常对大伟指手画脚地加以苛责。两人一时言语不合,就以武力解决问题。在大伟和小美看来,这是他们夫妻俩解决矛盾的最好方式。

好在两人比较理智,还能考虑别人的感受,一怕打扰邻居,丢了面子;二怕惊吓孩子,失去尊严。大伟和小美每次干架的时候,都选择夜深人静的时段和人迹罕至的地方,打起架来无所顾忌,也不需要别人拉架、劝解。干完架后,像没事人一样地回家睡觉。

大伟人高马大,身强力壮,小美娇小玲珑,身单力薄,干架的结果可想而知。每次干完架后,小美都是鼻青脸肿、披头散发的模样,而大伟至多在脸上、脖子上留下几处长而细的指印。

回到家里,大女儿每次都问妈妈怎么回事,小美哄骗她说:"你爸爸骑车带我摔倒了,没事的,过几天就好了。"大伟到公司上班,同事们每次都关心地问及他脸上、脖子上的伤情,大伟都以"昨晚喝多了,让树枝刮破了"搪塞过去。

大伟有一把蛮力,每次干架吃亏的都是小美。最厉害的一次,小美扑上去抓大伟的脸,大伟一闪身,小美扑空了,一下摔倒在地,造成右胳膊骨折,住进了县医院。

在治疗期间,大伟满怀愧意地侍候在病床前,闷声不响地端药送水,忙前忙后。看着大伟满头大汗、笨手笨脚的样子,小美表面上还在生气,心里却在暗自发笑。

大伟和小美每年都要干上几场架,小区里的人压根儿就不知道,都是在悄无声息的情况下进行的。夫妻没有隔夜的仇,大伟和小美每次干完架,不出三五日,便和好如初。一到傍晚,两人便牵着一双儿女,照样与往日一般逛商场、遛城墙,和和美美,其乐融融。小区里的大妈们每次看到大伟和小美从面前走过,都指着他们的背影说:"看看人家小两口,多好!"

人世间,夫妻就像两扇门,门上贴的上联是男人,下联是女人,横批是孩子。两扇大门,支撑一个门户;男女两人,组合一个家庭。两扇门一样大小,两个人一样平等;两个人各有各的门窝,两个人各有各的观点。两扇门只用一把锁,门才锁得牢;两个人只有一条心,心才贴得紧。学会修好夫妻相处的门,人生的路上才能雨过天晴。

大伟和小美解决夫妻矛盾的做法有些特别,也有些另类,换作别人或其他环境不一定适用,不具有普遍的积极意义。但只要不影响他人,不危害公众,用他们自认为有效的方式解决双方矛盾,修补情感缝隙,达到夫妻和解、恩爱如初的目的,也不失为一种睿智和创举。修好夫妻这两扇门,方法不重要,关键看是否能够开关自如。

高情厚谊是同窗

时光如白驹过隙,岁月似电光火石,人生天地间,朝看水东流,暮看日西坠,惊风飘白日,光景西驰流。尽管过眼韶华如水,长日飞絮游丝,但飞逝的光阴总会沉淀下数不胜数的人生美好回忆,如春天般温暖,如夏天般炽烈,如秋天般飒爽,如冬天般永恒。

"曾记同窗日月酣,未忘分道梦魂憨。才华自负如椽笔,情义谁怜比俊男。"每每沉下心情,独对孤灯,面对书案上白底黑字的结业证书,不由得便会想起在马鞍山度过的那段美好时光,便会想起那些来自天南地北的同窗好友。虽然时间已过去近五个月,但每次想起同窗好友们的一颦一笑、一言一行、一觞一咏,都恍若昨日,记忆犹新,历历在目,潮汐般撞击着我的心扉。

丁酉年的金秋十月,注定是安徽文学史上一个值得纪念的时日。来自全省各地志趣相投的四十八名文学爱好者,怀着一颗对文学朝圣般的虔敬和执着之心,云合雾集在诗城马鞍山,在风光旖旎、素有"千古之秀"美称的采石矶畔,才墨之薮地,共赴一场文学的盛宴,一起参加省文学艺术院举办的安徽中青年作家研修班学习。

作为一名"老去攀跻兴尚存,蹒跚陪客蹑云根"的入门者,我有幸与身居长淮两岸、大江南北的文学"信徒"们,成为"悠哉水墨度文缘,慢洒金辉寻韵帘"的同窗好友,一道度过难以忘怀的八天秉烛共读时光,结下情同手足、心照神交的同窗友情,大有久震耳鼓、相见恨晚之感。

佛说,缘是前生的修炼。我相信这话。共同的"文学梦",缩短了空间上、地域上和情感上的距离。我们尽管来自不同地方、不同岗位、不同职业,但文学如同一条金色的纽带,将怀有共同梦想的同学们紧紧联系在一起。大家一起成为文学的朝圣者,缔结的缘分像马鞍山的市花桂花一样,清可绝尘,浓能远溢。

同门为朋,同志为友。短短几天,研修班的同学从相识、相知到相亲、相爱,仿佛上苍有意安排的一样,注定在人生的某个时段相互交集、相互欣赏,惺惺相惜,心心相印。研修班俨然是一个温馨和谐的大家庭,每个学员都是这个大家庭的成员,团结友爱,相互关心,课堂上认真听讲,下课后相互交流,生活上彼此关照,大家亲如兄弟姐妹。

　　研修班的同学,大都是"文质彬彬襟怀宽,豪心可比金石坚"的文学道路上的跋涉者,文学创作成果丰硕。无论是小说创作,还是诗歌创作,都取得了令人瞩目的成就,有的已进入"文学皖军"方阵,用安徽文学艺术院副院长、著名作家许春樵的话说:"你们是安徽文学事业的未来和希望。"专家老师寄予的殷切希望,给研修班同学注入了强大的精神动力,上课学习时全神贯注,生怕漏掉一个字眼。

　　前生缘、同窗情、兄弟谊、姐妹爱,在研修班里如影随形,无处不在。我所在的二组最为和谐,也最引人注目。全组十二名同学,七男五女,包括我在内的七男号称组里的"七君子"。风流潇洒、温文尔雅的唐晓勇是组里的儒雅之士,谈吐不凡,才华横溢;文质彬彬、玉树临风的孙慧是组里的小帅哥,多才多艺,不仅歌唱得好,主持节目也特棒;眉欢眼笑、幽默风趣的张锋锐是组里的活跃分子,未语先笑的弥勒佛模样直惹人发笑,他的笔名"野马"成了标志性代号,他创作表演的"三句半"在毕业典礼上令人捧腹,大为出彩,成为晚会的一大亮点;老成持重、从容不迫的刘邦磊和我是室友,他是组里男同学的中心,具有儒商的典雅特性;英俊洒脱、章台杨柳的许礼荣也是组里的一大骨干,活泼开朗、率性可人;精明干练、朴实稳重的王华在马钢南山矿工作,在许多场合都充当着向导的角色;面皮老相、蛮来生作的我在组里年龄最大,组里同学通称我"楚老大"。水玉兰、张昕、方长英、葛良琴、马红民是我们二组的"五朵金花",个个温香艳玉、风姿绰约,环肥燕瘦、天生尤物,是研修班里美女云集的组之一。

　　在研修班学习期间,二组同学就像一家人样亲密无间。宾馆里的课堂上,留下我们依次而坐、如饥似渴的身影;雨山湖公园内,留下我们并肩而行、漫步聊天的足迹;市政府文化广场上,留下我们排练节目、备战晚会的歌声……除去休息时候,二组的同学几乎都待一起,利用课余时间交流学习心得、创作体会和今后打算,露胆披诚、水乳交融的情景,使人仿佛又置身于生机勃勃、书声琅琅的菁菁校园。

　　情到深处自然浓,诗酒助兴露天真。每晚散步归来,二组同学都会相约来到我和刘邦磊老师所在419房间,"野马"便会像变戏法似的摸出一瓶酒来,王华照例会买回来一大包豆干、花生米之类的吃食,大家伙围床而坐,借酒助兴,吟诗作赋,谈古论今。酒至酣处,男女同学皆撸袖卷衫,划拳行令,"哥俩好啊,五魁首啊,七巧妹啊"的划拳声震天动地,天真毕现,大有诗仙李白"竹杖芒鞋轻胜马"的飘逸和豪气。气冲云天的喝酒划拳声,惊扰得整座宾馆大楼不得安宁,常常惊动服务员拍门"警告"。诗酒助兴几乎成了我们二组的保留节目,每晚风雨无阻地举行,直到学习结束。

冯梦龙说:"天下无有不散筵席,就合上一千年,少不得有个分开日子。"在研修班学习的日子眨眼就过去了,同学们即将各奔东西,天涯一方。回想起在研修班里朝夕相处的美好时光,总有依依不舍的感觉,顷刻间,一股舍不得的情绪涌上心头。舍不得同学们的欢声笑语,舍不得同学们的兄弟情义,舍不得同学们的慢慢离去。我们用双手紧紧地相握,让感觉在手中轻轻撩过,共享一份难忘的温馨。我们匆匆地告别,没有语言,更没有眼泪,只有永恒的思念和祝福,在彼此的心中发出深沉的共鸣。

因为文学,我们从大江南北会聚在一起。八天的生活忙碌而闲适,学习紧张而刺激,友情诚挚而纯洁。春去秋回,时光荏苒,岁月带走了我们的锐气,留下了永恒的回忆。安徽中青年作家研修班,我们曾一起走过!经年后,喝着一杯相思的酒,迷茫在离别的车站,不知度过了多少春秋,可那场美丽的邂逅,却始终魂牵梦萦在心头。

"况复同窗友,槐庭秉钧轴。"同窗情,是一壶上好的陈年老酒,无论何时何地开启,都会让人沉醉。同窗情,是一泓甘冽的春江碧水,无论何时何地啜饮,都会滋润心田。同窗情,是一道鲜嫩的红油鸡块,无论何时何地想起,都会回味悠长……

同窗之间的高情厚谊,需要我们去珍视。这里,学填《水调歌头·同窗情》词一首以记之:"共读同窗月,始结同窗心。作家心里春梦,一似水云深。锦瑟年华分付,美好时光与共,何处师友寻?未及真情吐,遗恨湿青襟。心似火,情似雨,爱如金;高山流水,天涯携手结知音。一去经年别日,几度春华秋月,失落恸难禁。纵有关山在,何惧心相印?"

柳　　笛

一

又到了绿影婆娑的春天。经了暖风的吹拂,故乡沟塘边的柳树最先披上一袭新衣,柔枝曼舞,袅袅婷婷,投下一地斑驳的光影。村口的老柳树还在,可物是人非,恍若隔世。往事如风,儿时故事里的流水与落花,在似水的年华里,早已更换了记忆的色彩。那些过往的人和事,一如笼罩在村庄上空的轻雾,在阳光下一点点地散去,直至了然无痕。一样的地点,相同的场景,唯一例外的是那已不在的人。柳树下,那曾经熟悉的身影,那婉转的柳笛声,都飘向了哪里?

春天,属于安丰塘边的乡村。这个桃红柳绿的季节,是表姐期待已久的。记忆中,表姐喜欢独自坐在那棵老柳树下,发上插着一朵柳叶花,一边纳着鞋底,一边哼着小调。那小调软软的,很好听,但我却叫不上名字,表姐也从来没有告诉过我。下午放学,我路过老柳树下时,都能看到表姐坐在树下的身影,很好看。每次路过,表姐都要抬起头来,朝我笑一下,露出一口白亮亮的牙齿。表姐看着我和妹妹背着书包上学的欢快样子,眼里满是羡慕。

表姐不识字,比我大上十几岁,是村里远房三舅家的女儿。我和表姐虽是远亲,但这并不影响我们之间的感情。表姐待我像亲弟弟一样,妹妹和我都喜欢跟她玩。我们两家住得很近,在屋里大声说话相互都听得见。远亲不如近邻,那时候,母亲和三舅、三妗相处得很是亲密,无形之中小孩子之间也比较亲近。表姐比我大很多,我对表姐有一种天生的依赖感。我们两家经常互送一些好吃的东西,跑腿的,大都是我和表姐。

别看表姐大字不识一个,可她的手却很巧。除了一般农村姑娘都会做的农活、针线活外,表姐还有一手特别的本事,那就是,她会做柳笛。村口的老柳树长出嫩叶的时候,也是表姐大显身手的时候。下午放学后,我和村里的小伙伴们结伴跑到柳树下,缠着表姐给我们做柳笛。每次,表姐都笑眯眯地放下针线匾子,亲昵地拍一下我的头,嘴里嗔上一句"真烦人",然后走到柳树下,伸手掰断一根柳枝,摘去柳叶,在手里一拧一扭,再用剪子剪去两头,只消几下,一支柳笛便做成了。

从表姐手里抢过柳笛,我们急吼吼地放在嘴上,鼓起腮帮子,狠劲地吹起来。一时间,"呜里哇啦"的柳笛声,在小小的村庄里此起彼伏,声震于耳,把柳树上的麻雀都吓得"扑棱棱"地飞走了,落下一地羽毛来。我们眼高手低,不得要领,柳笛吹得像水牛叫似的,发出一连串"嘟嘟"的单音,要多难听有多难听。表姐不仅会做精巧的柳笛,还能吹出有韵律的笛声。表姐经常给我们做示范,只见她轻轻地把柳笛放入唇间,深吸一口气,腮上一鼓一吸,柳笛里便传出音乐般的声音。那笛声,高低错落,婉转悦耳,好听极了!我们围拢在表姐身旁,听着好听的柳笛声,个个都陶醉在笛声里。

二

那时,表姐的聪明是远近闻名的,她的相貌在村里也是数一数二的。男大当婚，女大当嫁。转眼间，表姐到了谈婚论嫁的年龄，三舅托亲告友，四处张罗，终于在县城的蔬菜大队寻得一户人家，定下亲来。这户人家姓张，人老几辈都很忠厚本分。虽说是种菜的，本质上还是农民，但总归是城里人，每天卖菜都能见到活便钱，比四爪入泥、脸朝黄土背朝天的乡下人强多了。表姐对这门亲事不置可否，模棱两可，既没有表示明确反对，也没有表现出几分喜悦。倒是庄上与表姐年龄相仿的姐妹们，着实替她高兴了很长一段时间，说表姐转了好命，从此攀上高枝，跳出农门，从糠箩蹦进米箩，以后等着享福吧。

谁说这不是件叫人羡慕的美事呢？可好运却并没有如愿地降临到表姐的头上，反而节外生枝、肇出事端。当时，如果按照三舅他们老人计设好的路子走下去，表姐结婚生子，孝敬公婆，安安分分地当一个农民身份的城里人，日子过得肯定不会差。可表姐不知搭错了哪根神经，也不知是不是小时候被牛抵坏了脑子，一天到晚都不安生，接二连三地做出一些荒唐出格的事来。听村里人风言风语地说，表姐和邻村一个外号叫"黑虎精"的男人好上了。这个家伙我认识，人长得五大三粗，一脸凶相，夏天的时候，喜欢敞着褂子，露出黑森森的胸毛。特别怕人的是，他有一双露着凶光的眼睛，就像一把削铅笔的刀子，看你一眼，就叫你浑身直起鸡皮疙瘩。他的外号，可能与他的长相有关。说实话，我一直很讨厌"黑虎精"这个家伙，虽然他待人挺和善，见面时总是笑嘻嘻的，也从来没有凶过我，但我却从骨子里不喜欢他。村里不少小伙伴也都和我一样。那时我还小，一直想不明白这件奇怪的事情，直至多年以后仍然搞不清楚，始终在纳闷，表姐是不是被鬼打昏脑子了，怎么会看上"黑虎精"这样一个丑八怪？况且，表姐已订过婚了，怎么还会与"黑虎精"扯到一块呢？我真的蒙了。

蒙在鼓里的，还有三舅一家人。表姐和"黑虎精"的事情，村里人背地里都说疯了。有人说，他有一天晚上在稻场上看场时，亲眼看见表姐跟"黑虎精"搂在一起，在稻草堆上滚来滚去。还有人说，那天晚上大队部放电影，在散场的时候，他看见表姐和一个高个男人手拉着手，钻进了路边的麦棵里……种种关于表姐的消息，铺天盖地地涌来，沸沸扬扬，真假难辨。这样的事情，村里人只能在私底下讲，哪敢对三舅一家人说呢？古怪的是，全庄人包括我们小孩在内，都知道表姐的事，唯独三舅他们一家人却浑然不知，甚至连表姐怀了身孕，家里人也没察觉出来。

纸里包不住火，表姐的事最终还是露馅了，但为时已晚，覆水难收。一向大大咧咧、像不戴帽子的男人一样的三妗，无意中从表姐逐渐隆起的肚子上看出异样。经再三追问，表姐被逼无奈，只得把与"黑虎精"的事情和盘托出。这一下，三舅家如同热油锅里倒进一瓢凉水，炸开了锅。一个待字闺中的、已与县城里的张家订了婚约的大姑娘，却不守贞操和规矩，跟一个妖怪一般的丑男人勾搭上了，并且还怀上了他的孽种，真把一家人的脸都丢尽了！巨大的耻辱，山呼海啸般地砸下来，压垮了三舅一家人，哥嫂们的咒骂和唾沫星子劈头盖脸地砸向表姐。她的命运从此发生逆转，跌入伸手不见五指的黑洞。

那天晚上刚吃完饭，三妗像一阵风似的撞进家来，不容分说，扯起母亲的手便跑，边跑边用浓重的苏北口音说："快走，你三哥快把那死丫头打死了。"母亲拐着小脚，慌忙跟着三妗往外跑，我也撵了过去。到了三舅家，我抬头一看，吓了一跳，只见表姐披头散发地被吊在房梁上，浑身一丝不挂，三舅像一头暴怒的大牯牛，睁着一双血红的眼睛，手里紧攥着一根蘸过水的粗单绳，正一下一下死狠地抽打着表姐。伴随着"啪"的一声脆响，单绳重重地抽在表姐的身上，表姐雪白的后背上立刻现出一道血印子。那横七竖八的血印子交织叠加在一起，像水长虫一样缠绕在表姐的后背上。表姐一声不吭，头发遮住了脸，看不出她有什么表情。我只看到，她嘴角流出了殷红的血。

这下，真的要出人命了。母亲吓得什么似的，拐着小脚，跳到三舅跟前去夺单绳。正在气头上的三舅哪里肯依，仍不罢手。三妗见状，箭一般冲过来，紧紧抓住三舅拿单绳的手，我也从呆傻中反应过来，跑过去抱住三舅的大腿。几人经过一番努力，终于从三舅手里夺过单绳。这时，三舅像得了软骨病似的，一屁股瘫坐在地上，牛一样地喘着粗气。他身体不好，患有严重的哮喘病，这一气，喘得更厉害了。少顷，三舅突然抱着头哭起来，边哭边对母亲说："他二娘啊，我的老脸都叫这死丫头给丢尽了，这以后还怎么活呀！"母亲顾不得安慰三舅，忙不迭地和三妗一起，七手八脚地把表姐放下来，解开绳子，穿上衣服，搀扶她到床上躺下。三妗找来酒之类的消炎东西，让母亲帮忙给表姐擦洗伤口。自始至终，表姐都未吭一声，脸上是纸一样的惨白。

三舅真是气疯了，下手够狠的，一顿痛打，让表姐一个多月下不了地。这期间，三妗曾经在一个晚上，把村里的接生婆请到家里来，塞给她十块钱，让她想办法把表姐肚子里的孽种打掉。接生婆在表姐的肚子上摸摸捏捏，摇着头说："不行，小孩子太大，打不掉了。"三舅、三妗尽管对表姐恨铁不成钢，一气之下恨不能将她撕碎、吃掉，但真正到了生死攸关的时刻，老两口还是不忍心让表姐铤而走险。人心都是肉长的，表姐和她肚子里的那个孽种，孰轻孰重，三舅、三妗老两口自然还是分得清的。母亲私下里劝慰三舅，让他想开些，走一步看一步吧。三妗也无奈地说："别管那些了，先把孩子生下来再说，这可是两条人命呢。"

表姐就要临产了。按照老家的风俗，出嫁的姑娘不能在娘家生孩子，那是不吉利的,会给娘家带来血光之灾。更何况像表姐这样未婚先孕的大姑娘,更不能在娘家生孩子。孩子不能生在野地里,总得有一处遮风挡雨的地方吧?三舅想想表姐做下的丑事,气就不打一处来,但背地里,他还是悄悄地为表姐生孩子做着一些必要的准备。他把西屋山头沟沿边的一个关鹅的草棚子腾出来,四面用塑料薄膜围挡了一下,搬进去一张"吱嘎"乱响的破床,这就算是表姐的产房了。

那天晚上,天下起了小雨,表姐就在那个鹅棚里把孩子生了下来,是个带把子的男孩。兴许是害怕此事张扬出去,三妗并没有惊动母亲,独自一人,用最简单、最粗陋的办法完成了接生。孩子生下后,刚"呱"地哭出一声,三妗便慌忙剪断婴儿的脐带,然后像抓小鸡一样,拎起他的一只小脚,溺死了这个可怜的生命。三舅用粪箕装上男婴的尸体,乘着夜色,跌跌撞撞地摸上村前的鲶鱼岗,把死婴丢在乱葬岗上。

世上没有不透风的墙。不知怎的,表姐生孩子的事还是传扬了出去。第二天上午,"黑虎精"的母亲领着一帮妇女,找到三舅家的门上讨要孩子,一副不还孙子誓不罢休的死硬样子。三舅哪里受得了这等羞辱,气得浑身乱颤,一屁股坐在地上,连气带恨,嘴里"哇哇"地大叫着,却听不出他在说些什么。倒是三妗天不怕、地不怕,像一头发疯的母牛一样冲上前去,二话不说,便和"黑虎精"的母亲扭打在一起。一道前来助威的妇女们,也和这边的表嫂们对撕起来。三舅家门口,顿时哭骂声四起,现场乱成了一锅粥。

农村妇女打架,关键时刻都舍得下手。撕打过程中,对方人多势众,三妗这边明显处于下风。三妗被人高马大的"黑虎精"母亲扯掉一缕头发,牙齿也被打出了血,脸上也被抓出几条血道道。三妗越想越气,索性一不做、二不休,喊来全村家门里的至亲妇女,一路杀气腾腾反扑过去。"黑虎精"母亲那帮得胜归来的妇女们还未进家门,三妗这边就气势汹汹地杀到跟前。不容分说,见人就打,见东西就砸,三妗指挥几个表嫂,把"黑虎精"家的两口大铁锅砸得稀巴烂,又把堂屋里的墙上、地下全泼上大粪,这才觉得解恨。这事越闹越大,到了不可收拾的地步,两家人从此成了不共戴天的仇人。

经历这一系列事件之后,表姐觉得没脸见人,成天到晚躲在鹅棚里,村子里很难见到她的身影。有几次,我想偷偷地到鹅棚里看看表姐,但一想到表姐做下的事情,惹来那么多的麻烦,心中便升起对表姐的几分怨气,也就打消了这个念头。满月后的一天早上,表姐从灶屋里抓过一把菜刀,"扑通"一声跪在三舅的床前,举起刀来,对准自己的脖子就要自杀。幸亏三妗手疾眼快,一把打掉表姐手里的菜刀,又一巴掌扇在表姐的脸上。这一巴掌打得太重,表姐惨白的脸上立刻就现出几道红手印。那一瞬间,表姐像傻了似的呆坐在地上,既不哭,也不笑,脸上毫无表情,泥塑木雕一般。也就是从那天起,表姐疯了。她开始走出家门,在村子里到处闲逛。她天天穿着一身破衣服,一头秀发揉得乱蓬蓬的,发间还沾了几根稻草屑,见人就傻笑,还不停地做着鬼脸。村里人都知道表姐疯了,大人小孩见到她都远远地躲开了,我的几个小伙伴,还朝她的背影吐口水。母亲对我说:"都是你三妗的一巴掌,把这丫头打傻了,真是可怜……"

三

又是一年春草绿。村口的老柳树发出了新芽,给沉寂了一冬的村庄增添了几分生机。经过大半年的休养,表姐的疯病也有了一些好转。她不再顾忌村里人的闲言碎语、指指点点,又慢慢回到了一年前做姑娘时的样子。每天下午放学时,都能看到表姐坐在树下纳鞋底的身影。只是她的神情有些落寞,再也没有了以前的神采。有一天,我背着书包从老柳树经过,远远地看到,表姐在朝我挥手,她似乎早就在等我。我迟疑了一下,心里打起鼓来,不知表姐喊我做什么。我怯怯地走到表姐身边。这是她出事后,我第一次近距离地靠近她。表姐从针线匾里拿起一个包裹着的手巾,掀开一角,递给我说:"给,这是你喜欢吃的锅巴,我给你留着呢。"看着手巾里几块焦黄、喷香的锅巴,我咽了一下口水,没有立刻就吃,等着表姐给我说正事。

表姐见我傻愣愣地站在那里一动不动的样子,突然笑了起来,露出满嘴白灿灿的牙齿。这时,她像想起什么事似的,站起身来,几步走到树下,伸手从树上折下一根柳条,拿在手里,几下一捣鼓,便做成了两支柳笛。表姐递给我一支柳笛,神情黯然地说:"姐姐就要出嫁了,嫁到很远很远的县城里,恐怕以后没有机会给你做柳笛了。乘没走之前,我教你做柳笛、吹柳笛吧。"想想表姐就要远嫁他乡,以后在一块玩的机会更少了,我心里不禁有些惶恐起来。表姐似乎没有察觉到我此刻的心理变化,像特别珍惜什么似的,手把手地教我做柳笛、吹柳笛。时间过得飞快,天快黑的时候,我终于学会了做柳笛,特别高兴的是,我也能吹出像表姐那样好听的笛声。临分手时,表姐盯着我的眼睛问:"你恨姐吗?"我不知如何回答,先点点头,又摇摇头。表姐苦笑一下,说:"你还小,大人的事你不懂,等你长大了,就知道了……"

这年麦黄的时候,表姐出嫁了。结婚那天,张家迎亲的人来了不少,可表姐这边送亲的人却很少,除了表姐的嫂子和妹妹等少数几个至亲外,再也没有其他人了。表姐落寞地离开了生活了二十多年的老村庄,从此再也没有踏上过这片土地。这以后,就连三舅、三妗去世,表姐也不曾回来过。听母亲说,表姐出嫁那天,有人看见"黑虎精"躲在村后的树林里,远远地看着表姐他们的迎亲队伍渐渐远去。在接亲的车子发动那一刻,这家伙突然放声大哭起来,那哭声特别难听,跟鬼哭一个腔调。我恨死这个"黑虎精"了,都是这个丑八怪害苦了表姐。要是碰到他,我恨不得扑上去,照他的手上狠命咬上两口,替表姐他们一家人出出气。只是,从那时到现在,几十年过去了,我再也没有见过"黑虎精"这个人。他仿佛从人间蒸发了一般,生死不明,杳无音信。

没有"黑虎精"这个丑八怪的滋扰,表姐婚后的生活可能相对安稳些了吧,我想。可是,事与愿违,表姐还没过上几天清静的日子,家里又无风起浪、祸事连连。也不知从哪个渠道打听到的消息,表姐的丈夫最终还是知道了她与"黑虎精"的事情,表姐的地位从此一落千丈。表姐夫是一个老实巴交的农民,虽然生长在城里,但传统思想根深蒂固,对女人的贞操看得比身家性命还金贵。自己的老婆在做姑娘时就与其他男人私通,还怀了野男人的孽种,这对于当丈夫的来说,简直是奇耻大辱,哪里能咽下这口气?他找不到发泄的对象,常常拿表姐当出气筒,表姐过上了暗无天日的悲苦日子,整天提心吊胆,以泪洗面。

表姐夫犯了癫病,人也变坏了,不干正经营生,放着好端端的菜地不种,整天游手好闲,酗酒抽烟。一天三顿不离酒,端起杯来,二两酒下肚,人就醉得一塌糊涂,一喝醉就耍酒疯打人,无端地找表姐的麻烦,一言不合便拳脚相加。他经常揪住表姐的头发,往墙上死命地撞。更狠毒的是,他如法炮制三舅当年对付表姐的手法,剥掉表姐的衣服,让她赤身裸体地跪在地上,头上顶着一只痰盂,胸前挂着一双破鞋,挥动着一根浸过水的绳子,狠命地往表姐的身上抽。直到打累了才罢手,然后一头倒在地上,像死猪一样地沉沉睡去。

表姐默默地忍受着非人的虐待,慢慢习惯了这样的日子。她从没想过去申辩,更没想过去反抗。她知道,这都是自己的错,千不该、万不该和"黑虎精"好上,而且还怀上了他的孩子,弄得父母和哥嫂们抬不起头来,背后被人指指戳戳,丢尽了脸面。自己做下这等事来,对不起家人,更对不起丈夫。他现在知道这事,早知道比晚知道好,反正他早晚都会知道的。世界就这么大,好事不出门,坏事传千里,这事是瞒不过去的。他想要出气,就让他出气好了,这是报应。只要打不死我,为了现在的孩子,我还得活下去。

表姐就这样苟延残喘地过着日子,婚后给表姐夫生了一男一女。天有不测风云,表姐的儿子钢子长到十三岁时,突然得了一种怪病,还没等送到医院,就在表姐的怀里咽了气。表姐夫怪表姐粗心大意,把儿子给害死了,让张家绝了后,又把表姐往死里打了一回。表姐披头散发,满身伤痕,她搂着儿子逐渐僵硬的尸体,不哭也不闹,只是傻呵呵地笑着,她的疯病又犯了。远在百里之外老家的三舅,知道表姐的境况和他外孙子的死讯后,悲愤交加,乘三妗地下干活的机会,用当年他抽打表姐的那根单绳,把自己吊在房梁上,结束了辛劳屈辱的一生。三舅死的时候,表姐没有回去,因为她又疯了。

表姐真的疯了。开始犯病的时候,整天衣冠不整,一会儿哭,一会儿笑。有时会睁着一双空洞的大眼睛,盯着屋里的某个角落看上半天,看着看着就突然放声大笑,都快笑岔了气。有时跑到外面去,在街巷里疯疯癫癫地来回乱窜,见到十几岁的小男孩,她嘴里就含混不清地叫着:"我的钢子,我的钢子……"吓得小男孩"哇"的一声大哭起来。街坊邻居们无数次地跑到表姐家里,疾言厉色地要求表姐夫看好自己的疯婆娘,别再出来闹害人了。看到表姐真的是疯掉了,为了让她不再出去惹事,表姐夫出门时就把表姐锁在家里。临走时,如果想起来,他就给表姐留点剩饭冷水,想不起来就拉倒,不管不顾。

表姐夫对表姐的病不屑去管,也懒得去问。表姐在做姑娘时名声就不好,嫁过来后家里不断出事,先是表姐夫的右腿摔断了,留下终生残疾,接着儿子又死了,断了张家的香火。在他眼里,表姐就是一个破鞋,一个丧门星,娶了她,简直是倒了八辈子血霉。现在她疯掉了,自己是个穷光蛋,哪有钱给她治病?疯就疯吧,摊上了这事,算我倒霉,就当一个活死人养着吧。依着表姐夫的想法,当初知道表姐的丑事后,没把她掐死扔到护城河里,就已经对得起她了,现在还想着治病,没门。

表姐疯掉几年后,老家的几个哥嫂才知道消息。两个表哥气鼓鼓地赶到城里的表姐家,砸开大门,把人不人、鬼不鬼的表姐扶到床上坐下,又把闻讯赶回家的表姐夫狗血喷头地臭骂一顿。临走时,表哥把一沓钱摔在大桌子上,嘴里恶狠狠蹦出几个字:"带她看病去!"说罢,兄弟俩头也不回地拂袖而去。干瘦、矮小的表姐夫,哪见过这阵势,吓得两只腿不由自主地瑟瑟抖起来,脸上的汗也瓢泼似的往下掉。慑于两个表哥的威压,向来委琐、卑微的这个男人,不得不把表姐带到淮南市的大医院进行治疗。因为,他也怕两个大舅哥的拳头。

四

时光荏苒,一晃二十多年过去了,老家人再也没有听到表姐后来的一些消息。当年,表姐曾经做过的那些轰轰烈烈的事情,随着时间的推移,早已烟消云散,从老家人的记忆中渐渐淡去。他们对表姐过去的事情,已然兴味索然,甚至忘记,似乎表姐压根儿就没有在这个世界上存在过。而我却无法将表姐的影子从脑海中抹去,不为别的,只为那柳笛和那笛声。我幻想着,渴望着,有朝一日能再见到表姐,我很想知道，她的疯病到底好了没有。

　　天遂人愿，2004年我从乡镇调到县城工作，家也搬到城里的北大街，离表姐家近了，找到、见到表姐的机会也多了。我没去过表姐家，只听说她家在北大街菜园旁边，具体在什么位置也不甚清楚。我抱着侥幸心理，曾经多次在从家里到单位上下班的途中，有意识地骑车从北街小巷中穿过，期望从路边的住户和行人中，能意外地看见表姐的身影。可惜，一直没有碰到过。我也曾步行到大概的区域内，向上了年纪的人打听表姐的下落。被我问到的人，大多数都摇头说不知道，有几个人的回答，却让我颇感意外："疯女人？我们这条巷子里有好几个呢，你要找的是哪一位呢？"我张口结舌，一时无言以对。我和表姐近在咫尺，却难以相见，难道表姐已不在世上了吗？

　　春天，又一次如约而至。这天傍晚，我来到北门外的街头公园散步。此时，夕阳正一点点地西沉，余晖把公园、河滩照得一片金黄。护城河边的垂柳，在微风的吹拂下，翩翩起舞，有几枝长长的柳枝没入水中，隐隐约约可以看见嫩绿的柳叶。洒满夕阳的河面上，倒映着柳树的影子，像一位姑娘在静静地梳洗秀发。河滩上成荫的绿柳，草地上嫩嫩的小草，顺着微风送来淡淡的清香，我沿着曲曲弯弯的小径一边走，一边眯起眼享受这难得的惬意。忽然，不远处的柳树下，传来一阵柳笛声。这笛声是那么熟悉，跟表姐当年吹的一模一样。几十年后，当我再次听到这熟悉的笛声，一种亲切感油然而生。我莫名地兴奋起来，身不由己地循着声音走过去，想看看吹柳笛的是什么人，他怎么也会吹表姐吹过的曲调呢？

　　我竭力抑制着心里的波涛汹涌，缓步向站在柳树下的吹笛人走去。我的脚步声尽管很轻，但还是惊动了她，笛声戛然而止。吹笛人转过身来，我看清了，她是一位六十开外的妇女。在我的目光与她相遇的一瞬间，我突然惊呆了，这不是表姐吗？我使劲眨了几下眼睛，确信眼前站着的这个吹笛人，就是我找了许久都没有找到的表姐。虽然几十年没见了，表姐的体态已变得有些臃肿，但那脸形轮廓、那眉眼神态，还是当年的样子。是她，是表姐，千真万确。

　　突然间见到表姐，我有些手足无措，慌乱中结结巴巴地问："你，你可是表姐？"表姐似乎也认出了我，她的眼睛里闪过一道喜悦的光亮，脸上露出了我熟悉的笑容，手也抬了一下，似乎想一把抓住我的胳膊。只是，这亮光、这笑容、这手势，转瞬即逝，随后又恢复如常。她垂下眼帘，盯着树下的青草，淡淡地说："你，你认错人了吧？"我正欲上前解释，表姐突然摆了摆手，似乎她什么也不想听。我退后一步，让出路来，表姐扔下柳笛，低着头，快步从我面前走过，然后顺着我来时的小径，头也不回地走了。她胖胖的身影越来越小，最后隐没在一片暮色中。

我站在原地,半天回不过神来。难道是我真的认错人了吗?不会的,我和表姐在老家住在一起,玩在一起,怎么会认错人呢?那么,表姐今天为什么不认我这个表弟呢?我想,有可能是,表姐的确也认出了我,但转眼间,她想到了自己过去的事情。我是她表弟,尽管当时还是一个小孩,但我却从大人的嘴里知道了表姐的很多事情。现在在县城里,我可是除了表姐夫之外,唯一一个知道表姐事情的人。表姐不想认我,可能还是觉得在老家亲戚面前抬不起头来。想想表姐一生真是可怜可悲,走错一步路,痛苦一辈子。为了一个男人,失去一生的幸福,这值得吗?表姐与"黑虎精"的私通,那是真的爱情吗?这一切,我无法找到答案。

暮色四合,河边渐凉。我弯腰拾起表姐丢下的那支柳笛,小心翼翼地装进兜里,我要把表姐吹过的柳笛收藏起来,等闲暇的时候,再去回味以前和表姐在一起做柳笛、吹柳笛的美好时光。在这护城河边,虽然只是短暂地见了表姐一面,但起码让我知道了,她的病好多了,精神也比过去强多了,这些,都让我放下心来,我们毕竟姐弟一场。表姐有了新的生活,再也不需要任何人的同情和怜悯,阳光会驱散她内心的痛苦与阴霾。我决定,这以后,不再去打扰表姐,让她在古城里抚平伤口,平静地度过人生最后的时光。就像这西天的夕阳,拨开漫天的乌云,在沉入地平线的刹那间,闪耀出最美的光华。

望 乡 音

曾经不止一次地想过关于乡音的概念。我的理解是,乡音不仅是一个人籍贯地的方言、俚语、俗语、日常用语、俏皮话、打油诗、民谣、音乐、戏剧等方面的集中体现,还应包括在农村这个特定的自然环境下,农民们在生产生活中产生的各种特有的声响,比如家禽家畜的鸣叫声、生产工具的碰撞声以及生存空间中各种天然的声音。这些都是来自乡村的声音,在繁华喧嚣的都市中万难听到,也应该是新语境下的一种乡音。

产生这样的想法,是缘于前不久的几次故乡之行。走进绿树掩映下的村庄,四处静悄悄的,很难见到一个人影。那曾经熟悉的独有的乡村声音,如今却听不到一星半点。路边上看不见昔日一边走一边"哞哞"叫、悠闲地摇着尾巴的水牛了,看不见摇头晃脑、故意"哼哼唧唧"的壳郎猪了,看不到旁若无人、快活自在的鸡鸭鹅了,看不见羊,看不见狗,连猫也少见了。失去声音的村庄,空了!

空寂的村庄毫无声息,静谧得有些怕人。我忽然想到,村里白天都这般死寂,那么到了晚上岂不更是静得瘆人?不知从什么时候开始,庄上的青壮年都去城市打工了,留下一些无法随行的老年人在村子里看门守户。这些空巢老人大都年老体衰,不能再去从事农业生产,家家户户的猪圈、牛栏、羊舍、鸡笼早已荒废、空空如也。家禽家畜都没了踪迹,乡村里的声音渐行渐远。

我有些怅然若失,乡村的声音似乎只能从回想里去翻检、去打捞。记忆里,支撑乡村的曾经是饱满的声音,是和谐悠扬的声音,是多种不同的声音,从黎明传来的第一声鸡叫,直到天光大亮,村子里人和动物的各种声音此起彼伏,绵延不断。这声音仿佛是一个个村魂,在故乡的上空萦绕回环,经久不息。

故乡的早晨,声音是清脆的。伴随着"咯咯咯"公鸡的长鸣和"汪汪汪"的狗叫、"哼哧哼哧"的猪叫、"哞哞"的牛叫,还有燕子的"呢喃"声、喜鹊的"喳喳"声、布谷鸟"布谷布谷"声,高音喇叭里的歌曲声、讲话声,邻居们打开木门的"吱呀"声,生产队长边走边吆喝"下地啦"的叫喊声,还有大人喊小孩起床的声音,婴儿脱离母亲乳头时的哭声,学生们琅琅的读书声,切菜、剁草、劈柴的"咔嚓"声,男人肩挑水桶扁担发出的"咯吱"声,还有溜乡卖豆腐的"打豆腐"的吆喝声,交织汇聚成一曲自然动听的音乐,令人心旷神怡。

故乡的白天,声音是丰富的。拴在木桩上的母羊"咩咩"地叫着,呼唤着被主人前一天卖掉的羊羔;隔壁家的狗"汪汪"地大叫,表示有生人进了院子;老鹅"嘎嘎"地叫着,说明有人从附近路过;母鸡不停地"咯嗒咯嗒"地叫着,说明已经下蛋;"嗡嗡"的蜜蜂声,一阵阵"知了知了"的蝉鸣声,说明天气的炎热和气候的阴晴变化;一阵"叮当叮当"的铃铛声响起,伴随着牛车的"吱嘎"声,说明拉肥的牛车已经回村了。

故乡的傍晚,声音是嘈杂的。赶牛车的人甩起"叭叭"的响鞭,做生意的担着"吱呀吱呀"乱响的货郎挑子,独轮车推过时"吱呦吱呦"的响声,小手扶拖拉机进村时"突突突"的轰鸣声,女主人唤鸡回窝的"咕咕咕"声,小孩喊伯叫娘的娇滴声,大人喊玩耍的小孩回家吃饭声,灶房里锅碗瓢勺"叮当"的碰撞声,拉风箱的"呱嗒"声,"当当当"敲猪盆喂猪食的声音,磨刀、磨镰的"霍霍"声,妇女灯下踩缝纫机的"嗡嗡"声,也有小两口吵架摔碗时的"咣啷"声,全都汇成一片喧闹的声浪,让傍晚的村庄热闹非凡。

故乡的夜晚,声音是悠闲的。伴随着圩沟里"哗哗"的流水声和青蛙"呱呱"的叫声,蟋蟀、蝈蝈或高或低的"叽叽"声,劳累一天的乡邻们,吃罢晚饭便纷纷到村口的稻场上乘凉。大人小孩或是躺在草席上,或是坐在石磙上、木锨把上,海阔天空、粗门大嗓地谈天说地,家长里短地点评东西。仰望繁星点缀的夜空,流星划过天际似乎也有"吱吱"的响声。夜风吹来,树叶"沙沙"作响,小虫"叽叽"地低鸣,细声悠悠,萤火虫打着灯笼不时从人们头上飞过,好像能听到细微的"喊喊"声。大人们不紧不慢地摇着芭蕉扇,不时"啪啪"地拍打着侵扰的蚊子;小孩子则无忧无虑地或唱着歌谣,或玩着各种游戏。如果有说大鼓书的,人们就聚精会神地听书;如果放露天电影,大家就边看电影边解说;如果去看戏,台上大声唱,台下小声哼。直到深夜,随着一阵"咣啷咣啷"的关门声响过之后,村庄才打个呵欠、伸个懒腰安静下来,然后进入沉沉的梦乡。

故乡的声音,发自人和动物的口腔,来自村庄生产生活的本身,来自农民脚下的土地,来自人们头顶上的蓝天白云、日月星辰,来自各种飞禽走兽,来自机械、工具和物体的碰撞,来自村庄上每一棵树、每一堵墙、每一座土坯房,连堆在院门前的稻草堆,也在用它那独特的声音宣告,它是村庄的一部分。这乡村的声音,充盈了乡村的时空,丰富了乡村的生活,体现了乡村的特色。这清脆的、丰富的、嘈杂的、悠闲的乡音,由故乡的人和物谱写成和谐悠扬的民族管弦乐曲,镌刻成我脑海深处故乡记忆的光盘,永远珍藏在心灵深处。

"胡笳夜奏塞声寒,是我乡音听渐难。"唐代诗人元稹的诗句,表达了我此刻颇为复杂的心境。故乡在城镇化浪潮的席卷下,已慢慢失去了原有的特色和韵味,乡音渐改,且行且远,那些曾儿时充斥耳鼓的牛吼鸡鸣声,已淡出耳畔,再也听不到了。对于已厌倦了城市里灯红酒绿、纷纷攘攘生活的我来说,多么希望和期待重回到故乡的土地上,再次听到那久违的、熟悉的、亲切的乡音,渴望唤回被遗忘的集体记忆,打点乡愁、慰藉心灵,重拾故乡的亲切感和归宿感。我盼望着这一天能早点到来。

乡村又闻牛叫声

下乡调研途经张马湑堤时,隔着茶色的车窗玻璃,远远地看见湑河滩上散放着许多牛,有黄牛,有水牛,还有不少小牛犊穿行其间,蹦跳着撒欢。在蓝天白云的映衬下,旷辽的河滩上树木葱郁,河水潺湲,牛群悠闲地吃着青草,不时有白色的鸟儿翩然飞过,构成了一幅赏心悦目的田园风景画。看见堤坝上有车子驰过,牛群中有几头老牛抬起头来,朝我们的车子"哞哞"地叫了几声。尽管隔着厚厚的车窗玻璃,但我还是清晰地听到了已很久没有听过的牛叫声。

猛然听到这老牛的叫声,让我颇感意外,又有几分惊喜。在淮河南岸的淠河乡村,这声浑厚的牛叫声是那么亲切熟悉,又是那样悦耳动听,就像路边盛开的打碗花一样,唤回了我生活中一种久违了的朴实的田园记忆,思绪飘飞到儿时的乡村。

那时,老牛是乡村中一种独特的标志,也是村庄里一道独有的风景。在老家,流行着"牛是农家宝,有勤无牛白起早""一头牛,半个家"的俗语,说明了老牛在农村的重要性。牛是农家的命根子,犁田耙地、拉粪打场,处处离不开老牛的帮助。老牛是农事活动中的主要畜力,在农村中每家每户都饲有一两头水牛。一到放牛时间,村外的田埂上到处都是老牛的身影,"哞哞"的牛叫声在四野中此起彼伏。

记忆中,小时候家里养过一头老水牛,那时只感觉牛很大很高,两只大弯角状似圆盘,脊梁宽大。暑假时,每天跟着父亲去放牛,父亲把我放在牛背上,他自己却舍不得骑,戴着草帽在前面牵着牛绳。那会儿,我发觉骑在牛背上真是威风,多次把自己想象成古时的一位大将军,手持长矛驰骋在战场上。夏日太阳的暴晒,再加上水牛自身的体温,其实骑在牛背上很烫,但我却乐此不疲。

水牛喜水,尤其是夏季,中午把老牛牵到水塘里去"打汪"(泡澡),基本上是拽不上来的。若是长久不得入水,老牛便梗着脖子硬扯着去寻得一处烂泥,"轰"的一声倒下去,裹得一身泥浆方得上岸。听父亲说,老牛此法可一举多得,一则泥中有水,水蒸发时可散热;二则泥浆可遮挡阳光直射;三则夏日牛虻、苍蝇甚多,泥层可阻击叮咬。看来,这老牛还真是够聪明的。

家里的水牛很温顺,即使像我和妹妹这样的小孩也能牵引。在乡村,很少见到老牛健步如飞,它好像永远也不会着急眼前的事或是将来的事。就像这宁静的乡村土地,只要你播下种子,就不必心急火燎地守着看着种子发芽生长,一切交付给时间,节令一到,自然成熟,着急也没用。老牛总是稳健地不急不缓地走着,空身是这样,套上犁耙也是这样。即使是用鞭子抽打,老牛的步伐还是快不了多少。

老牛是通人性的,总能听懂人们吆喝的指令,准确无误地执行。在人们的视线里,老牛只会啃食田埂上的杂草,绝不会去偷吃近在嘴边、长势旺盛的庄稼。听父亲说,牛老得不能耕地了,被屠夫宰杀时会流下眼泪,并发出"哞哞"哀叫声。这也许是父亲他们这一辈的庄稼人,对老牛的一种情感想象。但是,小时候我真的没有见过村里人去宰杀老牛,只有等到牛老得走不动路时,才会把牛卖给外乡人。也许,像父亲这样的庄稼人,真的是不愿见到耕耘一生的老牛最后的眼泪,不愿听到相依为命的老牛最后的哀号。

　　白驹过隙,沧海桑田。20世纪80年代初,随着家庭联产承包责任制的实行,家乡很多农户卖掉水牛,纷纷购买了手扶拖拉机,犁田耙地、脱粒运肥等农事活动基本实施机械化,铁牛逐步顶替了水牛,老牛的地位被取而代之。在城镇化、现代化浪潮的冲击和席卷下,水牛逐步退出了乡村的舞台。退役之后的老牛都被送进了屠宰场,为人们做出最后一次奉献。广袤的乡村田野上,再也看不到老牛低头吃草的身影,再也听不到老牛"哞哞"的叫声。

　　水牛是乡村田园风景画的主角,水牛的叫声是村庄的灵魂。"哞哞"的牛叫声,让每一个村庄都充满了灵动与生机,增添了乡村独有的情致。乡村里的牛叫声无处不在、无时不响,支撑着乡村饱满的声音。听得见牛叫的村庄,才是完整的村庄。如果一个血脉和故乡相连的人仔细倾听,不仅能从这牛叫声中品味出村庄里那原始的语调、淳朴的音色、不同的语种,而且还能听到村庄的心音,且越听越有韵味、越听越想听。但是,很长一段时间,空寂的乡村却失语了,再也听不到牛叫声,以至于村庄的后代人中,很多人都没见过老牛,更没有听过"哞哞"的牛叫声。

　　司马光曾在一首诗中说:"牛生天地间,益物用最大。其功配坤地,象爻参众卦。"不难想象,乡村中如果没有老牛,就像天空中没有飞鸟、河水里没有游鱼、草原上没有骏马一样,单调乏味,缺少韵味;村庄里如果听不到牛、羊、鸡、鸭、鹅、狗、猫的叫声,那岂不是一片死寂,失掉灵魂?可喜的是,这种情况近年来有了很大改观,随着农村脱贫攻坚和产业扶贫政策的实施,沿淮溮河一带的农民利用滩涂水草丰美的优势,发展养牛产业,进而拓展为乡村旅游业,既增加了农民的经济收入,又使河滩上再现了"九九加一九,耕牛遍地走"的乡村风景图。老牛那浑厚的叫声,在溮河滩上空再次响起,久久回荡。

来世不做牛

　　兴许是受佛教前生来世、六道轮回思想的影响,过去在民间一直有着这样一个离奇的传说:人死后会被黑白无常带走,在奈何桥喝下孟婆汤,除去今生记忆,然后按照生前德行，分别送往天堂或地狱，重新投胎转世，或再次托生为人，或转而托生为畜，重生在另外一个世界里。

传说中这种看不见、摸不着的东西，被很多人奉为神谕，坚信不疑。《红旗谱》中的春兰就曾振振有词地说："下辈子再托生的时候，先问问阎王爷，他要叫我托生个女人，我宁愿永在阴间做鬼。"小说中春兰说的这段话，是塑造人物形象的需要，投胎转世的事儿只是说说而已，毕竟谁也没有见识过。

我自诩是个纯粹的唯物主义者，对这种没根没襻的传闻只是一笑置之。但在某些特定的情形下，面对一种特定的事物，我竟生出一个奇怪的想法：如果有来生，在投胎转世的时候，我一定不去托生为牛。理由很简单，因为牛的命运太悲惨。

可能是自小就生活在农村的缘故，我和牛有着一种特殊的经历。小时候放过牛，曾经在牛背上度过一个个快乐而充实的暑假。成年后使过牛，曾经手执鞭子像村里许多庄稼人一样，跟在牛后犁田耙地、拉肥打场。那时，我就感觉牛真是可怜，下地干活时要默默忍受主人的鞭打、呵斥，盛夏时则要面对蚊子、苍蝇、牛虻的轮番围攻、伏击，肚子和四肢上常常被这些可恶的家伙叮咬得鲜血淋漓……

"块块荒田水和泥，深耕细作走东西。"似乎可以这样说，牛是这个世界上禀性最纯良的动物。在中国的传统文化中，牛是农民非常要好的朋友和伙伴。特别是在20世纪农村经济发展水平不高的时候，一些田地里的农活都要依靠牛的协助才能完成，牛曾经是那个年代农村中非常重要的劳动力，农民们常挂在嘴边的话是"一条牛，半个家"，足可以说明牛对一个农村家庭的重要性。

那时在农村，牛一旦成年就得下地帮主人干活，无论春夏秋冬，严寒酷暑，只要田地里有活要忙，牛总是随时听从主人的役使，尽忠职守，任劳任怨。它吃的是青草，睡的是茅棚，穿鼻系绳，辛勤劳作，牺牲自己一辈子的自由，以求报答主人的喂养之恩。在牛的意识中，它不仅把你当作它的主人，甚至还会将你看作它最亲密的伙伴，灵魂的依托。牛或许自认为，主人是不会卖它杀它吃它的。

"耕犁千亩实千箱，力尽筋疲谁复伤？"牛的愿望是美好的，可现实却是残酷的。当牛一旦老迈，被主人榨干最后一点力气，也就到了它生命终结的当口，主人会将它卖给屠夫换钱，或者请来屠夫宰杀，终归难逃一死。以前在农村，曾经听人说过杀牛的场景，虽未亲眼所见，但听起来就让人不寒而栗，胆战心惊，至今想起来仍心有余悸，眼前总是闪现着牛在被宰杀前那双流泪的眼睛。

牛似乎已预感到自己将要被杀，一到此时，各种复杂的情绪一齐涌上它的心头，惊愕、恐惧、委屈、愤懑……它不明白也不相信，喂养自己长大、相依为命的主人怎么会舍得卖它杀它？牛对主人是有感情的，只是主人浑然不知而已。牛虽然听不懂人话，但是它能感觉到自己的生命即将终止了。它知道主人要卖它杀它，在被宰杀前牛会忍不住流眼泪。牛虽然不会说话，喊不出"饶命"二字，但是面对闪着寒光的屠刀，会情不自禁地眼泪流落，泪水如同断线的珠子一般，簌簌直下。

科学家研究证明，牛的智商相当于人类的一个四岁小孩，说明牛是一种具有特殊智力的动物，通俗一点来说就是特别通人性。在长期耕作的过程中，人们都知道牛是任劳任怨、忠实诚恳的代名词，它会懂你、迎合你，跟你达成共识。因此，当你要卖它宰杀它时，它能够感知到你的意图，产生悲伤失望的情绪。牛还是一种感情非常敏感的动物，它总是时不时地眨巴着自己的大眼睛，思考着、忧虑着、预测着自己的未来。当人们要宰杀它的时候，它能够感受到这个世界的残酷、冷漠，因此流下眼泪，有的牛还会"扑通"跪下前蹄，向主人和屠夫乞求。

其实，不只是牛，鸡、鸭、鹅、猪等很多动物都会对人畜关系有着特殊的感知，在遭遇被宰杀的命运时，都会做出相类似的反应，只是牛的这种反应更加强烈一些。由于杀牛的场面太血腥，大人们都不许我们小孩靠近去看，特别是牛跪地流泪的场景，甚至连很多大人都不忍心看下去。听大人们说，牛在临死之前，眼睛会睁得异常之大，或许它是在用生命的最后一刻，哀怨地回顾着一生：无论春夏秋冬，勤勤恳恳，任劳任怨，陪伴着主人沐浴过朝霞雨露，也欣赏过夕阳晚霞，耕耘过水田旱地，也垦耙过荒田野岭，最后，流下两行忠诚的热泪，含恨而终……

对牛的悲惨遭遇，世间不乏同情、怜悯之人。道教圣地嗣汉天师府就有"三厌四不吃"之戒，其中"四不吃"里排在首位的即是牛。其原因据说是，牛一辈子吃的是草，挤出的是奶，终生劳作，普济众生，它太辛劳了，其肉不可食也。牛劳累一生，辛勤耕耘，终了还免不了挨上一刀，被屠夫开膛破肚，剥皮抽筋，其肉被分而食之，最后变成人类的排泄物，从世间消失得无影无踪。人是否应该像天师府的道士们那样，给牛以更多的悲悯呢？牛在野蛮残忍的人类面前，往往是挨打受骂、被呼来唤去的畜生，常被人们借以表达感恩之意的对象。影视剧中经常出现这样的镜头：女主人公被英雄搭救后，向男主人公表白道："你的大恩大德，小女子无以为报，下辈子做牛做马，我也要报答你。"牛在这里被主人公们描述成低贱、卑微的对象。呜呼哀哉，做牛真是可怜、可悲！

假如人世间真有轮回转世的话，我即使下地狱、做恶鬼，也不去做一条悲惨的牛。今世能做到的，就是慈悲为怀，善待生灵，自度自适，积累业力、习气、心性，跳出六道轮回，超越生死流转，当好自己在世间的审判者和造物主，只为来世不做牛。

失落的"红宝书"

一大早,我去给姚叔还书。

进了门,我顾不上寒暄,赶紧打开拎来的手提袋,把里面的"红宝书"拿出来,放在桌子上,请姚叔过目。

姚叔戴上老花镜,弯下微驼的背,凑近看了半晌儿,又随手翻了几下,然后摇了摇头,说:"这不是我借给你舅的那套'红宝书'。"

我慌忙解释说:"舅舅中间搬了几次家,从老家搬到上海,又从上海搬到舟山,几经折腾,你借给他的那套'红宝书',怎么也找不到了。"

姚叔神情黯然,长叹一声,颓唐地跌坐在椅子上。他不停地咂着嘴,又摇着花白的头,眼里流出两行浊泪来。

我急忙上前安慰。尽管我知道,此时的安慰是那样苍白无力。看着姚叔伤心欲绝的样子,我的负罪感越发强烈起来。

姚叔和舅舅是相处几十年的挚友,舅舅比姚叔大一旬。多年前,通过舅舅介绍,我与姚叔相识,此后他给过我很多帮助,一路提携、栽培,对我恩重如山。

20世纪80年代,舅舅退休后举家迁往美国定居。后来,随着年事渐高,舅舅萌发叶落归根的念头,又回到上海居住。舅舅和姚叔的联系,一直通过我进行转达。

几年前,舅舅打来电话,委托我向姚叔借一套"红宝书",他准备在写回忆录时参考一下。姚叔听说老友借书,立刻答应下来,从书柜中找出珍藏了几十年的一套"红宝书",用纸袋仔细包好,亲自送到我的办公室里。

当时,我也没顾上细看,就把这套"红宝书"交给我家二外甥,让他返回上海后带给舅舅。舅舅收到书后,给我打电话说:"这套'红宝书'太珍贵了,看好后就还给你姚叔。"

随着时间的推移,渐渐地,我也把这件事忘得一干二净。直到两年前的一天,姚叔忽然打来电话问我,舅舅借去的"红宝书"看好了没有?

我一拍脑门,这才想起借书之事,立即打电话给舅舅,让他看好后抓紧把书还给姚叔。舅舅答应,找到书后马上寄过来。

几天过后,舅舅回电话说:"借你姚叔的那一套'红宝书'一本都找不到了。我翻箱倒柜地找了几天,家里都翻遍了,也没找到。这可怎么好?"

我一听,也急了,又反过来劝舅舅说:"别着急,再仔细找一下,你年龄大了,记性差,可以让家里的保姆帮忙找一下。"

我还不放心,又打电话给在上海打工的二外甥,让他抽空帮忙去找。舅舅又电告留守美国的大表哥,让他在那边的家里也找一找。只是,所有努力,均一无所获。

面对这样的结果,我的脑袋嗡地一下大了,这下麻烦了,可怎么向姚叔交代呀?我思忖再三,只得硬着头皮,把实情相告。

姚叔听了,似乎并没有多少惊讶,平静地对我说:"让你舅舅再找找,按理说,这么珍贵的'红宝书',他不会弄丢的。"我知道,姚叔对他的老友,还抱着一线希望。

时间,一天天地流逝。一晃,两年多过去了,舅舅在上海那边毫无结果,那套"红宝书"似乎土遁了一般,再也见不到踪影。残酷的现实,无情地击碎了姚叔的幻想,也将我拽入自责和愧疚的深渊。

这套"红宝书"是经过我的手从姚叔家里借走,又转交给舅舅的。不承想,这么珍贵的"红宝书",却弄丢了,再也找不回来了,我该怎么去面对姚叔呢?

曾经,不止一次地听姚叔说过,这套"红宝书"是他当年调到寿县工作时,从武汉一路辗转带回来的,珍藏了几十年。姚叔对这套"红宝书"一直视若珍宝,任何人包括他的子女,都不准随便翻动。

那年,舅舅提出借看这套"红宝书",姚叔念及老友的旧情,又考虑到我的为人,才毫不犹豫地把这套"红宝书"借了出来。

当时,姚叔一边郑重地把"红宝书"递到我的手上,一边叮嘱说:"这是我第一次把'红宝书'借给别人看。记住,你舅舅看完后,就让他还给我。"我点头答应。

哪里料到,事情竟节外生枝。舅舅借到姚叔的"红宝书"后,究竟看没看不得而知,但经过几次搬家后,这套借来的"红宝书",再也见不到踪迹了。连舅舅自己也想不起来,到底是哪次搬家的过程中弄丢的。

舅舅是行伍出身,性格倔强,年老之后,变得更加孤僻、暴躁。特别是回国后,随着年龄的增长,他的记性越来越差,常常拿东忘西,刚做过的事情,转眼就忘。

但是,在借姚叔"红宝书"这件事情上,舅舅始终没忘。他一直在努力,不停地在家里找寻着,期望有一天会出现奇迹,或许能在某个角落里发现那套"红宝书"。

在舅舅拼命找书的那段时间里,我曾在电话里暗示过他,那套"红宝书"会不会在搬家的过程中,被人藏匿起来,然后拿到旧货市场上卖了。听说,一套20世纪60年代出版的"红宝书",在网上被炒到近万元;在美国,每套甚至卖到1000美元以上。

听我这么一说,舅舅在电话里半天不言语,不置可否。兴许感觉到了对老友的愧疚之意,舅舅不顾子女们的劝阻,执意到旧货市场上去淘书,希望能在这里买到"红宝书"。

我可以想象得到,在上海市某个旧货市场里,一个满头银发、年过九旬的老头,拄着拐杖、步履蹒跚,眯着昏花的老眼,在堆积如山的旧书刊前,满怀期待地搜寻着心中的"红宝书"。

真是"皇天不负苦心人",舅舅一连跑了四五个旧货市场,都空手而回,最后,他在别人的指点下,终于在一家旧书刊店里,买到一套1952年出版的红塑皮本的《毛泽东选集》。我能想象出,舅舅在买到这套"红宝书"时的那股高兴劲儿。

舅舅在报喜的电话里,没有告诉我,他买这套"红宝书"花了多少钱,我也没有刻意地去打听,总归是不便宜。舅舅买了这套"红宝书",他的意思很明白,就是为了赔给姚叔。这样,多少能够减轻点他对老友的愧疚感。

上周,我打电话给舅舅,追问"红宝书"的事情。舅舅说,他准备在下半年天气凉快的时候,回老家一趟,探望老朋旧友,顺便把赔给姚叔的"红宝书"带回来,并当面向他赔礼道歉。

我害怕夜长梦多,中间再生出什么事端来,便谎称姚叔正在撰写一份很重要的材料,等着要看"红宝书",让他抓紧把书寄过来。这回,舅舅倒也听话,让表弟艺兵第二天一早就将书寄出,第三天下午,邮件便寄到了我工作的单位。

在去姚叔家还书之前,我已做好了充分的思想准备,不期望能够看到姚叔在捧着失而复得的"红宝书"时那副喜出望外的样子,只希望姚叔能够平平淡淡地一笑了之,似乎什么事都没有发生。

以我这些年对姚叔的了解,我认为他会这样做。但是,事情并非如我所想象的那么简单。没承想,姚叔在翻看了舅舅还给他的这套"红宝书"之后,不仅没有表现出一丝一毫的喜悦,反而流露出更加强烈的痛楚来。

这是一种无法言说的痛,是一种心疼惋惜的痛,是一种压抑憋屈的痛,更是一种无药可医的痛,怜惜、伤痛、纠结、无奈等各种情绪交织在一起,压得他喘不过气来,脸上满是痛苦的表情。

自打与姚叔相识这么多年来,我还是第一次看到他这样的神情,着实被吓了一跳,但我一时却找不出什么更合适的语言去安慰他、劝解他。况且,此时什么样的语言都显得疲软、贫乏,无法减轻他的伤痛。

想想也是,谁丢了心爱之物还能坦然地笑得出来呢?这套"红宝书"可能是他人生中的至宝,伴随着他的一生,或许可以说是他一生中的精神支柱。对于他们那个年代的人来说,"红宝书"所激发的精神力量具有特殊的意义,影响或者改变了那个时代一些人的命运。其中,一定也包括姚叔。

自己心之所系、命之所联的"红宝书"丢掉了,想必姚叔的精神大厦也轰然倒塌下来。事实上,我还不知道的是,当时姚叔借给舅舅的"红宝书"中,除了《毛泽东选集》《毛主席语录》等合订袖珍本外,还有《马恩列斯语录》《毛主席诗词》《鲁迅语录》等珍贵书籍,更珍稀的是《毛主席诗词书法作品集》。

难怪姚叔这般痛彻心扉。作为同是读书之人,此时我最能体会他的心境,也最能理解他的处境。把"红宝书"弄丢的,是他相处了几十年的老友,姚叔不能说什么。事已至此,再怎么责怪舅舅,也于事无补,回天乏术。尽管舅舅也极力想办法弥补,买了一套"红宝书"赔给姚叔,但那是他人之物,姚叔哪里能找到当年坐拥"红宝书"的那份感觉。

眼下,看到姚叔浊泪横流的伤心样子,我除了几分心疼,更多的则是自责。"红宝书"虽然是在舅舅的手上丢失的,但是,书是经我的手借的,我也摆脱不了干系,辜负了姚叔对我的信任。

当初,如果我精心一些,在舅舅借书之后一路跟踪,穷追不舍,也许舅舅能尽快将"红宝书"看完,及时归还给姚叔。由于我的麻痹大意,疏于追讨,以至于让"红宝书"在神不知鬼不觉的情况下,不知怎么就丢掉了。我对此负有很大责任,真是罪莫大焉。

一套"红宝书",竟出现了这样的结局,着实出乎我的意料。我在反思,在这件事情上我究竟错在哪里。也许,当初借书时,就该让舅舅打一张借条,毕竟人熟理不熟;也许,当初借书时,就不应该一次借那么多"红宝书"给他,应该一本一本地借,也不至于把一套"红宝书"都弄丢了……

可是,世上没有那么多"也许",所有的设想都是虚无的幻影。世事就是如此诡异莫测,如高天浮云,如山涧流岚。任何时候,一个小小的疏忽,都有可能酿成一个无可挽回的大错。规避和减少类似的憾事,只能靠你的眼光和智慧。

那顿"忆苦饭"

故乡三道冲的流水潺潺不息,童年里的许多往事已如水上的枯叶一般散去,渐渐模糊,直至一片混沌。但那些滞留于脑海深处的点滴记忆,却宛若岸边裸露的柳根,任凭岁月浪涛的百般冲刷,其主根反而越发清晰。

依稀记得在我懵懂的童年时光里,和村里的小伙伴们一起,捏着鼻子吃过一顿与猪食相差无几的饭食。这种被大人们称作"忆苦饭"的东西,让我和伙伴们印象深刻,至今回想起来,嗓子眼和肠胃里依然翻腾着一股难以抑制的痉挛。

这顿"忆苦饭"是在 20 世纪 70 年代初吃的,那时我才六七岁。隐约记得,这天一大早,生产队长吹着哨子通知全体社员上午到稻场上集合,开完忆苦思甜大会后吃"忆苦饭"。随后,队长领着人,开始逐家逐户凑麦麸和米糠。

那时,我还小,不懂什么叫忆苦思甜,更不知道什么是"忆苦饭",印象中好像从来没听人说起过。也许父母说过,但我不感兴趣,转脸就忘了。这下,机会来了,不仅可以一看究竟,而且还能尝尝"忆苦饭"了。我不禁兴奋起来,忙不迭地抓起碗筷,拔腿朝稻场上跑去。

此刻,生产队的稻场上已是人山人海,黑压压地坐满了人,全队男女老少几百人全都集中在这里,像看露天电影一般热闹。稻场边上支起一长溜大灶,灶上三四口牛天锅里正"扑扑"地冒着热气,有几个扎着围裙的妇女蹲在木盆边,正在清洗着一大堆野菜。

天近晌午时,生产队长再次吹响哨子,高声宣布忆苦思甜大会开始。话音未落,一个四十岁开外的男人从人群中站起来,走到会场中央,一把鼻涕一把眼泪地控诉:"万恶的旧社会害苦了我一家人,我奶奶饿死了,我爷爷被地主恶霸打死了,我伯给地主家当长工,干的是牛马活,吃的是猪食……"

他刚一说完,又有几个人跳到会场中间,一个接一个地诉说起自己家人在旧社会所遭受的苦难。会场上鸦雀无声,坐在地上的一些女社员,一边听一边哭哭啼啼、呜呜咽咽,不少男社员也抹起了眼泪。会场上笼罩着一片悲愤的气氛,让人有一种快要窒息的感觉。

我被眼前的阵势吓住了,悄悄地溜到母亲身边蹲下来,和大人们一起静静地听着社员代表们的哭诉。伙伴们也和我一样,都停止了打闹和嬉戏,找了一个角落坐下来,乖乖地听大人们忆苦思甜。

发言结束后,队长挥动右臂,带头喊起了口号:"不忘阶级苦!""牢记血泪仇!""打倒万恶的旧社会!""打倒恶霸地主!""毛主席万岁!""共产党万岁!"……口号声震耳欲聋,男女社员们像上足发条的马蹄钟一样,同时举起右手,振臂高呼,群情激愤,声音洪亮又整齐。

接下来,便是吃"忆苦饭"。队长指挥社员们以家庭为单位排队打饭。我端着"忆苦饭",跟在父母身后,找了一个地方坐下来吃。

我端着饭碗,半天不动筷子。这"忆苦饭"怎么和我想象的不一样呢?大人们所说的"忆苦饭",就是把从各家凑上来的麦麸、米糠放进大锅里煮熟,然后再加入洗净的水芹菜、鹅脚板等野菜,还有烂菜叶之类的东西,搅和拌匀,不放油,不放盐,清汤寡水,跟母亲烀出的猪食差不多。这哪是人吃的东西呢?

见我迟疑的样子,父亲瞪我一眼,又朝队长站立的方向睃了一下,然后低声吼道:"快吃!"我无奈地端起碗,学着父亲的样子吃起来。第一口菜糊糊刚到嘴里,我就"哇"地一口吐了出来,这"忆苦饭"又酸又涩,还有一种说不出来的怪味,怎么也咽不下去。

父亲见状,气不打一处来,朝我头上狠狠地打了一筷子。我一手捂住头,张嘴要哭,父亲又狠狠地瞪了我一眼,还扬了扬右手拿着的筷子,我吓得再也不敢出声了。母亲转过身来,劝说道:"就是第一口难咽,后面吃起来就好咽了,这东西解放前我们常吃,能吃饱就算不错了……"

那时,我还无法体会父母他们的良苦用心。我出生在20世纪60年代,既没有过像父母那一代人在旧社会里吃糠咽菜、受尽地主剥削的苦难经历,也没有过像哥姐他们吃不饱、啃树皮的痛苦体验。虽说我家当时在村里算是最贫寒的一户,但一直也不曾断过米饭、馍馍,从来没有吃过这样像猪食一样的东西。

慑于父亲的眼光和筷子,我强忍着在眼眶里直打转的眼泪,硬着头皮吃起"忆苦饭"来。最终,还是有几滴不听话的眼泪掉进了碗里,这是在我用力咽下菜糊糊的时候震落下来的。我梗着脖子,硬是把一碗混合着眼泪的"忆苦饭"吃了下去。这时候我突然觉得,这"忆苦饭"也没之前那么难以下咽了。

父亲见我吃完,咧嘴笑了一下,又专心地吃起来自己海碗里的"忆苦饭"。他吃得很慢,也很仔细,像品尝山珍海味似的。父亲把碗里的汤水喝得一滴不剩,然后用筷子头儿挟着野菜,把碗边上的麦麸、米糠糁儿刮刨到碗底,再一齐送进嘴里。

父亲一连吃了三大碗,似乎还意犹未尽,他一边打着饱嗝,一边抹着头上的热汗,一点也不像我吃"忆苦饭"时那般难受。

几十年过去了,父亲吃"忆苦饭"时的那份热情和专注,仍深深地镌刻在我的脑海里。与之相伴的,还有那顿难忘的"忆苦饭"。父亲的举动和主办者的目的都很明确,这就是通过吃"忆苦饭"的形式,回忆旧社会的苦难,感受今天的幸福生活。

如今,忆苦思甜似乎已成为久远的历史,20世纪六七十年代流行的吃"忆苦饭"的形式,也已淡出人们的视线。现代人迷失在灯红酒绿、忙忙碌碌的都市生活里,似乎早已将"忆苦饭"这三个字忘却得一干二净。伫立,回首,方才领悟到吃"忆苦饭"并没有过时,它是我们应该永久传扬的法宝。

人生是一个生命整体朝另一个生命整体的延续,有些环节虽不曾经历,但有些历程绝不该忘记。《礼记·乐记》中说:"慢易以犯节,流湎以忘本。"居安不忘危,富足不忘贫,位高不忘本,权重不忘民,这是人之根本。我们不一定要学会如何去知恩图报,但至少要知道不能忘本。

这不仅是那顿"忆苦饭"给我留下的人生感悟,也是那顿"忆苦饭"给我留下的精神财富。

一人一床棉被

秋后盘伏,准备把堆在次卧墙角的被子抱到外面阳台上曝晒一下。掀起盖在上面的布单,发现了码放在中间的一床新棉被,我忽然想起什么,自嘲似的笑笑。

这是一床崭新的棉被,去年冬天打的,堆在墙角已有大半年了,一直没动。被子打好后,随着天气一天天变暖,用不上了,我几乎忘了这件事。

几年前,大嫂从老家捎来一蛇皮袋棉花,嘱我打一床新棉被。这袋棉花,被我搁置在次卧的柜头上,家里有好多床现成的被子,不急着去打新被子。

直到去年冬天,我在收拾房间时,才突然发现柜头上装棉花的袋子烂了,棉花都露了出来。那袋子已经朽了,用手一摸,便化成了粉末。我这才想起该处理这袋棉花了。

在北街就近找到一家棉花店,与老板谈妥价格,并约好取新被子的时间。两天后,我就从店里拿到了新被子。没想到现在打一床被子这么快,敢情打被子都实现了机械化,"嗡嗡"的机器声,已取代了记忆中"嘣嚓嚓"的弹弓声。

被子打好后,我打算将新被子送给在省城的女儿。出乎意料的是,在电话里我刚一说出口,女儿就反对说:"我正为这事犯愁呢,家里有十几床被子,不用的时候,放在柜子里都搁不下了,只能堆在书房里,占了很大的地方……还是你自己留着盖吧。"

女儿说的是实情。这几年日子好了,女儿家陆陆续续添置了不少被子,像羽绒被、蚕丝被、羊毛被、驼绒被之类的高档被子,就有不少床。再加上女儿出嫁时陪过去的七八床棉被,家里的被子确实不少了。难怪她拒绝我送她被子,因为家里实在是没地方放了。

女儿的话,在我心里荡起了一片涟漪。时代不同了,女儿他们这一代人赶上了好时光,被子对他们来说,已经不再是什么稀罕物,家里的被子品种繁多,堆积如山,都发愁没地方放了。不同的人生,迥异的经历,他们完全不像我们这一代人这样,对被子有着深深的记忆和情感。

过去在农村,被子被乡邻们当作宝贝,床上被子的多寡,代表着这个家庭的贫富程度。一般情况下,女孩如若到男方家相亲"看门头",都会有意无意地朝男方家的床上瞅上一眼,根据男方家床上被子的多少、新旧情况,决定是否同意这门亲事。村子里曾发生过这样一件趣事,一户人家为了应付姑娘来家相亲,从隔壁新媳妇那里借来一床绣着"红双喜"的喜被装点门面,结果被女方看出了破绽,一桩婚事就此告吹。这事,至今仍被村里人当作谈资。

一床被子虽小,却被乡邻们寄予了特殊的情感。姑娘出嫁时,娘家陪送的嫁妆中,被子是最重要的物品。不论女方家境如何,都要想方设法打几床新被子作为陪嫁,而且越多越好,数量都是"二、四、六、八"这样的吉利数字。娘家陪送的被子越多,女方父母越有面子,他们会从乡邻们羡慕的眼光里和啧啧的夸赞声中感到天大的满足。有的人家孩子考上了大学,父母在为他准备上学的物品时,第一件事就是打一床新被子,期望孩子有一个新的开始。

一床被子,也能折射一个时代的过往。在20世纪六七十年代的农村,一人盖一床被子是谁也不敢想的奢侈事情,一家几个人合盖一床被子是常有的事。在一些贫困家庭,夜里孩子们的被子"争夺战"经常上演。

记忆中,六舅家特别穷,一到冬天三四个孩子只能合盖一床破被子。被子薄薄的,没有被面,差不多快成了破渔网。一到晚上,几个孩子蜷缩在破棉絮下,下面再铺一层厚厚的稻草。尽管如此,仍然抵挡不了冬夜彻骨的寒冷。睡梦中,几个孩子像拉大锯似的,你扯过来,他拉过去,都想往自己身上多盖一点。无奈,被子又小又薄,几个人争来夺去,常常在被窝里扭打成一团,最后只能靠六舅的一只破胶鞋解决争端。

一床小小的被子浸透了那一代人的眼泪,也写满了那一代人的辛酸。时代在前进,生活在变好,如今那一代人心目中渴望和向往的幸福日子已经到来,一人盖一床被子的梦想和愿望早已变成现实,被子已经成为万千家庭里最为普通的床上用品。很多家庭不仅每人有一床被子,更有甚者每人有大大小小的几床被子。这种现象不足为奇,就像女儿拒绝我送她新棉被一样顺理成章。

"翡翠珠被,烂齐光些",《楚辞》中描述的这种富足生活,在如今已成为一种普通的社会现象,谁家也不缺被子了。想到此,我释然了,再也不为这床送不出去的棉被而自寻烦恼了。

在洪水中发稿

庚子鼠年,梅雨施威,天漏如注,江河横溢,浊浪滔天,到处是一片汪洋。这情形与二十九年前的那场大水灾极为相似,我不由得想起辛未羊年防汛抗洪中那次特别的发稿经历。

记得是 1991 年 7 月 4 日,地处大店乡的肖严湖西岸圩堤突然溃破,滔滔洪水犹如脱缰野马一般,一路嘶叫着扑向田野、村庄,昔日平坦如砥的良田沃野顿成一片泽国。汛情紧急,防汛救灾进入紧要关头,区委书记孙康辗转打来电话,命令我火速赶往防汛抗洪第一线,参加抗洪救灾宣传报道工作。

当时,我担任县广播电台驻迎河区的记者,是全区唯一的专职新闻工作者。汛情就是命令,我不敢有丝毫怠慢,立即以最快速度赶到设在建设乡三岔村的区防汛救灾指挥部报到。我找到正在紧张忙碌的孙书记,他向我简单介绍了一下当前的雨情、水情、汛情和全区干部民工防汛救灾的情况,随后安排我即刻赶到二道防线去采访。

领到任务后,我顾不得擦一把脸上的汗水,就背起采访包,跟随区水利站的同志,一路小跑着赶往几华里之外的二道防线。原来在肖严湖溃堤后,区领导临时决定,从附近几个乡镇调集民工,利用三岔村到沙湖村的一条水渠埂,紧急构筑一道拦水堤坝,以阻挡洪水淹没更多的庄稼和村庄。

一到现场,我被眼前的场景震撼了,几千名民工沿着水渠一字排开,冒着小雨在紧张地挖土、抬土,号子声、吆喝声、广播喇叭声、锹锨的碰撞声交织在一起,汇成一股巨大的声浪,让人激情澎湃,热血沸腾。我被眼前的热烈气氛和筑堤场景所感染,立刻投入采访工作中。我暗下决心,一定要把民工们的抗洪抢险事迹尽快地宣传报道出去。

等我采访结束,回到指挥部时已是下午1点多钟,灶房上早已过了饭点。炊事员给我找来两块锅巴,我就着雪里蕻垫一下肚子,然后拿出采访本和稿纸,趴在一只空方便面纸箱上写稿。稿子写好后,我送给孙书记审阅,他看过后同意发稿,让我抓紧时间发出去。这边,我拿着审好的稿子却犯了难,汛情紧张,县里的邮车已经停运,报道的内容又比较急,这可怎么办呢?突然,我灵机一动,陡地想起可以利用电话发稿。于是,我便骑上自行车,飞一样地向几华里外的邮政所赶去。

洪水正一步步逼近。此时,建设乡政府大院里到处笼罩着一片犹如战前般的焦灼气氛,不少人都在进进出出地忙着搬运东西。乡邮政所也已做好防汛准备,电话交换机放在高高的方桌子上,电话员是一位五十多岁的大姐,此时她坐在高凳子上,正紧张地接转电话。我顾不上多想,乘大姐接转电话的间隙,先是自报家门,然后向她说明来意。大姐看了我几眼,点点头同意了。

在这位大姐的帮助下,我很快要通了县广播电台总编室的电话。我向接电话的同事说明情况,并请他帮我记录新闻稿内容。随即,我将写好的新闻稿一字一句地口述,让那边的同事记录下来。刚把标题和导语说完,大姐突然打断说:"有电话来了,请您等一下。"我只得放下电话听筒,等别人电话打完。

几分钟后,这个电话终于打完了,大姐重新帮我接通了县广播电台的电话,我立即争分夺秒地再次发起稿来。那时,乡邮政所里还是人工接转的手摇电话,当时正值防汛救灾的非常时期,县委、县政府的防汛命令和救灾部署,全都依靠这根电话线下达到区乡。可以说,这根电话线就是防汛抗洪期间的一条生命线。此刻,电话线路如此重要、如此紧张,哪能长时间占用呢?我特别珍惜这难得的时机,为缩短发稿时间,我干脆抛开已写好的稿子,择其要点口述给同事。

如此这般,发稿电话断了三次,才将一篇几百字的新闻稿发送完毕。发完稿子,我如释重负般长长地舒了一口气,这才发现,浑身上下早已被汗水湿透,像水洗的一样没有一块干的地方。再看那位大姐,她的脸上此刻也露出了轻松的笑容,好像她也完成了一件特别重要的事情似的。我连忙向大姐道谢,可她却笑笑说:"都是大事,耽搁不得。"

当晚,县广播电台在《寿县新闻》节目里播发了我采写的稿件,指挥部的领导们一边听着广播,一边满意地点着头。那一天,我突然有了一种别样的成就感,为的是在第一时间完成了宣传报道防汛抗洪一线干部民工的精神风貌和典型事迹的任务,同时又在洪水中发稿的过程中,收获了一份意外的感动。

掌心飘过稻穗香

已是白露时节,天空澄碧,白云悠悠,故乡的田野上一片葱茏。在苍翠的主色调中,阡陌间隔空点缀着一两块金色的稻田,让大地画板上的色彩变得更加艳丽、斑斓。乡村沉浸在这绚丽的世界里,空气中充盈着恬静、安详的气息。

早熟的稻子,鹤立在一望无垠的碧绿之中,呈现出"万绿丛中一点黄"的别样景致,分外引人注目。兴许是受了那一片金色的牵引,我不由得移步稻田边,与稻子来一番近距离接触。已有很多年未如此亲近过稻田了,在融入这片金色的刹那间,心中竟掠过一丝欣喜、一丝感动。

稻田不大,却别有一番风仪:秋韵染黄了每一株稻秧,满目都是金灿灿的稻穗。稻秆健硕粗壮,光亮亮、齐崭崭的,如刀削斧剁般整齐划一。稻叶如剑,直指蓝天。黄澄澄的稻穗颗粒饱满,沉甸甸地随风摇曳,翻腾着滚滚的金波,飘散出醉人的芳香。

我俯下身去,轻轻捋过一根稻穗,放在鼻端贪婪地嗅了一下,立时,稻子那种特有的清香,通过鼻腔直抵肺腑,让我为之一振。这久违的稻香,仍是我记忆中的那缕清香。轻移手掌,让稻穗从掌中滑过,掌中便有一种清爽、滑润的感觉,整个手上都有了一股淡淡的稻香,心中不禁涌出宋代诗人董嗣杲"香分天地生成里,气应阴阳子午中"的诗句。

这稻穗,这稻香,是乡村秋天里特有的风物和独有的味道,在喧嚣、繁华的城市中,是难以看到、难以闻到的稀缺什物。岁月不居,时光如流,这稻穗,这稻香,始终是乡村秋天不变的底色和滋味,温暖和润泽着每一个为它流淌过汗水的农民,也驻留和珍藏在每一个天涯游子的心灵深处。

田野的风，吹动了稻穗的心绪。我踟蹰在金灿灿的稻田边，在稻穗的目光里缓缓移动、静静沉思。从秧苗被插到田里的那天算起，四个多月的风霜雨露，一百多个日子的蓝天白云，让秧苗成长为亭亭玉立的处子，个中历尽千难万苦。从一粒种子到一株秧苗，再从一株秧苗到一秆稻穗，凝聚着农民们太多的心血和汗水，正所谓"时人不识农家苦，将谓田中谷自生"。

事非经过不知难，未接触过农村、操持过农活的人，万难体会到其中的艰苦。小时候，我随家兄们种过地、打过粮，那种劳累、困顿非一般活计所能比。那时，生产工具、劳作手段还十分落后，种地方式几乎保持在半原始状态，粮食生产过程全都靠双手完成。印象最深的是插秧，每个人都要四肢入泥，累得腰酸背疼、头晕眼花，真是"足蒸暑土气，背灼炎天光。力尽不知热，但惜夏日长"。

当秋天来临，在那金色的稻田里，一株株饱满的稻穗充满着成熟的喜悦，弯着腰，弓着背，低着头，摇曳生姿，活色生香。这是稻子生命历程里幻化出的又一道绮丽的风景。这看似轻飘的身体里，装载了农民太多沉甸甸的希望，以至于谁也无法忽略和淡漠由它衍生出的那份深秋的喜悦。沉甸甸的稻穗，是大地给农民们的丰厚回报。

稻子一天天走向成熟，空气中到处弥散着诱人的稻香。每当此时，农民们便会走向自家的稻田边，俯下身去，轻轻地捋过一根稻穗来，从稻穗的成色、轻重上，估算着这块田地今年的收成。看着金灿灿的稻穗，闻着芬芳的稻香，农民们陶醉在这秋天的收获中，眼里满是喜悦和慈爱的神采，似乎早已忘却了一年来耕耘的艰辛和困苦。

"柳青蒲绿稻穗香"。当稻子脱胎换骨变成一种被称作米的物质之后，它便像空气一般滋养着人类和人类源远流长的历史。一粒米，是稻子献给人类的庇荫；一粒米，是一种温暖的光泽；一粒米，又营养着人类的肉身和灵魂。世间平凡如我者，每一食，要念稼穑之艰难；每一衣，要思纺织之辛苦。把稻穗恒久地珍藏在我们的记忆里，让稻香深远地飘香在我们的掌心中。

第三辑　山长水远

　　见到满天的细雨，你只需要无愧地去做雨中飘落的一滴，虽是一滴，却能滋润大地；见到延伸的道路，你只需要无愧地去做石子中平凡的一枚，虽是一枚，却能支撑前进的步伐；见到美丽花园，你只需要无愧地去做花朵中平凡的一朵，虽是一朵，却能增添色彩；见到宽广的大海，你只需要无愧地去做鱼儿中欢快的一条，虽是一条，却能演绎生机。

　　泥土的味道是苦涩的，海水的味道是苦咸的，树林中清新的空气也有着一丝苦津津的味道。这苦的大自然，孕育了人们交织着各种苦痛的心灵。

季节的温情

秋月春风,夏阳冬雪,识于伤秋,别于暖春,季节蹚过经年的河,一路汤汤。

春夏秋冬,四季更迭,轮回的辗转,岁月的蹉跎,花开花谢的默默无语,雨打芭蕉的愁红惨绿,风花雪月的波澜不惊,出水芙蓉的低吟浅唱,冬雪纷飞的流风飘零,都是一幅纯粹而干净的画面,深深地雕刻在心间,放在心中最纯洁、最柔软的地方。

翻检季节变换的时光,仿若拾取岁月流逝遗留下的贝壳,把过去蛰伏的日日月月、山山水水都折叠进记忆深处,从季节隐藏的秘密中,去感受季节的温情。

季节,是一幅赏心悦目的油画。春天中的一瓣梨花,夏天中的一株青莲,秋天中的一束黄菊,冬天中的一枝红梅,颜色各有不同,都让我们感应到了四时更替、春生夏长的斑斓之美。春至细雨如丝,杨花飞舞;夏则傍流水亭轩,赏荷花静开;秋来隔窗听雨,小扇扑萤;冬可踏绵柔雪地,聆暗香遁地。千变万化,未始有极,让我们领略到了岁月轮回、寒来暑往的粗犷之美。

季节,是一首古韵悠扬的诗词。"春风诉起柳枝扬,又慕桑麻映夏苍。叶染秋红知落意,青松伴雪一冬藏",写出了季节的标志特征。"春柳扶风摇,夏蝉附芭蕉。秋雁应南邀,冬过燕归巢",描绘了季节的物候现象。"碧绿盎然好春光,阴阳变幻夏日长。谷丰大地深秋框,瑞雪遥寄暖冬装",渲染了季节的自然景致。

季节,是一曲鸾吟凤唱的歌谣。"春泼,霄冬之盈,唤坻泽秾稼;夏梦,炘春之郯,鸣湍遄菘巡;秋旻,序夏之芬,铺千山轻愁;冬盈,扳秋之黄,盖皑雪披埊(音地)",是一首沉雄古逸、余韵袅袅的季节歌。"春暖之于暖春,夏繁之于繁夏。秋悲之于悲秋,冬凄之于凄冬",是一首多愁善感、情感丰富的季节歌。"一说春日,花台戏子;二说夏日,不羁浪子;三说秋日,闲情儒子;四说冬日,困顿卒子",是一首描摹世间百态、人间万象的季节歌。

流年若水,季节轮回,变换的是时光匆匆走过的步履,增加的是岁月的年轮;不变的是四季交替变化的风景,留下的是曾经的记忆。

清春,花光柳影,多彩清新。悄悄地,春天走来了,从温暖的阳光里走来,从朝霞心动的灿烂中走来。暖风祥和的呼唤,那是春天温馨而浪漫的笑容;枝头嫣然的花开,那是春天芳华而灿烂的萌动。暖风相随着春天,衬托着风情万种的浪漫。繁花簇拥着你,散发着迷人的花香。春天有春天的个性,春天有春天的模样。春天把自己最美丽、最芬芳的繁花,嫣然地绽放在那明媚的春光里。

盛夏,沉李浮瓜,火伞高张。匆匆地,夏天走来了,从火热的空气中走来,从彩虹七色的绚丽中走来。雷雨高声地呼唤,那是夏天豪放而激动地呼喊;天外袭来的狂风,那是翻动着心事遥遥的过往。青蝉相伴着你,奏响了天籁森林的乐章。夏天有夏天的个性,夏天有夏天的坦荡。夏天把自己最灵幻、最亮丽的彩虹,挂在那一片广阔的蓝天之上。

愁秋,叠翠流金,山河壮美。淡淡地,秋天走来了,从凉爽的秋风里走来,从红叶飘零的迷幻中走来。落叶与秋风在呢喃,那是秋天为高天和流云吟诵的诗行;涧鸣与幽谷在回音,那是秋天为高山和流水弹奏的乐章。苞谷相伴着麦香,丰华着汗水飘洒的时光;清风相伴着稻浪,活跃着田园美丽的风景。秋天有秋天的个性,秋天有秋天的向往。秋天把自己最丰华、最满怀的喜悦,洒向大地那一片广阔的四方。

严冬,冰天雪地,岁暮天寒。默默地,冬天走来了,从冰冷的寒风中走来,从雪花飞舞的迷幻中走来。飘雪纷扰的曼妙,那是冬天寒冷而寂静的冰心;枝头豪艳的梅开,那是冬天冰冷而豪放的真情。寒风相伴着玉雪,装扮着世界银色的素装;雪花簇拥着你,飘洒着一清二白的善念。冬天有冬天的个性,冬天有冬天的吉祥。冬天把自己最清白、最玉洁的善念,挥洒向生活每一个静远的地方。

一年四季的风和雨,悄无声息地顺着那一个个色彩斑斓的梦幻,来去悠悠地徜徉在岁月中那一段风华的过往。春夏秋冬的情和爱,漫无边际地沿着那一个个酸甜苦辣的故事,慢慢地徜徉在岁月那条未来的路上。东南西北的雪和霜,铺天盖地敲打着那一扇扇人情冷暖的心门,来去匆匆地徜徉在红尘那个昏黄的渡口。四面八方的人,你来我往地穿梭在那一个个热闹的门庭,徜徉在俗世那个繁华的远方。

芬芳迷漫的季节,在春风萌动的心思里盎然花开;多雨潮湿的季节,在夏日躁动的心思里风情万种;花叶飘落的季节,在秋风缠绵的心思里尽情飘洒;玉雪飞扬的季节,在冬天宁静的心思里流连忘返。

四季有风骨,季节有温情。学着一年四季,你我彼此相让的坦荡襟怀,从远到近地盘桓在岁月宁静致远的清风之上。学着春夏秋冬,你我相互敬重的上善情怀,从近到远地盘桓在岁月清秀淡雅的淳厚之中。

时光匆匆的脚步,更迭着四季的风景。一场浅秋的雨,覆盖了夏天来过的痕迹。一场初冬的雪,掩盖了春天走过的繁艳。季节,一直在路上。转角,无论有多么不舍,都要做一个完美的交接,带着忧伤转身,静候下一季的芬芳。

在节气的智慧中徜徉

比起日历中跳动更换着的冷冰冰的数字,中华传统的二十四节气所勾勒出的和煦春风、缤纷夏雨、晶莹秋霜和飘飞冬雪,是否更能牵动你的情怀?在熙来攘往的现代生活中,二十四个蕴含着悠久文化气息的节令,是否能给予你诗意的触动?是否能引起你心底对自然万物久违的感知?

二十四节气,是中国人认知天象、物令、时令和大自然变化规律的体系,是社会实践的总结。作为农耕文明的优秀代表,二十四节气影响力覆盖全国,千百年来,一直深刻地影响着人们的思维方式和行为准则。在国际气象界,二十四节气作为时间认知谱系,曾被认为是中国的"第五大发明"。2016年,二十四节气被正式列入联合国教科文组织人类非物质文化遗产名录。

触摸四季的脉动,感受时间的韵味,我们的祖先最早在神州大地上进行了实践、探索和总结,二十四节气便是中国先民贡献给人类的智慧之作。二十四节气所记录下的,不只是日升月落、春华秋实的自然现象和物候变化,更多的则是表现出人们在这茫茫尘世中,对生活所怀有的一丝不苟的态度和赤诚真挚的心意。

返璞归真,方能永续发展。作为中华优秀传统文化的瑰宝,二十四节气的文化价值体现在,于季节的更替中轮回流变而保持永生。莫断旧根,方有前路,拭去灰尘,重新雕琢,二十四节气这一文化遗产才能渐行渐远,最终定格成一道亮丽的风景线。

安徽省寿县是中国二十四节气创立、流行的重要地区之一,二十四节气的文脉在这里生生不息,历久弥新。诞生于此的鸿篇巨制《淮南子》,不仅对二十四节气"上循天道、下应地理"的特征进行了规律性总结,而且在对人类认识自然的实践中激发出强大的内生动力。

寿县地处我国南北气候分界线的淮河秦岭一线,为华北气候区、华中气候区的中间地带,四季分明,气候特征明显。全国二十四个国家气候观象台之一的寿县国家气候观象台,通过长期对当地大气成分、近地层通量、地基遥感、基准气候、农业气象的观测,证明寿县的气候特征符合二十四节气的自然地理环境,寿县是名副其实的二十四节气发祥地。

作为中华优秀传统文化的精华,千里长淮地域文化的代表,寿县大力传承、弘扬节气文化的灵魂,在时代变迁的惊涛骇浪之中,始终怀着一颗虔诚和敬畏之心,从容不迫地传承着最美、最永恒的节气智慧。弘扬与传承,是二十四节气保有生命力的汩汩血脉。二十四番花信风,十二候应姊妹花,季节之美诗意地呈现在古老的寿州大地上。春节、清明、冬至等一大批建立在节气基础上的传统节日,既有虔诚庄重的仪式感,又有推陈出新的现代感。与惊蛰、芒种、夏至等节气相关的民俗文化活动,更是层出叠见,如日月经天,历久不衰。

"草木萌动鸿雁来。"惊蛰节气,是寿县地区春耕大忙时节的开始,农民们动手对农作物进行除草、浇水、施肥,期望以辛勤的劳作,换取一年的丰收果实。

惊蛰时节,正值农历二月初二的"中和节",俗称"龙抬头"。寿县民间普遍认为,在这一天剃头会让人红运当头,福星高照。有民谚说:"二月二剃龙头,一年都有精神头。"民间一直保留着"二月二剃龙头"的习俗。

每年"龙抬头"这天,寿县保义镇都要举行热烈隆重的"耍龙灯"民俗表演。由本地洪、黄、张、常、夏五大姓氏家族成员,组成舞龙队伍,在举行庄重的祭拜仪式后,依次在大街小巷"赛演",声势浩大,万人空巷。

"收割播种鹭助兴。"芒种节气,寿县地区即将进入多雨的黄梅时节,农事活动进入一年中最为繁忙的"三夏"季节。

芒种节气,正值农历五月初五端午节。每到这一天,寿县民间家家户户都要炸鬼腿(油条)、包粽子、挂艾叶、吃咸蛋、戴香包、做虎头鞋、游百病等。

寿县全面保留和活态传承着中国端午文化的精髓,2014年,被文化部公布为全国端午节民俗集中分布区。寿县是安徽省唯一在列地区,标志着寿县是全国端午节习俗原生态、正宗地区之一。

"一九二九,扇子不离手。三九二十七,吃茶如蜜汁……"这是《豹隐纪谈》中关于《夏至九九歌》的记载。《淮南子·时则训》也说:"命有司,为民祈祀山川百原,大雩帝,用盛乐。"每年夏至时节,在淮上名镇正阳关,民间都要举行盛大隆重的迎龙祈雨仪式,祈求龙王降下甘霖,保佑一年风调雨顺,再获丰收。祭祀供品以面食为主,蕴含让龙王尝新之意。《管子·轻重己》中记载:"以春日至始,数九十二日,谓之夏至,而麦熟,天子祀于太宗,其盛以麦。"

二十四节气发祥地寿县,正在着手制定和实施五年保护计划,内容包括建立研究机构、出版学术专著、实施活态传承、规划建设展馆等,一个薪火传承二十四节气的"保卫战",在古老的寿州大地上打响。

"万物静观皆自得,四时佳兴与人同。"走在光阴的路上,季节与寿州的岁月同行,带着我们去细细赏读节气的万种风情,让每一个季节都开出最美的斑斓花朵。

盘 伏 帖

农谚说:"小暑不算热,大暑三伏天。"广为流传的《夏至九九歌》也详尽地描述了"三伏天"的显著特征。"三伏"相当于歌中二九、三九、四九的时段,是一年中最热的时候,故民间有"热在三伏"之说。

"六月六,耩黄豆,一天一夜打榔头。"进入农历六月,也就是入伏之后,不只是庄稼在疯长,霉菌和潮湿也在肆虐。因此,在我们乡下,每年入伏后都有"盘伏"的习俗。

盘伏,是农人总结出来的生活经验。过去,农村普遍都是土坯装墙、麦草盖顶的草房,房屋间头不大,只在靠南的墙上留有很小的窗户。屋里光线昏暗,又不通风,东西很容易发霉变味。

对农民来说,盘伏是伏天必做的大事,具有很强的仪式感。每年入伏后,天气晴好时,家家户户不约而同地都要把屋子里的粮食、衣服等物品,能搬的尽量搬出来,统统放在太阳底下曝晒。这样,衣服才不会霉变生虫,粮食也能够保存更长久。

盘伏是讲究次序的。一般情况下,盘伏先盘口粮。那时粮食最是金贵,民以食为天,粮食是第一位的。盘伏的口粮,大多是午季刚刚收下来的小麦,也有稻子的,这是极少数家底殷实人家的活动,很是让人羡慕。

盘伏时把场院打扫干净,然后把小麦一袋袋扛出来,摊在地上晒。其实,这些小麦已经生了虫子,有小白虫,有麦牛子,有麦蛾子,还有一些叫不上名字的虫子。小麦摊开不久,还能发现它们的身影,但不到一袋烟工夫,虫子就逃得无影无踪。

太阳快下山时,也就到了收麦子的时候。拿起一粒小麦丢进嘴里,用牙一咬,"嘎嘣"一声断成两半,说明小麦干透了,可以收藏。这时候,要趁小麦还是滚烫时,赶紧装袋收进屋子里,上面盖上一块塑料薄膜隔住潮气,能保存到年底都不生虫。

盘完粮食,就该盘衣服了。准备工作从清早便开始,在当院里架上几块门板,或支上几张秫秸箔,把全家大人小孩的四季衣物分档分类,把内衣外套鞋袜分门别类地摆放开来。院子里五颜六色的,很是壮观。

这时候,邻里之间的姑娘媳妇们最喜欢串门子看箱底,稍微富裕一点的家庭晾晒出来的衣物,会引来络绎不绝的赞叹、羡慕与嫉妒。家底薄的人家,场面就小得多,甚至于有些寒酸了,全家人的衣服还比不上有钱人家一个人的衣物。

我家就属于此类。那时,家里很穷,需要盘伏的东西不多,一块门板就可以放下需要盘伏的全部家当。盘伏的粮食更少,在院子里摊开来只有小小的一块。与隔壁的七舅家是天壤之别,他家是全队最殷实的。

随着年龄的增长,我家盘伏的底气越来越壮了。因为,我们盘伏的东西是邻居们都没有的,那就是一箱箱厚厚的书。邻居们来到我家当院,指着满地书问我:"这些书你都看过吗?"我不说话,只是很骄傲地点点头。

时光飞逝,几十年过去了,当年在老家盘伏的场景仍历历在目,那般温馨,那般融洽。如今,身居小城的楼宇之间,再也不用盘伏了。可是,每年伏天来临,我都在痴痴地想,又到了盘伏的时候了,老家的盘伏帖还有人在传吗?

寒梅待春话冬至

唐代诗人白居易在《邯郸冬至夜思家》诗中写道:"邯郸驿里逢冬至,抱膝灯前影伴身。想得家中夜深坐,还应说着远行人。"这首诗描写了诗人远行在外,适逢冬至佳节,倍加思念家乡的情景。诗中以冬至为媒介,用明丽而又模糊的意象,创造了空灵、深邃的意境,成为牵扯诗人思乡情感的那缕颤动的丝线。

冬至,是二十四节气之一,也是冬季的第四个节气。每年12月22日前后,太阳到达黄经270°(冬至点),标志着寒冷的冬天已经来临。《月令七十二候集解》说:"大雪后十五日,斗指子,为冬至,十一月中(夏历)。阴极而阳始至,日南至,渐长至也。"此日阳光几乎直射南回归线,北半球白昼最短;其后阳光直射位置向北移动,白昼渐长。这一天,是北半球全年中白天最短、夜晚最长的一天。

冬至是时间的坐标,也是季节的拐点。天文学上把冬至作为冬季的开始,气温持续下降,开始进入数九寒天,淮河流域民谚中有"冬至连九数"的说法。冬至是日照斜度最大的日子,北半球的日照时间最短,地面上接收的太阳辐射量也最少。冬至后白昼时间日渐增长,但是地面获得的太阳辐射仍比地面辐射散失的热量少,所以在短期内气温仍继续下降。因此,淮河流域民间有"冬至不过不冷"的说法。

冬至是中国农历中一个非常重要的节气,也是中华民族的一个传统节日。冬至俗称冬节、长至节、贺冬节、亚岁等,和清明节一样,又被称为活节,这是因为它并没有固定于特定一日。称其"长至",是基于古人对天象变化的观察,所谓"日南之至,日短之至,日影长之至,故曰冬至"。故此,民间有"冬至大如年"的说法,称其为"亚岁",把它当作仅次于农历新年(即春节)的节日。

冬至是一个历史悠久的节日,可以上溯至周代。当时,国家即有在此日祭祀神鬼的活动,以求其庇佑国泰民安。及至汉代,冬至已正式成为一个节日,皇帝于这一天举行盛大的郊祭,文武百官放假休息,次日着吉服朝贺。这个规矩一直沿袭下来。魏晋以后,冬至贺仪"亚以岁朝",众臣向天子进献鞋袜礼仪,表示迎福践长。唐、宋、元、明、清各朝均以冬至和元旦并重,百官放假数日并进表朝贺。特别是在南宋时期,冬至节日气氛甚至比过年更浓,因而有"肥冬(冬至)瘦年(春节)"之说。

冬至节,民间民俗比官方礼仪更加隆重。东汉时,天、地、君、师、亲都是冬至的供奉对象。南北朝时,民间有了冬至日食赤小豆以避邪的习俗。唐宋时,冬至与岁首并重,人们穿新衣、办酒席、祀祖先、庆贺往来等,与过年几无二致。明清时,官方仍维持着一些基本的冬至贺仪,但民间已不似过年那样大操大办,主要集中在祭祖、敬老、尊师等内容上,由此衍生出包馄饨、吃汤圆、学校放假、百业停工、慰问老师、相互宴请及全家聚餐等活动,因而相对于过年来说,更富有个性。

明中期以后,随着冬至信仰的崩塌,冬至节已逐渐淡出人们的视野,仅剩下一些相关的饮食习俗在流传,冬至已不再被称为"节",退出了历史舞台。时至今日,冬至节的礼仪、民俗已随着时光的流逝而消亡乃至绝迹,在淮河流域地区仅留下"吃了冬至面,一天长一线""冬至饺子夏至面"的民谚。民间在冬至这天吃饺子的饮食习俗也正渐渐被人们所淡忘。

"冬至阳生春又来。"冬至体现了博大精深的中华文化。冬至习俗蕴含着丰富的文化意义,其节气的来源给人以阴阳转化宇宙观的启示。冬至体现了天人合一的哲学观,告诫人们必须按照自然规律进行农业生产和生活,对自然要存有敬畏之心,尊重自然规律,保护自然。冬至提醒人们,在最严寒的时候阳气正在萌生,给人以希望,昭示着积极进取的人生观。冬至所传递的文化精神和人生哲理,也会启迪和鼓舞着人们推动社会发展和文明进步。因此,加大对冬至这些传统节日的宣传和传承,对于增强全社会对中华民族传统文化的认同,坚定文化自信,增强文化自觉,发展社会主义先进文化,广泛凝聚人民精神力量,具有重要的现实意义。

站在浩荡的秋风里

秋天,是一首静美而又婉转的诗。碧水映晴空,清夜画月明,盈一怀婉约,将一笺心语吟成满纸风情,让斑驳的印迹诉说着秋水长天的故事。

秋天,天地玄黄,草木流金,秋林醉染,雅菊竞开,桂子飘香,令人如醉如痴。秋天,从不薄凉,从不悲怆。秋天的情形,是浓重温暖的;秋天的颜色,是炫彩温馨的;秋天的心情,是沉静含蓄的。

四时之中,我最喜欢秋天,喜欢八公山上秋林漫山尽染的大气磅礴,喜欢沃野上空白云朵朵的秋高气爽,喜欢安丰塘畔秋水共长天的辽远旷廓,喜欢宾阳城楼皎皎秋月的幽幽清辉,喜欢东津古渡秋韵里蕴藏的诗情画意与无限哲思。

我喜欢秋天,喜欢它的硕果累累,也喜欢它的沉寂萧瑟。秋天,站在四季的中央,不贪念繁华,不畏惧消亡,像个尘嚣之上的哲人,对熙攘中的世界冷眼观望。

《淮南子·说山训》中说:"见一叶落而知岁之将暮,睹瓶中之冰而知天下之寒。"万物凋敝的冬天,昭示着一场寒冷的来临。秋天则以深沉的默默告白,用成熟的籽粒,用沉甸甸的果实,用枯萎凋零,用凝结于天地间的博大,令世界万物休养生息,从繁盛到委顿,从葱郁到颓靡,耗尽心力融于泥土,无怨无悔。

站在浩荡的秋风里,我惊叹于沃土的力量,更感念于春天的蓬勃,它们仿佛是风的孩子,所到之处,芽和苞轻易地破土、拔节、爆裂,开出灿烂的花朵,最终给予秋天以饱满的丰硕和成果。

就像人生,走过春之躁动,走过夏之热烈,历经秋之沉寂,走进恬淡幽静的冬季。未来静好的岁月里,只想揣一怀暖阳在心,像静美之秋叶,不慌不忙,不悲不喜,安之若素地走过余年。

人活一世,生命之秋不应该是落寞和凄凉的,生命的底蕴如秋果一般积淀浓缩、沉实敦厚,生命的色彩如秋色一般纯熟浓重、厚积薄发,让生命之秋霞光绚烂。

灭鼠散记

一向平静如水的家里，竟毫无来由地闹起了鼠患，一时间，让我既有"草中狸鼠足为患，一夕十顾惊且伤"的无奈，又有"谁谓鼠无牙？何以穿我墉？"的困惑。

宅第高居四楼，墙壁陡峭，高耸难攀，房屋门窗坚固，并无空洞，这小小的鼠辈从何而入呢？环顾四周，除悬于墙壁外的水管之外，别无其他可供攀爬之物。难道是从此处爬上来的？我在诧异之际，不由得惊叹起鼠辈高超的攀爬技能来。

最先是从窗户上看出了异样。纱窗才换了几日，一角便被撕了一个大洞，卧室、阳台上的纱窗也同样遭此厄运。接着，察觉储物间兼书房里放置的吃食，也有被拖动的痕迹。后来，又发现餐桌上的剩菜被叼到碟子外，厨房里存放的蔬菜散落一地，一片狼藉。这倒不打紧，更可气的是，放在阳台走廊里的文竹和墨竹，被什么东西从根部齐刷刷地咬断，让我心疼不已。

连续出现的一系列反常现象，无须我判断推理，就可以肯定，家里进了老鼠。这些讨厌的家伙作恶多端，打乱了我平静的生活。它们的频繁光顾，使原来平和的家里一时陷入无序状态。

老鼠本来就是"四害"之一，江山易改，本性难移，到处祸害人类，是可忍，孰不可忍？"人不犯我，我不犯人，人若犯我，我必犯人"，对人是这样，更何况是对付人人憎恶的老鼠呢？既然老鼠敢肆无忌惮地招惹我、攻击我，那我也就不客气了，从重从快，捕而诛之。

古人对待鼠患各有其法：宋濂在《龙门子凝道记》中有烧房毁屋灭鼠的记载，方法拙笨，得不偿失；刘基在《郁离子》中传授的方法是养猫捕鼠，虽然可行，但远水不解近渴。灭鼠的方法必须扬长避短，经济实用，最可靠的就是捕鼠笼和下鼠药双管齐下。

下药前，采取"坚壁清野"战术，将家里所有能吃的东西全都放在加盖且没有缝隙的容器内，断绝老鼠的食物来源，逼迫这些家伙去吃投放的鼠药。之后，将用大米、白糖、洗洁精、香油等制成的毒饵，放置在老鼠经常出没的地方，专等老鼠上钩。可是，几天过去了，放置的鼠药一点未动，不知哪里出了问题。

面对狡猾的老鼠，我忽然记起以前看过的一份资料。英国一位科学家研究证实，老鼠的智商堪比三岁小孩，除头和尾处，其骨骼与人类几乎相差无几，科学家经常用它们做各种实验。老鼠聪明神秘，精致细小，具有特别的灵性，难怪不好对付。大文豪苏东坡就曾有因一时疏忽，让一只装死的老鼠逃脱的经历，还专此写了一篇《黠鼠赋》，警示后人。

知己知彼，百战不殆。此招不灵，再换他法。既然鼠药不奏效，那就采用"请君入瓮"的战术，用捕鼠笼对付这帮家伙。将新买的笼子清洗干净，在笼内金属钩上挂上香喷喷的熟肉，按卖捕鼠笼大爷教授的方法，设置好机关，小心翼翼地放在储物间老鼠常来常往的通道上，专等老鼠入笼。

"守笼待鼠"的日子也是难熬的。一天过去了，两天过去了……一连四五天，笼子里一点动静都没有。每天早晨一起床，我第一件事就是扑到笼子前，看看有没有捉到老鼠。可笼子里空空如也，金属钩上的熟肉却渐渐干巴萎缩了。看来这一招也不行，这些老鼠真狡猾，似乎知道那是一个陷阱，始终不去触碰笼子里的那块肉。

就在我哀叹黔驴技穷、机关用尽的当儿，事情却来了个超级大逆转。那天，我到储物间取东西，忽然发现捕鼠笼一头的闸门掉下去了。凑近细看，笼子里关住了一只老鼠。哈，还真逮住了！这家伙肯定是饿极了，跑到笼子里吃肉，没想到碰到了机关，闸门落下来，怎么也逃不出去。"这下终于把你抓住了，看你还往哪跑！"我恶狠狠地说。

笼里关住的是一只大老鼠，肥硕的身子，褐色的毛，此时见了我，吓得身子瑟瑟发抖，瞪着一双小眼睛，惊恐万状地看着我。面对眼前的"战利品"，我心花怒放，这些天的工夫总算没有白费，捉到老鼠就是最大的胜利。能捉到第一只，就有可能捉到第二只、第三只，直到将其全部歼灭，彻除鼠患。

老鼠被"逮捕归案"，下一步该怎么处置它呢？是"就地正法"，还是"放虎归山"？我一时陷入犹豫之中。一抬眼，忽然瞥见窗台上那两盆被老鼠咬断枝叶的残竹，想起老鼠胡作非为的种种恶行，立刻怒从心头起，恶向胆边生，决定将这只老鼠处以极刑。活了这些年，还没有亲手杀死过一只老鼠。用棍棒打，有些血腥残忍，下不去手；用火烧，会有一种难闻的臭味，也不安全；干脆将其溺毙，保其全尸。

没想到，处决一只老鼠居然这么费劲。"刑场"就在阳台上，用塑料桶从卫生间接了半桶水提过来，然后准备将捕鼠笼放进桶里。笼子里的老鼠似乎知道末日来临，拼命在笼子里蹿跳着，我一扬手将笼子投到水桶里。不承想，水少了，没有完全淹过笼子，笼子一角还露在水面上。那只老鼠拼死挣扎，湿漉漉的身子缩成一团,死命地抓住笼子一角不放。我慌忙到卫生间又接了一盆水,返回阳台上,将水全倒进桶内。水淹没了笼子,桶里冒出几个气泡,几分钟后,提起笼子一看,这家伙已一命呜呼。

这段灭鼠的经历说明了一个道理,人类虽善虽忍,但一切忍力耐力都是有限度的。凡事一旦超越了极限,最直接的现实加上最残酷的报复便会从天而降,投之亡地然后存,陷之死地然后生。

人鼠殊途,乾坤有序。设想一下,如果老鼠能像猫狗一样与人类友好相处,那么又何至于"老鼠过街,人人喊打"呢?鼠者,耗虫也,但在十二生肖动物中却居首位,这让人类的先哲们和当今的众智者百思不得其解。有生均自得,造物本无私,"老鼠第一大"的千古悬案,恐怕只有造物主才心知肚明吧!

"串门"的小麻雀

下班回家,打开房门,在推门的一瞬间,屋子里突然传出一阵"扑棱棱"的声音,把我吓了一跳。

顾不得换上拖鞋,一路寻踪觅迹,确认声音是从储藏室里发出来的。走进屋门一看,哈哈,原来是一只小麻雀。这家伙什么时候跑到我家来了?

此时,小麻雀见到我,吓得像没头苍蝇一样仓皇地乱飞起来,东一头,西一头,不是撞在玻璃上,就是扑在纱窗上,完全是一副吓破胆的惊恐模样。

家里的门窗都关得好好的,这家伙是怎么进来的呢?再看一眼北边的纱窗,我不禁哑然失笑,前不久新换的纱窗被老鼠咬开了一个洞,并且越撕越大,正打算更换呢。这只小麻雀一定是在窗台上栖息时,看到了纱窗上的破洞,一时兴起,从破洞内探进身来,钻到我的家里。哪承想,进来容易出去难,刚才听到我开门的声音,便吓得在屋子里"扑棱棱"乱飞起来。

面对这位不速之客,我心里直发笑。这家伙不请自来,不知道什么时候就进来了,也不知在我家里找到什么好吃的东西没有。你这家伙,也太随意了吧,赶紧走吧,这不是你待的地方。

我走到窗前,"哗"的一声拉开纱窗,想把这只小麻雀请出去。谁知这家伙不领情，一折身从储藏室里飞了出去，径直飞进卧室里。我一路追赶到卧室，这家伙在卧室里又是一通乱飞。我张开双臂做轰赶状，想把这家伙再撵回储藏室，让它从那扇打开的后窗里飞出去。

一番左冲右突，小麻雀看逃生无望，一转身又飞回到储藏室。这家伙真是慌了神，有纱窗的那扇窗户明明是开着的，可它就是不往外飞，反而一次次地朝有玻璃的那扇窗户上冲撞、扑腾。我索性关上纱窗，又关上屋门，准备捉住它，再把它从窗户中放出去。

想逮住小麻雀可不是一件容易的事儿，这家伙鬼着呢。它在狭小的储藏室里，和我玩起了老鹰捉小鸡的游戏，忽东忽西，忽上忽下，始终不得近身。有几次，我的手都快碰到它的羽毛了，可它一展翅又逃脱了。看我累得气喘吁吁的样子，这家伙干脆躲在书架上的暗影里不出来，我只得踩着椅子爬到书桌上，伸手去抓它。手快到近前时，这家伙又狡黠地一折身，一头朝窗户玻璃上撞去。这一下兴许是用力过猛，麻雀被玻璃反弹回来，重重地跌在窗下的书堆上。我眼疾手快，终于把它抓住了。

这是一只小麻雀，羽毛刚长齐的样子。它是那样小，攥在手里只有小小的一团，热热的，像一团柔软的棉花。刚才一通折腾下来，这家伙累得够呛，我能明显感觉到它的胸脯在剧烈地起伏着，同时，它睁着一双惊恐的眼睛，睐睁地看着我。

想到刚才捉麻雀时的狼狈相，我佯装生气地盯着麻雀的眼睛，吼道："说，你是怎么进来的？"兴许是声音大了些，我明显感觉到这家伙打了个激灵，身子猛地动了一下，又努力挣扎了几下，想挣脱。无奈，我的手攥得紧紧的，想逃是不可能的。

看着小麻雀瑟瑟发抖的可怜相，我顿生怜悯，就想着立刻把它放生。我"哗"的一声再次打开纱窗，伸出手去，轻轻一松，那只麻雀扑棱着翅膀，倏地飞走了。飞出不远，它停在楼下邻居家的露台栏杆上，回头朝我这边张望着，似乎留恋着什么，过了一会儿，这才扇动翅膀，朝西北方向渐飞渐远，直至消失。

我长吁一口气，心里在为这只麻雀默默地祝福着。这些年，小城里的麻雀逐渐多起来，家里南北窗台和阳台栏杆上，经常有麻雀来此聚会，叽叽喳喳的，好不热闹，就连厨房油烟机的排气管里都垒有麻雀窝。难怪这只小麻雀胆子这样大，竟从纱窗洞里钻到我家里来了。

"因羡春光觅远芳，才停一树又奔忙。风寒翎羽声声乱，破草屋檐饮严霜。"麻雀，是被列入世界自然保护联盟濒危物种红色名录的鸟类，它栖息在人类居住的环境，是人类的朋友。很难想象，假若一座城市上空连一只麻雀都没有，那将何等孤寂。愿我们的城市上空，有更多的麻雀飞过。

跌弹的斑鸠

时令已是深秋,峭厉的西风把天空涤荡得愈加高远,辽阔原野上无边的青草被摇曳得株株枯黄,远处八公山上的树木也被秋风染上了一层浅黄。古城上空有一群麻雀飞过,却鲜有斑鸠的身影,更听不见"咕咕"的鸣叫声。喧嚣笼罩下的城市,似乎是斑鸠不敢涉足的"雷池"。

斑鸠都飞哪去了呢?难不成还在厚厚的古书里肆意地飞翔?

"斑鸠啼暖落花风。"斑鸠是中国文学中的名鸟,古典诗词中经常出现它的名字,古人喜欢借用其生活习性和形体特点来寄托情思。在某些特定情境下,斑鸠已不是纯客观意义上的鸟了,而成为某些人的一种特定情绪,变成诗歌作品中的意象。

斑鸠的习性欢快,诗人常用来表达愉悦、欢畅的情绪。唐代王维在《春中田园作》诗中写道:"屋上春鸠鸣,村边杏花白。"诗人借助斑鸠及人类活动的意象,表现出浓郁的春天气息。诗中无论是斑鸠还是人类,似乎都在春天里满怀憧憬,展望和追求美好的生活,透露出社会生活的安定祥和。

无独有偶,宋朝梅尧臣在《送江阴签判晁太祝》诗中也说:"江田插秧鹁鸪(即斑鸠)雨,丝网得鱼云母鳞。"宋代陆游在《东园晚兴》诗中描述:"竹鸡群号似知雨,鹁鸪相唤还疑晴。"宋朝薛季宣在《闻鸠》一诗中说:"新妇抱儿未归去,愧死鹁鸪啼满园。"清代赵翼《氿水》诗中说:"何处遥天听鹤唳,鹁鸪声里晓耕云。"这些诗句表达的都是春天美好的意思,斑鸠成了美好事物的象征。

斑鸠被明代诗人陈玺称作"香禽",可见其在古代文人墨客心目中的地位。在民间,斑鸠过去亦被民众视为送福纳瑞的吉祥鸟。小时候,我经常和伙伴们在冬天的雪地上捕鸟玩,除了捕鸟的罩具不同外,其过程和情形与鲁迅先生《从百草园到三味书屋》描述的似无二致。

捕到的鸟儿以麻雀居多,偶尔也能捕到斑鸠。在把玩这些战利品的当儿,一旁的大人若见有斑鸠,便打雷似的呵斥一声,飞也似的跳到笼前,单挑了斑鸠夺去,折身院外,"唰啦"一下把斑鸠抛向半空放生,任这鸟儿"扑棱棱"飞去。我和伙伴们直愣愣地呆在那里,弄不明白大人们为何如此这般怜爱斑鸠。

故山疑梦还非。曾几何时,斑鸠竟沦落凡尘,变成人类餐桌上的野味。天上斑鸠,地上泥鳅。民间流传着"一鸠胜三鸡"的说法,昔日悠闲自在的斑鸠面临着凄惨的命运。不知从何时起,捉斑鸠、吃斑鸠成了一些人的嗜好。野外的斑鸠渐渐少了,古城上空再难寻觅斑鸠飞过的身影,更难听到"咕咕"的欢叫声。

鸟之殇,巢卵破。娇嫩盘中珍,聊供余颐快,人类贪婪如我者,只为满足口腹之欲,浑然不知竟爱世上一切放肆的恶,成为因纽特人面前用舌头舔刀的狼,最终因贪婪而毁灭。巴菲特说过:"在别人恐惧时我贪婪,在别人贪婪时我恐惧。"我恐惧于人类对包括"香禽"斑鸠在内的鸟类的肆意屠杀,黑洞洞的枪口如顶在自己的脑门上一样令我不寒而栗,额上似有冷汗流过。一种难以名状的负罪感涌上心头,如芒在背,如鲠在喉,无语凝噎,犹如耻辱刺身。悔悟让我放下贪欲,期望重塑一个阻止贪婪蔓延的慷慨灵魂。

居所楼下,有几只麻雀在矮树枝头欢快地鸣叫着,上下翻飞,呼朋唤友,追逐嬉戏,无忧无虑。我忽然被这样的场面所感染,仿佛看到成群的斑鸠又飞了回来,加入麻雀的队伍中,与它们一起欢快地嬉戏。

是的,也许明早醒来,我就能听到斑鸠那欢快的"咕咕"声了吧!

杀　　鱼

一直喜欢吃鱼,却懒得杀鱼。这缘于多年前的一次杀鱼经历。

那年,我还居住在淠河边的小镇上。一天,老家的亲戚专程送来几条鱼,说是早上新逮的,送来给我女儿增加营养。

我过意不去,执意留这位亲戚在家吃饭。亲戚说天还早,回去还有事,不麻烦了。说罢,丢下装鱼的袋子,水也没喝一口,就匆匆忙忙地走了。

送走亲戚,返回家中,忙着拾掇起鱼来。找出一个干净的瓷盆,盛满水,再提起袋子,将鱼倒进瓷盆里,盆里立时生动活泼起来。

是鲫鱼,共四条,个个体态丰腴,肚腹膨胀,脊背隆起,一入水便活蹦乱跳,"泼棱棱"地溅出一地水来。

瓷盆有些狭小,鱼在里面游动受了很大限制,一会儿伏在盆底悠闲地吐泡,一会儿则首尾相接地在盆里转起圈来。

这些小生命的到来,给家里平添了一些乐趣。女儿放学回来后,喜欢蹲在瓷盆边,看鱼儿欢快地畅游。有时她伸出小手,在鱼背上一点,鱼儿一泼棱,鱼尾甩出的水珠溅了她一脸一身。女儿一边抹着水,一边咯咯地笑出声来,特别开心。

鱼养了不几天,正好有客人来了。想着家里有现成的鱼,杀了炖鱼汤喝,中午饭桌上就多了一道美味。

杀鱼,当然是我的任务。我挽起袖子,拿了把菜刀,又端了一个空盆,在小院子里摆开架势。一切就绪后,就走到瓷盆边,准备捞鱼开杀。

不知是受了惊吓,还是预感到大限已到,我还未走到跟前,盆里的鱼突然蹿跳起来,一副惊恐万分、大难临头的样子。

面对即将到来的死亡,鱼的恐惧感表现得是那样强烈,在狭小的盆里拼命地乱窜着,水花溅起很高,小院子里水迹一片。我的衣服也被溅湿了。

我蹲下身来,手还未伸到盆里,鱼更加剧烈地蹿跳起来,似乎在躲避,又似乎在抗争。我的手刚触到一条鱼,它突然向上一跃,在盆上划了一道弧线,"啪"的一声落在盆外。紧接着,又一条鱼也蹦到了盆外。

正好,就你俩了,省得我再费事了。拿起刀来准备杀鱼,可两条鱼怎么也不肯就范,拼命在地上翻滚、蹦跳着。费了半天周折,才将一条鱼抓在手上,刚将它按倒准备杀时,它突然一挺身,又从手里挣脱了。

我气不打一处来,紧追几步,挥起菜刀,朝鱼头猛拍下去。在被打晕的瞬间,这条鱼又蹦跳了几下,身子剧烈地颤抖,尾巴紧紧地勾向一边,随后,慢慢地瘫软下来。

将制伏的鱼再次平放开来,左手按住鱼身,右手持刀刮鱼鳞。刀背每次向前刮一下,鱼身都剧烈地抽搐一下,尾巴也紧紧地抽向一边。我心想,这一定是剜心般的疼痛。剖腹时,鱼身又猛烈地抽动一下,感觉鱼儿好疼。扒开鱼肚子那一刻,似乎听到撕裂声,甚至听到一丝鱼肚里的气息声。

尽管有些不忍心,但我还是快速地收拾起来,两条鱼很快被清理干净。在放进盆里清洗时,又回到水中的鱼儿,竟拖着被剖开的身体,在水中游动起来,鱼嘴一张一合的,似乎是要在生命终结的那一刻,最后一次贪婪地品尝这甘甜的清水。

在我杀鱼的过程中,旁边盆里的鱼儿始终烦躁不安地蹿跳着,一刻也不肯安静下来。冥冥之中,它们之间似乎有一根无形的线牵连着,目睹同伴被残忍地杀戮,它们在流泪,在抗议。我的心突地跳了一下,被这些鱼的行为震撼了。

女儿放学回来，看到她心爱的鱼儿被我杀了，哭得跟泪人一样，中午一口饭也没吃，怎么也哄不好。我悻悻地回到饭桌上，夹起一块鱼肉放进嘴里品尝，吃起来味同嚼蜡。客人却吃得津津有味，直说"真香，真香"。

过了几天，那两条幸存下来的鱼也萎靡起来，没精打采地伏在盆底，动也不动，只拼命地呼吸，不消两日，就肚皮朝上地浮在水上，死了。我将死鱼捞出来，送到邻居家，最后成了邻居家猫咪的一顿美餐。

从这以后，我再也不敢杀鱼了，确切地说，是不想也懒得杀鱼了，不知是出于对生命的敬畏，还是害怕杀鱼的血腥场面。以后家里每次吃鱼的时候，我都请卖鱼的老板代杀。

许多年后，每当回想起当年那次杀鱼的经历，心里都会泛出一种别样的感觉。我会无端地想起一种叫作生命的东西，在我的意识里飓风一样地盘旋着，升腾着，裹挟着我蹒跚而行。

鱼和人类一样，是一个独立的生命体，具有与其他众多生物同样的生命灵性，同类中有着独特的生命密码和生命感觉。难怪在同类被宰杀时，其他鱼儿会有如此强烈的反应。不禁令人感叹，不起眼的鱼儿，也拥有与人类同样的感觉、互动等丰富的生命现象。

"淮南鱼美香粳滑，饱去清吟岂不高。"动物与人，令我们感动的事例很多，有时是一种声音，有时是一种色彩，有时是一种状态，有时是一种风景，更多的时候，是一个个真实的故事，向人们印证了"蠢动含灵，众生皆有佛性"这句话。

"世间万物皆有灵，静心一隅可成诗。"鱼儿对生命的渴望，也是我们人类求生欲望的闪现。

新捕蛇者说

纵然属相为蛇，我却天生怕蛇。

小时候，家乡的田野上到处生活着蛇。沟埂上，池塘边，树洞里，甚至老屋的墙根处，都有蛇的身影。

上学途中，割草路上，常常与蛇不期而遇。这家伙脾气暴躁，行动敏捷，稍一察觉异常响动,便"哧溜"一声,眨眼间逃遁得无影无踪。

偶尔狭路相逢,蛇一时没了退路,便昂起头来,吐着芯子,小眼睛满是敌意地盯着你,身子不停地扭动着,一副决一死战的狰狞面目。少顷,人若无进一步的攻击行动,它便会瞅准机会,头一甩,闪电般地消失在草丛中。

老家的蛇,基本上都是水蛇,农村叫"水长虫"。大多时候,蛇不会主动伤害人,常以快速逃走的方式躲避着人类。尽管在与人对峙的时候,蛇表现得很恐怖,但那只是吓唬人的本能反应。

在我的潜意识里,蛇一直是令人恐惧的家伙。尤其是那一身灰黑相间的蛇皮,让人一见,立时寒毛倒竖,浑身直起鸡皮疙瘩。

暑假里与小伙伴们结伴去摸泥鳅、捉黄鳝,碰到蛇是常有的事。一见到蛇,我们就吓得鬼撵着似的,丢下脚盆、竹篮类的装鱼工具,仓皇逃去。

更多的情况下,我独行时遇到蛇,往往迅速捡起土块,立于原地不动,扔向蛇的位置,虚张声势地把它赶走。见蛇远远逃去,方敢战战兢兢地挪步。

我这样怕蛇的人,却鬼使神差地捕过蛇。现在想来,那时的我竟有些被逼上梁山的悲壮况味。

那年,村里来了一个收蛇胆的江苏人,乡邻们都喊他"小蛮子"。第一次听他说这蛇胆是个宝贝,做出药来,能治好多种病。村子里一下沸腾起来,大人小孩都带着工具,四处捕起蛇来,连母亲和三妗也挪动小脚,加入捕蛇者队伍。

当时,学校已放暑假,农活也不多,捕蛇能增加一点收入,所以全村人乐此不疲。连周围村庄里的人也行动起来,大有全民总动员、万人齐上阵的浩大声势。

算起来,我应该是村里最后一个投入捕蛇队伍的人。原因一是自小怕蛇,二是那点可怜的自尊心,总感觉混迹于捕蛇者队伍,破衣烂衫,穿梭于田埂沟塘之间,形同叫花子一般,遇到熟人、同学岂不尴尬至极?

然而,我的矜持和坚持很快便被击得粉碎。一方面是母亲的埋怨,她年龄大了,腿脚也不灵便,一天下来捕不了几条蛇,见我成天在家抱着书看,也不去捕蛇挣钱,有些不像话。另一方面是小伙伴们的炫耀,他们捕蛇卖了钱后,一边蘸着唾沫数着花花绿绿的毛票,一边得意扬扬地从我家门前走过,像凯旋的将军。

最终,架不住母亲的唠叨和伙伴们的怂恿,我硬着头皮接过母亲递过来的捕蛇工具,极不情愿地加入捕蛇队伍中去。

第一天捕蛇,是和二外甥东标结伴。他是村里较早的捕蛇者之一,经验丰富,眼到手到,只要他发现的蛇,很少有逃脱的。所以,东标每天捕的蛇都很多,卖的钱也是村里捕蛇者中较多的。

东标带我走的路,都是平时人迹罕至的沟塘、野路,他说蛇都喜欢待在这些地方,人多的地方反而没有蛇。我点点头,牢牢记在心里,这是捕蛇的一大门道。

这一天下来,东标捕了半蛇皮袋的蛇。我跟在他后面学习捕蛇方法,一条蛇也没捕到。傍晚到家时,母亲看我拎着一只瘪瞎瞎的空袋子回来,一句话也没说,扭过头去继续烧起饭来。

第二、第三天又是一无所获,第四天只捕到一条一尺来长的小蛇,第五天才捕到一条像样的蛇,只是捕得急了,那蛇被我用锹一下扎成两截。东标见了说:"蛇不能扎断了,一扎断蛇胆就流出来了,卖不上价。"

慢慢地,我摸索出了捕蛇的诀窍,初步掌握了蛇的基本特性、运动规律、栖息位置、逃生方法等情况,捕蛇渐渐有所收获,技术也大有长进。

随着捕蛇次数的增加,我的胆子也练得越来越大了,好胜心最终战胜对蛇的惧怯心理。捕蛇时我丢开长长的皮手套,也敢直接戴着毛线手套去抓蛇,抓到蛇时也不怕它翻滚着身子缠在手上甩不开了,更不怕手里的蛇狗急跳墙狠咬一口的微痛了,一边老到地把蛇提起来抖个不停,直到蛇瘫软下来,一边熟练地拎起蛇尾巴投进袋中,动作干净利索,一气呵成。

后来,我每天捕的蛇越来越多,卖的钱也越来越多,差不多快赶上东标的水平了。母亲一边数着我交给她的钱,一边喜滋滋地说:"呀,这么多,这么多。"

老家的水蛇无毒,被它咬过之后只是有一种酥麻的微痛,跟蚂蚁咬过的感觉差不多。被咬过之后,迅速在水里涮几下,再在伤口处抹上稀泥就没事了,这是村里的老人教授的方法。村里捕蛇的人,被蛇咬是再平常不过的事了,每个人的手上、胳膊上都有几十个被蛇咬过的红点。但并无大碍,捕蛇者也从未把它们当成一回事。

我在捕蛇时也遇到过危险,至今想起来仍有些后怕。

那天,我在石马河荒埂上单独捕蛇时,碰到一个大蛇窝。几十条蛇盘成一个大圆圈,足有脸盆口大小。中间有一条大蛇,与其他蛇一起紧紧地盘绕在一起,在田埂上的草棵里慵懒地"晒翅"。

自开始捕蛇以来,我还是第一次遇到这么多的蛇,心里既紧张又兴奋,一时竟傻子样呆住了,手足无措地不知如何处置这些家伙。也许是听到了脚步声,盘在中间的一条蛇发现了我。它警觉地抬起头来,惊恐地看着我,嘴里不时地吐着芯子。同时,它努力地动了几下身子,似乎想挣脱逃走,又似乎是在向同伴发出危险信号,但由于与其他蛇纠缠在一起,动弹不得,逃脱无望。

一见此情,我顾不得多想,立刻猫下腰来,蹑手蹑脚地慢慢向蛇窝靠近。在离蛇窝不到半米远的地方,我轻轻放下袋子,悄悄张开袋口,然后以迅雷不及掩耳之势,双手像抱劈柴一样,两边一拢,中间一收,迅速将蛇窝抱起,投进早已准备好蛇皮袋中。

经此一番折腾,大部分蛇才从酣睡中醒来,但为时已晚。我捕蛇时动作迅速,多数蛇还没反应过来,就已被悉数收入袋中,一条也没逃脱。

这是大获全胜的一天,我幸运地遇到蛇窝,一下捕到这么多蛇。回家一过秤,蛇窝里的加上其他地方捕到的蛇,足有三十多斤,卖了十五块钱。这十五块钱在今天看来不算一回事,但在20世纪80年代,那可是一笔不小的收入。

第一次挣了这么多钱,我激动得手竟有些颤抖。伙伴们向我投来羡慕的目光,我成了他们心目中的大英雄。最重要的是,我刷新了全村捕蛇的纪录,竟超过全村公认捕蛇高手东标好几倍,以至于在很长时间一直无人能打破。

那天,别提有多兴奋,我像捡了金元宝似的激动不已。收蛇人"小蛮子"看着我的高兴劲儿,冷不丁地兜头给我浇了一瓢凉水。他说:"蛇窝里那条大蛇是土蛇,有剧毒,被它咬上一口就没命了。"

我一听吓得不轻,头发根都竖起来了,后脊梁上一阵阵发凉。母亲也脸色煞白,嘴里一个劲地念叨着:"老天保佑,老天保佑。"如果事先知道土蛇这么厉害,打死我也不敢捉它。好在无知无畏,有惊无险,最终躲过一劫。

我躲过一劫,这些蛇可就没那么幸运了。收来的蛇,被成袋地摆放在院子里,摘蛇胆前,蛇要被泡在放有酒精的大缸里,它们被酒精灌得晕晕乎乎的,一时失去了挣扎和抵抗的能力。

有一次卖蛇时,我碰巧看到了摘蛇胆的整个过程。"小蛮子"坐在小凳上,掏出软绵绵的蛇来,一脚踩头,一脚踩尾,锋利的刀片一划,蛇就被开膛破肚了。掏出蛇肠子,摘下小黄豆粒般一小团黑乎乎的肉来,往装有酒精的罐头瓶里一放,摘胆过程就结束了。整个过程,也就几秒钟的时间。

摘过胆的蛇,被重新装入袋中,"小蛮子"就用扁担挑到离村庄几里外的冲田里,往沟里一倒了事。这些死蛇成堆地放在那里,风吹日晒,逐渐腐烂,散发出的恶臭,几里路外都闻得到。村里不少老年人不堪其扰,怒骂道:"蛇是天上的真龙转世,为了摘蛇胆害死这么多蛇,真是造孽啊!"

这样说来,我们这些捕蛇人捉了那么多蛇,卖给收蛇人换钱,也间接地算是造孽。用现在流行的话说,叫作"没有买卖,就没有杀害"。可当时就想着捕蛇换钱,哪顾得了这许多。好在那两年捕蛇卖的钱,我大部分都用在了购买心仪已久、但一直买不起的文学书上,多少抵消了一些内心的负罪感,我从书本里看到了村庄之外的多彩世界。

有一次老家来人,忽然想起捕蛇的事来,便问起现在老家那边蛇还多不多。来人叹了口气说:"没以前多了,都让那几年逮绝了。现在倒是田里的老鼠多起来了。"我听罢,心里"咯噔"一下,眼前又浮现出那成堆的死蛇,又恍若闻到那刺鼻的臭味。

初中课本中曾学过唐代文学家柳宗元的散文名篇《捕蛇者说》,通过捕蛇者与毒蛇之毒来衬托赋税之毒,突出了社会的黑暗。现代学者猎人张在《新捕蛇者说》中,以蛇为喻,感叹"贫穷之毒有甚于蛇者乎"。我心中无端地惶惶然、惴惴不安起来。

忽然想起《淮南子·主术训》中的一句话:"不涸泽而渔,不焚林而猎。"上天有好生之德,人类向大自然索取得太多,竭尽物力,穷其所产,等待我们的,必将是大自然的惩罚。

寥落的蝉声

蝉,是盛夏季节高歌欢唱的精灵。蝉鸣声声,诠释着夏的酷热,倾诉着心的情结。没有蝉鸣的夏天,注定是一个踽踽凉凉、暮气沉沉的季节。

夏季,是属于蝉的季节。《淮南子·时则训》中说:"鹿角解,蝉始鸣,半夏生,木堇荣。"大暑时,天空中释放着发酵后的阳光,火浪翻滚,酷热难耐,正如陆游诗中所描述的那样:"赫日炎威岂易摧,火云压屋正崔嵬。"此时,蝉开始鸣叫,奏响了属于夏季特有的乐章。

"菀彼柳斯,鸣蜩嘒嘒。"一开始,只有两三只蝉在悠悠然地领唱,而后万蝉齐鸣,犹如一支庞大的乐队,在反复吹奏着美妙的合奏曲。蝉声高亢清亮,此唱彼和,时断时续,单调却悦耳动听。不知不觉间,不绝于耳的蝉声把夏季变得生动而又热烈起来。

在悠长的夏季,烈日当空,绿树荫浓,庭院幽深,碧纱窗下,自出入居懒云窝,瑶琴不理抛书卧。伴着屋外无休止的蝉鸣,一觉无梦南柯。蝉鸣,是夏日感受的灵魂,那万籁俱寂中激昂高亢、日夜不停的蝉声,曾为无数个夏日午后安稳的睡眠,提供了最稳定绵长的背景音效。正是在这稠密嘹亮的蝉鸣声中，人们才有了时空静止、岁月静美的安稳感，才能慵懒而眠、睡得香甜。

蝉鸣，自古以来就是人们夏日听觉的核心。围绕着蝉鸣，人们回忆夏、描述夏、感念夏、珍视夏，蝉鸣在人的生命意象中，是夏季最真实的代表物象。当蝉鸣浮现脑海，对夏的全部觉察如同被一根无形的细绳轻松拉起，炎炎夏日翻滚的热浪、酣畅淋漓的汗如雨下、绿槐高柳的浓密葱郁、偷得小憩的悠闲惬意，如一张大网凌空撒下，瞬间让你穿越回那个炎热的季节。

蝉鸣让我想起小时候的夏日傍晚。此时暑热难消，蝉在树上鸣叫，声音忽高忽低，忽长忽短，忽轻忽重，抑扬顿挫，此起彼伏。好多蝉都亮开嗓子比赛似的在枝头高歌，渐渐地，更多的蝉加入大合唱，一时间，亮亢、嘹亮的歌声响彻整个天地间，村子完全沉浸在这大自然的歌声中了。劳累了一天的人们，吃过晚饭，端起在太阳下晒了一天的一盆温水，举过头顶，兜头浇下，从头到脚，痛痛快快地洗个淋浴。然后，搬来一条破旧的小板凳，舒适地坐在蝉声悠扬的树下，手里有一下没一下地扇着蒲扇，东家长西家短、津津有味地闲聊着村子里发生的鸡毛蒜皮的事情。蝉鸣伴着大人们的说话声和我们玩耍时的欢笑声，在村子上空盘旋、缭绕，构成我记忆中夏天里最温馨的画面，久久挥之不去。

时过境迁，物是人非。许多年后的今天，儿时"蝉鸣的夏天"画面已难重现和复制，不经意间，忽然感觉蝉鸣声渐渐稀疏起来。我惴惴不安地凭空猜想，是蝉这一物种的自然退化造成数量的急剧减少，还是大自然的环境恶化影响了蝉类的繁衍和生存呢？这一困惑纠缠我很长时间，直到有一天我才听说，新出土的蝉猴含丰富的蛋白质，农村不少人在捕它、卖它，商贩们用车拉到上海、南京等大城市，变成城市人餐桌上的一道美食。难怪蝉儿越来越少，难怪蝉声愈来愈稀。

关于蝉鸣的儿时记忆，是非常乡野而美丽的。那是自然的声音，是夏日的冥想，是悠长的等待。蝉鸣响亮地回旋在从古至今的每个夏天，是一种对长久岁月的鸣唱和信仰。蝉，五年地下蛰伏，一个月无休止地鸣唱，在完成延续物种使命的同时，也唱出了个体生命的绝响。天地有大美而不言，生命之美无可言说，又处处被言说。这不言之大美，应该就是花极尽绚烂、蝉鸣出最嘹亮音符，就是生机勃勃、顽强生长、生生不息的力量。

蝉鸣一夏，蝉是夏天的标志。我很难想象，一个没有蝉声相伴的夏天，该是一个什么样子？

我跟人类唠唠嗑
——一只老鼠的自白

哈喽！尊贵的人类,由衷地感谢你们能够给我们动物这样一个平等交流、平等对话的机会。在这里,我代表我们动物家族,祝你们鼠年吉祥,鼠到福来,鼠相吉贵!

有人可能要问了,世上这么多动物,怎么就轮到你来跟我们说话,你算哪根葱?大家伙别急,听我慢慢给你解释。

是这样的,今年不是农历庚子鼠年吗?子鼠丑牛寅虎卯兔,我们老鼠在十二生肖中排名第一,连百兽之王老虎大哥也得靠边站。所以,我们动物大家族就一致推选我做代表,跟你们人类絮叨絮叨。

今儿个,我唠的话题,主要是关于动物保护的事儿。这个问题,在我心里已憋了很长时间了,用你们习惯讲的话说,叫作"如鲠在喉,不吐不快"。这次机会难得,希望你们能够耐心地听我把话说完。

我们都知道,今年春节期间,新冠肺炎疫情悄然而至,自武汉蔓延开来,迅速波及全国。一时间,城封了,路断了,门关了,店闭了,人们都宅在家里,整个国家都好像被摁下了"暂停键"。感染人数持续攀升,此番情形,真是你们人类的一场空前劫难啊!

万物皆有灵,草木亦有心。看到你们人类遭此灾难,我们动物也心如刀割,痛不欲生。悲伤逆流成河,为死难者默哀。要知道,我们与你们人类一样,心,也是肉长的。只是,我们和你们所表达的方式不同罢了。

疫情暴发后,你们人类千夫所指,万人唾骂,说我们是这场瘟疫暴发的罪魁祸首,"不由分说,便将我飞拳走踢只是打",硬将屎盆子朝我们头上扣。

其实,我们动物比关汉卿笔下的窦娥还要冤上几分。的确,中国疾控中心病毒所,从华南海鲜市场送检样本中,检测到其中有三十三份新冠病毒呈阳性,说明这次疫情跟我们有关。可是,这能怪我们动物吗?

事实上,你们还蒙在鼓里,武汉疫情背后的真正元凶,不客气地讲,是你们人类自己。你们不知敬畏,蔑视生命,无法无天,滥杀动物,沉迷在山珍海味的炫耀性幻梦里,你们人类才是这场灾难的真正幕后推手,不是吗?

也许,你们有人会说,这跟我们人类有什么相干?要我说,肯定相干,并且这干系大了去了。在这场凶险的疫情后面,是你们人类残酷的猎杀行动,埋下了新冠肺炎疫情暴发的祸根。

我们动物家族中的很多野生动物,像穿山甲、土拨鼠、果子狸、果蝠、犰狳等等,都被你们残忍地猎杀,开膛破肚,扒皮剁爪,成为你们的盘中餐。简直是暴戾恣睢,恣意妄为,暴殄天物,丧尽天良!

对不起,我情绪有些激动,不该发火。冷静下来,我们可以想一想,这些充斥着血腥味的事实已经证明,你们人类每猎杀一头野生动物,都相当于为新的传染病毒进入人类社会,提供了一张全新的入场券。我不是危言耸听吓唬你们人类,这是实情。

但遗憾的是,你们人类对这些入场券毫不吝惜,每当病毒蜂拥而至、集体入场的时候,你们才意识到,自己在人间连位置都没有了。只可惜,船到江心补漏迟,马到悬崖收缰短,为时已晚矣!

姚明代言的公益广告说:"没有买卖,就没有杀害。"这句话一点都不假。笼里归齐,你们人类之所以这样凶狠、残忍地捕杀我们野生动物,原因无他,就是利益。在利益面前,你们人类的傲慢、贪婪、邪恶无以复加,让我们动物家族成员闻之丧胆、惶惑不安。

你们中有些人存在着一种近乎荒诞的逻辑,认为吃野味是一种价值符号,它稀缺、昂贵,能够区分阶层,能吃到山珍海味,就是社会身份、地位的具体体现。

你看,在一些达官显贵的"高端饭局"上,野味几乎从不旁落。即使没有像穿山甲之类的珍稀野味来充阔气,也会有像熊掌、犴鼻、蛇羹、驼峰这样的野味来撑场面。味道、口感如何,姑且不论,吃的就是身价。

你们人类痴迷野味的另外一个原因,就是据说吃我们动物能治病。这个说法,源于你们人类的传统中医、民间偏方和口口相传的传说,比如说,穿山甲能通经下乳,兽骨善治骨伤,犀角可壮阳,鳄鱼肉"至补益",龟甲龟血能养血活络,就连蜥蜴都有防癌奇效,而活血化瘀的"老鼠屎"五灵脂,甚至还入选过高中教材。

惜命,是每个生命体的本能。可是,你们人类所惜的,只是你们自己的命,全然不顾我们动物的性命。让那些喜欢吃野味的人意想不到的是,你们在津津有味地享用野味之时,别以为你们自己付出的高额费用就是代价,其实你们不知道,真实的代价,远远比这些钱要大得多。

我尊贵的人类啊,你们哪里知道,我们动物特别是野生动物身上,都有很多种病毒。你们吃我们动物,那不跟直接吃病毒一样吗?科学家们早就警告过你们,可是,你们却充耳不闻,视而不见,拿自己的身家性命开玩笑。

这里,我有必要再唠叨一下,世界历史上发生过的很多重大瘟疫和公共卫生事件,70%以上与我们动物有关,并且无一例外地与食用野味脱不了干系。可以毫不夸张地说,这些重大瘟疫,都是你们贪婪的人类吃出来的。

从病毒宿主上来说,我们动物充当了重要的角色。"非典"冠状病毒,已被证实来自中华菊头蝠,果子狸与它们接触、感染后,再将病毒传染给人类。中东呼吸综合征的自然宿主是扁颅蝠和伏翼蝙蝠,中间宿主是特色单峰驼。

还有,艾滋病毒来自非洲的黑猩猩或眉猴;尼帕病毒来自猪;马尔堡病毒来自非洲猴子;麻风杆菌疑似来自犰狳;折磨了非洲人民近五十年的埃博拉病毒,来自果蝠⋯⋯

就拿我们老鼠来说吧,身上携带有上千种病毒,能传播拉沙热病毒和鼠疫,每一种病毒,对你们人类来说,都是致命的。人类历史上最著名的一场鼠疫,曾在14世纪造成约五千万人死亡,传染源就是我们鼠类家族中被称为土拨鼠的旱獭。

这些存于我们动物身上的病毒,原来跟你们人类八竿子打不着,可怎么就突然面目狰狞,引发你们人类世界一场又一场传染病呢?关键一点,还是你们人类那张无所不吃的血盆大口。

正像长春一位高中生所写的那样:"下嘴唇落地,上嘴唇顶天;一脸愚昧,一脸贪婪;一说吃,荷尔蒙瞬间飙升,植物神经紊乱。"这里,我要加一句,天上飞的除了飞机不能吃,地上跑的除了汽车不能吃,水里游的除了轮船不能吃,世上没有你们不敢吃的。

可悲的是,你们人类因为贪恋一口本不属于食物的野味,而最终食到了恶果,你们以为自己亲尝了饕餮,却被饕餮反蚀。2003年"非典"引发的惨痛教训,不可谓不深刻,不可谓不震惊,不承想,今年武汉暴发的新冠肺炎疫情,又重蹈覆辙,灾难重现。对于你们人类,我已无话可说。

法国作家阿尔贝·加缪在《鼠疫》一书中说:"人世间的罪恶,总是由愚昧无知造成。"有的人认为,自己不吃野味,就不会被影响和传染了。其实,非也。在整个利益链中,最危险的,从来都不是吃的人,而是捕杀、烹饪以及不小心碰到野味的人。这叫"负外部性",你们懂吗?

对于吃野生动物肉类,容易染上疾病这件事,早在四五百年前的明代,就已经被著名的医学家李时珍详细记载于《本草纲目》之中。这里,不妨说几条,给你们听听:孔雀,"肉性味咸、凉,有小毒,人食其肉者,食后服药必无效";穿山甲,"性味咸、寒,有毒,其肉甘、涩,味酸,食后慢性腹泻,继而惊风狂热"……

美国女画家芭芭拉·丹尼尔斯曾经创作了丙烯与墨水笔画作品《快乐农场》,描绘了一个屠宰加工厂的日常。所不同的是,在这里被养殖、屠宰和加工的都是人类,通通听任动物们摆布。画家试图通过这种视觉化的方式,促使人类进行换位思考——那些被视为习以为常的现象,实际并非天经地义,相反,这一切是那么荒诞与残酷。画家想要表达的主题是:换位思考,保护动物。

我们动物界的蝴蝶效应、青蛙现象、鳄鱼规则,都在警示你们人类,一些突变事件,往往容易引起人们的警觉,而易置人于死地的是,在自我感觉良好的情况下,对实际情况的逐渐恶化没有清醒的察觉。这,才是你们人类最大的悲哀。

春生夏长,秋收冬藏,此乃自然法则,不可违背。违背者,虽成亦败,虽盛亦衰。你们人类,是万物之灵长,世界之主宰,比我们动物聪明、智慧多了,大道理我就不说了,还有些劝告的话,也没必要说了。这里的意思,你们懂的。

今天,我跟你们唠了这么多,一个就是想提醒你们,人类啊,该醒醒了,别再执迷不悟了!再一个,就是哀求你们,求你放下猎枪,放下屠刀,放过我们动物吧!还有一个,就是希望你们人类,与我们动物握手言和,和平共处,在山川异域、风月同天的大自然里,携手构建起生命共同体。

作为人类的朋友,我真切地盼望你们人类能够由恶变善,转祸为福。时时提醒,刻刻提防,珍爱苍生,善待万物,眼前的世界,一定会火宅化清凉,地狱化天堂,灾祸化福乡。

七 宝 寻 古

可能很少有孤陋寡闻如我者,曾经游历过上海很多地方,在感受沪上繁华的同时,一度被这东方巴黎表面的浮华所迷惑,浑然不知在其高楼林立的一隅,竟隐藏着几多未曾谋面的古镇老街。这让我在喟叹之下,莫名地对这座城市顿生敬意。

七宝古镇,就是在这样一个偶然的机缘和近似捡漏的心理驱使下,与我不期而遇地撞了个满怀。今年五一假期,借助赴上海参加婚礼的良机,辗转于闵行区的街巷中,在喧嚣的世界里寻得向往之所,与古镇来了一场邂逅。

寻访古镇,是在一个午后,阳光已有些灼热,空气中弥漫着慵懒的气息。走进七宝古镇,老街广场正中矗立着一座高大的石牌坊,牌坊上方为著名书法家、上海市书协主席丁申阳所题的"七宝古镇"四个大字,浑厚有力,沉雄古逸,在阳光下熠熠生辉。牌坊石柱上"长街还带宋时雨,小巷犹听大明钟""飞纱十里接浦溪,市声千年唱金鸡"的楹联,仿佛在向游客们诉说着七宝古镇千年的历史。

进入古镇街巷,"郡东第一刹——七宝教寺"金黄色建筑群映入眼帘。进得寺中,但见绿水环抱,红墙黄瓦,钟鼓声声,香烟缭绕,大殿内正在举行诵经法会,众多的香客信徒在虔诚地吟诵经文。据说,七宝镇"镇无旧名,缘寺得名"。宋大中祥符元年(1008年)皇帝赐额"七宝教寺",由此七宝镇正式得名。可见,七宝古镇当初的形成,与宗教有着千丝万缕的关系。

七宝老街位于新街青年路旁,街分南北两条。步入老街,一股江南水乡特有的古朴之风迎面扑来。清溪环绕,石桥通幽,巷子深处那些开着或关着的门,总有某一个场景让你觉得前世恍惚来过。悠长的小巷,一条青石板铺就的小路逶迤向前,两边是下砖上木的两层小楼,房檐上挂着大红的灯笼,门楣上悬着古拙的牌匾,两边的店铺一字排开。南大街以特色小吃为主,北大街以旅游工艺品、古玩字画为主。老街已成为集休闲、旅游、购物为一体的繁华街市。

不可避免地,七宝古镇也充斥着与其他景点一样的商业气息,只是这里的商业气息过于浓重,让人有一种快要窒息的感觉。匆匆穿过人流,找寻散布于街巷的古迹,才是我此次寻访的主要目的。七宝古镇虽然是离上海市区最近的小镇,但依然保留着许多古老的拱桥、寺庙、钟楼等古迹。七宝镇"七宝",分别是玉筷、玉斧、飞来佛、神树、金字莲花经、金鸡、氽来钟,有的是传说,有的实物。七宝古镇现在还保留着镇街之宝——氽来钟以及蒲溪坊牌楼、蒲汇塘桥、避风台、典当街等古迹。丰富的人文内涵,给七宝古镇增加了历史沧桑感,难怪有"十年上海看浦东,百年上海看外滩,千年上海看七宝"之说。

走出七宝古镇,午后的阳光正烈。回望老街,依然是人群熙来攘往,热闹非凡。这样的热烈招摇,总感觉与古镇的古朴典雅、清新隽永相去甚远,就像两个永远融入不到对方世界的男女,貌不合,神亦离。

此行最大的收获,便是寻找到了七宝古镇得以保留和延续下来的精神之魂。感慨之余,忽然想起辛弃疾的那首词:"众里寻他千百度。蓦然回首,那人却在,灯火阑珊处。"

魂归刘公岛

前事不忘,后事之师。那场中日甲午战争,以号称亚洲第一、世界第四的北洋海军全军覆没和清政府签订丧权辱国的《马关条约》而告终。伤痛难以抚平,耻辱难以血洗,刘公岛做证,历史在这里深思。

——题记

似乎还没有一个地方像刘公岛这样摄人心魄,让我难以自抑地流露出错综复杂、千般交织的心绪来。自踏上刘公岛的那刻起,我就被一种纷然杂陈的情感所攫取,所掳掠,有惊叹,有悲怆,有愤恨,亦有费解,似九重葛的藤蔓那般交错缠绕在一起,又如同岛上随处可见的巨石一样压在心头,那感觉,让人窒息。刘公岛,是一个夺人心魄的场所。

美哉刘公岛

清朝诗人王兰生写过一个诗作佳篇《刘公岛》,大意是说:"相传刘晨、阮肇误入桃源洞,几天的时间就度过了百岁光阴。又有人说海内名山庐山云遮雾罩,置身其中仿佛在梦中一般,无边无际。但所有这些,哪能比得上黄海中的刘公岛?刘公岛的四周一尘不染,清远幽静,与尘世喧嚣远远隔开……没有谁真正见过仙府、仙岛、仙洲,然而刘公岛就在眼前。多想在岛上建一个小屋啊,长久与刘公相伴。"该诗用朴素优美的笔调,将刘公岛的仙灵之气描写得淋漓尽致,美不胜收。

正如诗中所描绘的那样,刘公岛的确是神奇的大自然遗留下来的一块瑰宝。她镶嵌在美丽辽阔的威海湾里,内靠富庶丰饶的胶东半岛,外连浩瀚无垠的渤海黄海。站在岛外的古陌岭上俯瞰,刘公岛如漂浮在威海湾里的一叶扁舟,不过方丈之地,故民间传说此岛即为古代三仙山蓬莱、方丈、瀛洲之一的"方丈"。

从地理位置上说,刘公岛距威海市区仅2.1海里,乘坐游船15分钟即可到达。刘公岛东西长4.08千米,南北最宽处1.5千米,面积3.15平方千米,比淮上晚楚都城寿春城略小,主峰旗顶山,海拔153.5米,比淮南名山八公山主峰稍低。岛上峰峦叠起,植物茂密,森林覆盖率达85%,是鸟类的天堂,梅花鹿的乐园。其地势北陡南缓,北部的海蚀崖陡峭险峻,如刀削斧劈,南部海滩绵缓迤逦,似彩笔绘就。清新的气候,优美的自然风光,使得刘公岛素有"海上仙岛"和"世外桃源"的美誉。

刘公岛不仅有优美的自然风光,更有丰富的人文景观。从数千年的战国遗址,到百年前的清朝北洋海军提督署、丁汝昌寓所、水师学堂、铁码头、古炮台等遗迹,再到英国租占时期留下的大量欧式建筑,刘公岛成为独特的天然历史博物馆。从出土的文物残迹研究推断,早在战国之前的新石器时代,也就是距今五六千年的夏商时期,刘公岛便陆续有人类活动。及至战国时期,刘公岛上有了稳定的居住人群,代代繁衍下来。

悲哉刘公岛

建在岛上的中国甲午战争博物馆,占地1万多平方米,展出珍贵照片、复制的武器装备,还有大量反映甲午战争的巨幅油画和巨型雕塑,再现了百年前那场悲壮的战争场面和屈辱历史。自打明朝统治者迫于东部海疆屡受倭寇侵扰之故,于洪武三十一年(1398年)设立威海卫,至清光绪二十年(1894年)中日甲午战争爆发前,刘公岛曾两次遭到倭寇侵扰。屡受海上欺辱的清政府开始筹划设立北洋、东洋、南洋三大水师,以御外侮,并拟就《大清水师章程》。因北洋地处京畿门户之要位,北洋水师成为水师之重,直隶总督兼北洋大臣李鸿章成为北洋水师的主要筹备人物。

据史料记载,光绪十四年(1888年),北洋海军在刘公岛正式成立,授丁汝昌北洋海军提督,刘步蟾、林泰曾为总兵,邓世昌、林永升、方伯谦、邱宝仁、叶祖珪为副将,并管带五条主力战舰。另有参将、游击、都司、守备、千总等大小官员百余人,兵力以千计,拥有定远、镇远、致远、经远、靖远、来远、济远、扬威、超勇等大小战舰40余艘约5万吨,其实力当时雄踞亚洲之首,位居世界第四。

北洋海军建立后,清廷及李鸿章颇为踌躇满志。李鸿章曾奏称:"用之自守尚有余""但就渤海门户而论已有深固不摇之势"等等豪言壮语。在此思想影响下,加之李鸿章为博得慈禧太后欢心,挪用巨额海军经费为其祝寿及修建颐和园,致使北洋海军在成军后多年内再未添置一舰一炮,未有丝毫发展。

与之相反,北洋海军的成立大大刺激了东邻岛国日本。日本明治政府深为清朝海军之强大而忧患,下大力气发展海防,海军建设得以长足发展。到中日甲午海战爆发前,短短五六年的工夫,日本海军的实力已赶上甚至超过了北洋海军。日本海军的快速发展,为其发动战争奠定了军事基础。

清光绪二十年(1894年)7月25日,日本海军不宣而战,在丰岛海域突袭北洋海军运兵船,挑起了战争。中日甲午战争打了8个月,起始于海战(丰岛海战),结束于海战(刘公岛之战),黄海决战则是决定甲午战争胜负的关键之战,突出焦点是中日两国制海权的争夺。可悲的是,尽管中华民族有着众多英勇无畏的好男儿,但由于清政府的腐败无能,导致这场正义防卫战争的惨败。

在甲午海战中,以民族英雄邓世昌为代表的北洋海军将士们,表现了宁死不屈的民族气节和视死如归的大无畏精神,其英雄壮举感天地、泣鬼神,永垂千古。北洋海军前10位高级将领中,有8位(7位管带)以身殉国,其中在黄海大战中英勇就义的有致远舰管带邓世昌、经远舰管带林永升、超勇舰管带黄建勋、扬威舰管带林履中;在刘公岛之战中殉难的有北洋海军提督丁汝昌、右翼总兵刘步蟾、左翼总兵林泰曾、兼署镇远舰管带杨用霖。英雄们的鲜血却换来甲午战争的惨败,民族英雄们何以瞑目?

北洋海军自丰岛海战遭受重挫,黄海大战再受重创,至刘公岛之战全军覆没,死亡将士数以千计,中华男儿的热血染红了刘公岛的每一寸土地及其四周海域。清廷建立的一支曾令亚洲乃至全世界都刮目相看的海军舰队,却换来如此一个悲惨的结局,令人唏嘘不已。刘公岛作为北洋海军成军及覆灭的见证,默默地为中日甲午战争画上了一个沉痛的句号。

恨哉刘公岛

中日甲午战争的战败,是中国及海军战史上的一大耻辱,百余年来如巨石一般,压在每一个中国人的心头。值得反思的是,拥有当时较为强大海军的中国,为何在"家门口"的这场战争中输给了东邻岛国日本?

甲午战前,由于奕谟、李鸿章等人挪用巨额海军经费为慈禧建园和祝寿,导致北洋海军因经费紧张而节衣缩食,甚至连丁汝昌为舰队更换火炮所急需的几十万两白银的请奏也被驳回。而慈禧等清政府官员却过着挥金如土的腐化生活。

慈禧历来是骄奢淫逸的,人们将她的特点概括为爱穿、爱吃、爱讲排场。据《钦定宫中现行则例》记载,慈禧一年的份例是黄金20两、白银2000两,每年制作衣服的上等绸缎99匹、棉布54匹、高等皮革124件。专为慈禧烹调饮食的首领太监、厨役、杂役等有128人之多,菜品4000样。慈禧每天的膳食费按最低数100两白银计算,在当时可买12000斤大米,够一名百姓吃40年。

甲午战争中,慈禧拨给前线的经费才300万两白银,而她个人过一个生日竟花掉1000万两以上,相当于当时清政府年财政收入的六分之一,真是"宁可国破,不可不乐"。慈禧的日常开销、生日花费已然很高，但还有一笔花费更是大得惊人，那就是慈禧为颐养天年而挪用海军经费数千万两白银修建颐和园，这笔经费能够重建好几支北洋海军。

更可气的是，在日寇入侵、国难当头的时候，慈禧却在京城欢度她的六十大寿。有的大臣实在看不下去了，奏请她节省做寿经费，用来打仗。慈禧听了火冒三丈，竟然恶狠狠地说："今天谁使我不高兴，我就要他一辈子不高兴！"慈禧的倒行逆施引起全国人民的愤恨，民间都把对慈禧的祝寿语"万寿无疆"叫作"万寿疆无"，以讽刺她为过生日不顾国破民亡的无耻行径。

慈禧把她个人所谓的福与寿，建立在国家的危难和百姓的惨痛之上，她听到的优美唱腔正是旅顺人民遭受日寇残害时的哀叫，她饮用的贡品美酒正是大连人民大风雪中被日寇屠杀流淌的鲜血！有慈禧这样的国家统治者和软弱无能的清政府，华夏神州不被外敌侵略、北洋海军不全军覆没，才是一件令人奇怪的事情。

刘公岛被辱没的历史，撞击着我的心灵，让我更深切、更直观地感受到了国家和民族那段令人悲愤无比的屈辱史，脸上有被火烧过的灼痛感。驻足水师广场的"警世钟"前，心里五味杂陈，百感交集，那巨大的铁锚，那粗壮的铁链，那残破的船体，似乎在向世人诉说着那段刻骨铭心的战争；而悬挂在顶端的铜钟，更是在时刻提醒和警示着每一个中国人：落后就要挨打，国弱就被欺凌，强国御侮，警钟长鸣！

硝烟散尽，恨海难填。刘公岛似一位饱经沧桑的老人，静卧在水天一色、波涛汹涌的威海湾里，仿佛在向世人讲述着那段令人不堪回首的屈辱、愤懑和哀伤历史。对于第一次登上刘公岛的人来说，耳闻目睹和了解重温百年前那段令人悲愤欲绝的屈辱历史，是一场精神和意志的洗礼，或能刺激国民民族血性和海防意识的复苏。唯愿我们每一个国人初心依旧，始终保持对那段屈辱历史的敬畏之心，以史为鉴，奋发图强，让历史不再重演。

现在的刘公岛，是威海市乃至山东省的旅游胜地，吸引着国内及海外的游人。众多的游人如这季节般热情高涨，率性、随意地在刘公岛上游览参观。不经意间，我发现不少游客似乎对岛上绝美的自然风光更感兴趣，悠然地陶醉其间，脸上荡漾着灿烂的笑容。有的游客在参观中国甲午战争博物馆、北洋海军提督署、丁汝昌纪念馆等历史遗迹时，大都走马观花，匆匆一瞥，象征性远远大于目的性。

每个游客都有自己的个性化选择，任何人都无法左右别人的行动和情感。但我想，作为有血性的国人，如果在刘公岛上连一个人最起码的情感、最基本的情绪都不能显露和表达出来，反而表现出阿Q式的麻木，那么真就是我们这个民族的悲哀了。

不想再去莫高窟

无端地生出这样一个颇为奇怪的想法,有着几分杞人忧天似的自寻烦恼,也有着盲人摸象般的愚昧无知:到过敦煌的人,在对莫高窟绝世文化艺术感到吃惊、震撼的同时,会不会产生"耿耿不寐,如有隐忧"的淡淡苦涩来?不知别人是否这样,反正我是。

"白雁西风紫塞,皂雕落日黄沙。"敦煌莫高窟,是河西走廊一幅凄美、悲壮的旷世画卷,精美绝伦,宏伟瑰丽,质直深厚,精华荟萃。我惊叹于莫高窟规模宏大、万象生辉的建筑艺术,我惊奇于莫高窟个性鲜明、形象逼真的彩塑艺术,我惊羡于莫高窟天衣飞扬、满壁风动的壁画艺术。莫高窟,是一座完美的艺术殿堂。

走进莫高窟,就像在读着一本历史书,亲眼看到那动荡惊惧中,机敏的北朝人将西域样式,融进了魏晋风骨;亲眼看到,正值太平盛世的唐朝人,雍容华贵,从容自信,处处追求艺术的完美;亲眼看到,由盛入衰的五代和北宋,渐渐失去了进取的勇气;亲眼看到,西夏人的朝气和蒙元的强悍,一次次带给我以惊喜。

敦煌莫高窟积淀了一千多年的风沙,撑起了一千多年的分量。朝代的兴衰,岁月的轮回,生命的存亡,都在这里真实地再现。莫高窟的辛酸、甜美、苦涩、辉煌、愤恨等等,交织着、铺洒着、飞扬着、诉说着,洋洋洒洒地筑成一个不老的传奇。她,是一首意蕴深邃的长诗;她,是一支悠远回旋的古曲;她,又是一个永远不灭的神话。

敦煌莫高窟是中国的"卢浮宫",是中国历史的"第一现场"。假如没有敦煌莫高窟的文献,现在要了解吐蕃的历史,只能看短短几页的《二十四史》中的传记,以及侧重宗教的史书《贤者喜宴》,而这仅是敦煌文献中极少的一部分古藏文资料。假如没有敦煌莫高窟石窟,唐代的壁画、绘画、书法,因为五代时期的遗失和损毁,将成为永远的空白。假如没有敦煌莫高窟壁画,我们永远无法知道史料中记载的太平盛世、礼仪乐器、社会风貌等等,究竟是真是假。

长河落日,大漠孤烟,残阳如血,金戈铁马,敦煌莫高窟曾经是我所追求的"诗和远方"。及至来到一心向往的文化艺术圣地,我才蓦地发现,在举世闻名的莫高窟前,自己如同那个卑微渺小、愚昧无知的王道士一样,面对充盈天地、极目泛彩的艺术珍品,只有眼花缭乱、茫然无措的份儿。普通如我者,对莫高窟的旷世文化艺术知之甚少,慕名造访实在是一种虚荣心裹挟下的走马观花。

开凿于鸣沙山东麓崖壁上的莫高窟,看似雄奇壮观,其实它的生存状态和游览环境已经十分脆弱了。抛开莫高窟历史上曾经历过的藏经洞文物被外国强盗偷掠、雕像和壁画被切割剥离、安置沙俄匪军等劫难不说,单从时下趋之若鹜、挨山塞海的世界各地游客来说,已经对莫高窟的文物造成不小的损害,游人有意或无意的践踏、触摸、拍照,甚至连呼吸吐纳,都会对石窟内精美的壁画造成伤害。

人类的敦煌,世界的莫高窟。历史造成的神秘,让敦煌莫高窟保持着恒久的魔力,以不可抗拒的硬核力量,吸引着我前往朝圣。但是,对于我来说,看过一次莫高窟,已足矣,我不能、也不会再去莫高窟。因为莫高窟已不堪重负,我少去一次,就少了一次对它的伤害。不管别人如何,反正我会这样。

抬人的蚊子

俗话说:"干苍蝇,水蚊子。"这话一点儿不假。特别是阴雨连绵的汛期,那蚊子多得简直令人无法想象。

在老家,人们形容夏季蚊子特别多的时候,喜欢这样说:"昨晚上差点叫蚊子抬走了,蚊子那个多呀,一抓一大把。"戏谑的言语中表露出对蚊子的憎恶和无奈。

小三十年前,我也曾有过一晚上差点被蚊子抬走的苦难经历,至今回想起来,仍记忆犹新,心有余悸。

那年夏天,淮河流域发生了历史上罕见的大洪水,我奉命到抗洪抢险一线采访报道。我顶风冒雨,脚踩一地泥水,在抢险现场走了几个来回,终于完成了采访任务。

晚上,我回到区防汛救灾指挥所时,累得浑身像散了架一样,瘫在椅子上动弹不得。我简单扒了几口剩饭,就到村部会议室找了一条长条椅,躺下来准备迷瞪一会儿。

此刻,我的双眼像被胶水粘住一般,怎么也睁不开。侧身刚一躺下,耳边突然响起蚊子尖锐的叫声,那叫声真是"隐隐聚若雷"。我疲惫不堪地挥挥手,厌恶地把在耳边骚扰的蚊子赶走。

不料,我顾此失彼,在赶走耳边蚊子的同时,裸露在外的腿上、胳膊上,被其他的蚊子狠狠地叮了几口,疼痛逐渐漫向全身。

我一骨碌坐起来,手脚一起大幅度地摆动,努力驱逐轰赶着这讨厌的蚊子。白天采访累了一天,本想抓紧时间休息一会儿,不承想竟有这么多蚊子,我懊恼不已。

此前,已有人在房间四处点燃放置了好几盘蚊香,狭小的会议室里烟雾缭绕,弥漫着呛人的烟味。尽管如此,仍然阻挡不了蚊子的疯狂进攻,不计其数的蚊子以令人难以置信的嚣张,肆无忌惮地扑到人的身上。

这会儿,我实在困得不行,身子一歪,又躺下来。头刚一挨椅子,成群结队的蚊子又从四面八方围拢过来,放肆地在我身上乱叮乱咬。我的身上到处起满了大包,奇痒难忍。我只得伸出双手,一只手不停地拍打着落在身上的蚊子,另一只手不停地在被蚊子叮咬过的地方抓挠着。

跟我一样滑稽的,还有房间里的另外几个人。他们也不堪其扰,被蚊子叮咬得难以入睡,不时地拍打着身上的蚊子,手掌与皮肤亲密接触的"啪啪"声,此起彼伏,不绝于耳。这响声,与屋外的风声、雨声交织在一起,构成了一种独特的音响,很是别致。

蚊子无比猖獗的攻击,最终战胜了屋内几个人的困意。我们无奈地爬起来,忍无可忍地联手进行反击。有人又点起几盘蚊香,在每人的椅子下都放上一盘;有人跑去关上门窗,不让室外的蚊子飞进来;还有人不知从哪里找到一瓶风油精,朝每个人身上甩上几滴……

忙活了半天,大家都想这下可以高枕无忧了。出乎意料的是,蚊子的进攻不仅没有减弱,反而比以前更加刁钻、更加猛烈了,让人防不胜防、疲于应付。这下,几个人彻底没招了,室外下着倾盆大雨,出去没地方躲藏,屋里的蚊子又出奇地凶狠,如此这般,真是叫天天不应,叫地地不灵。大家索性在屋里来回不停地走动着,躲避着蚊子的围追堵截。

一夜血战,一夜无眠。天蒙蒙亮时,我们相互看了一眼,大家忍不住都笑了,只见个个蓬头垢面,脸色煞白,眼里满是血丝,身上布满了包块,不少地方还残留着被拍死的蚊子的尸体,依稀可辨已干涸的血迹。有人打趣说:"喂了一夜蚊子,我们居然都还活着,老天真是开眼。"

那天晚上的蚊子真叫多,多得让人闻所未闻、见所未见,起码我之前从来没有遭遇过。这种奇怪的现象,可能就是发大水的征兆。过去,曾听老人们说过"今晚蚊子恶,明朝有雨落""蚊子恶,大水多"等谚语,他们得出的结论是,蚊子特别多的年份,这一年涨大水的可能性就很大。那年,真的被不幸言中了,淮河流域确实发生了百年一遇的大水灾。这种自然界的异常情况,预示着将要发生某个方面的重大事件,就像地震前夕动物拼命出逃一样。

蚊子被称作"叮人之王",地球上的人类饱受其害。古代许多文人墨客没有现代的驱蚊方法,更是饱受蚊子的"追逐"之苦,他们留下的诗词曲赋中,有许多关于蚊子的记载。唐代刘禹锡在《聚蚊谣》中就写出了蚊子的食性特点:"喧腾鼓舞喜昏黑,昧者不分聪者惑。露华滴沥月上天,利嘴迎人看不得。"宋代名臣范仲淹的《咏蚊》:"饱去樱桃重,饥来柳絮轻",以樱桃形容吸饱血的蚊子,形象生动。清代诗人沈复的《童趣》更直白些:"方值暑气大,便乘炎焰下,杀腾腾遍地轰炸。嚣张不惧千人骂,厚颜无耻入千家。刚说罢,哎呀冤家,眼见的胳膊上咬了朵蜡梅花。"字里行间充满了对蚊子的无比憎恶。

尽管我们如此憎恶蚊子,但聪明的人类始终奈何不了它。就像我经历的那晚一样,蚊子虽然多得差点把人抬起来,但我们束手无策,免不了被它尖利的口针刺进皮肉里,留下"带血的记忆"。尽管我们谁也不愿做"献血人",但谁都无法逃避成为蚊子生存繁衍的"贡献者"。这不得不说是作为万物之灵长的人类的一大悲哀。

附录：

醇享人生在寿域

陈得时

新近读了由安徽文艺出版社出版发行的作家楚仁君的文集《古城时光》。书中的一篇篇短文，看后让人总觉得作者的笔触仿佛就像那一只只飞鸟，自由地翱翔在湛蓝的天空，辛勤地扇动着奋进的翅膀，矫捷地裁剪下一片片云彩，时而飞向淠河之滨，时而掠过八公山巅，时而栖息在古寿春的城头……

一

百灵鸟在鸣叫：开篇之作《牛筋头》是一篇小小说，主人公"七舅是庄里出名的牛筋头"。"七舅有着鸡蛋壳似的光头，一年四季帽不离顶，单帽、草帽、棉帽。光头的七舅用不着剃头，五十多年愣是没让剃头铺挣过一分钱。"出笔不凡！一下子，我就被开头这两句既平实又俏皮的文字深深地吸引了。于是，随手点上一根烟，认认真真地把该篇从头至尾连看了三遍，结果让烟屁股把裤子烧了一个洞。

看过开头，再往下瞧，作家为我们勾勒出的是这样一种典型环境中的典型人物：在一望无垠的旷野里，光头七舅戴着一顶破了檐的旧草帽，肩上扛着一把大锄头，快活地哼着推剧小调儿，走在去往自家白芋地的田埂上。忽然之间，一股风刮来，光头上的草帽被吹落地上。落了捡，捡了戴，戴了又落，再捡，再戴，七舅在光头上戴了又戴、摁了又摁被他视如家珍、大热天下地干活不能少的帽头子。可是，当它一旦被那讨厌的风儿吹与牛屎为伍，七舅便对其发狠地啐上一口唾沫子，毫不吝惜地将它一脚踢开。这还不够，嘴上骂骂咧咧，又用锄头狠砸一通，直到把破草帽砸成一摊碎草末儿这才罢手。正是通过以上一连串的"戴、按、摁"等典型动作的叠加描写，再加上这豪迈的一踢一砸，遂就踢砸出了典型人物的典型性格！

环境画面没有变，人物心态在转换：没了草帽的七舅在白芋地里荷锄挥汗，他那光头在火红日头的炙烤下显得油光光的。随着锄起锄落，一粒汗珠摔八瓣儿，他不禁觉得浑身上下像有虫子在爬。晌午刚过的庄稼地，四下里静悄悄，空旷而又寂寥。陡然间，光头七舅感到心里有点儿发怵，胆子变得小了，觉得周围似乎有鬼，身上不由自主地起了一层鸡皮疙瘩。可是，没过一会儿，他又亢奋起来，"对着来风的方向大骂，'你个龟儿子风，老子逮到你，非扒掉你的皮'"。文章到此戛然而止。

好！就小说创作的方式方法"抓住细节、深入描写"而言，抓住、深入不等于拖沓、冗长，适当的饱蘸浓墨可以精雕细刻入木三分增添文采，但着墨若是太多、太过，不免会适得其反，同时就有把读者当笨蛋的嫌疑了。这一写作技法的使用，作家在《牛筋头》里可谓是惜墨如金、恰到好处。另外，文中像"光头的七舅""很不自在的七舅"等句式，对顶针手法的运用自如、存乎一心，舞文之妙、跃然纸上，不仅对语言的修饰大有裨益，也为作品增色不少。

作为看客，有的人或许会埋怨《牛筋头》篇幅太短了——因为没看过瘾！这正是作家理性的故意和高明之处：文章虽短，但给读者留下了很有必要留下的想象空间。

二

黄鹂鸟在吟唱：《陪你过节》吟的是夫妻情，唱的是人性美！

有句老古话："老年怕丧子，中年怕丧妻。"但是，古往今来，在这个世界上，有一种爱叫不离不弃，有一种爱叫生死相依。譬如说，生者陪逝者过节。

生者陪逝者过节，本来就是一个凄清而又凄凉的故事。今天，展现在大家眼前的这一故事场景，是作家营造出的一种充满儒风雅俗并具美学意义的温婉氛围：静穆的房间里悄无声息，在一方不大的餐桌旁，端坐着一个面庞瘦削却透着坚毅、身躯柔弱而人显精干的中年男子，他珠泪涟涟直抒胸臆："芹，日子过得真快，今天又到中秋节了，我留在家里陪你一起过节。今天是你离开人世的第113天，也是你离世后的第一个中秋节。前两年的今天，你我都是在上海的医院里，或你二弟家里度过的，总有些异样的感觉，没有在家里过节那样随意、自在。"在以款款深情并用追忆的笔调描摹出这样一种特定的时间、特定的人儿、特定的空间环境之后，接着，作家的笔端是行云流水般的居家琐碎："你不在了，但过节总要有过节的样子。一早起来，忙着打扫房屋，收拾桌椅，刷洗积了多日未洗的碗碟、饭锅，然后给花浇了些水……"通过间接谴责自己的懒，自然就突出了妻子的好；"以前过节，都是你上街买了菜来，回头在家里一番切洗、炒炖，一桌子菜便上桌了。今年却有些不同，这些工作都需要我亲自上阵……我的厨艺你是知道的，烧菜之于我，如同炼狱般的折磨。"再接着，作家把自己的主观意愿和火热情感加以对象化，活脱脱地托物思人、托事咏人，不动声色默默动情地显示了高超的艺术技巧：

"菜端上桌了，正好十一点半，我们吃饭吧。从柜子里捧出你的相片，端放在方桌上……你还坐以前的位置,在你的座位前摆上一副碗筷,菜离你很近。过节是要喝酒的,你活着的时候一直滴酒不沾,闻到酒味都要吐,今天就给你倒杯白开水,以水代酒吧。我开一瓶啤酒……端起酒杯来,和你的杯子碰了一下,老婆,我敬你一个酒。你活着的时候辛苦了,为我们这个家操碎了心,你付出得太多……"乍看,都是一些平平常常大白话;细品,字字句句总关情。虽然话白得不能再白,但是,收到的却是情浓得不能再浓的效果。

一般来讲,人在情绪低落心境不好、特别是那思念故人不免伤悲的时候,便会产生强烈的倾诉欲望。在"中秋团圆佳节"这一早被先人固化了下来的尤为思亲的时日,生者则会对那离去的爱人产生倾诉的冲动。而作家这种衷肠泄底式的倾诉是肝胆相照的,也是撕心裂肺的。鉴赏《陪你过节》,其采用的基本手法是情感上的超现实、事理上的真境况,托物抒怀,物我交融,自然而然地表达了生者对亡妻的眷恋之深和思念之切,抒发了生死两茫茫的凄凄愁苦和那惝惶无奈的痴情,彰显了人性本善和那美的光辉。因之,也就更容易拨动读者的心弦,撩动人们的神经。

君可见,在中国文学史上,有许许多多读来揪心的悼亡诗,也有为数不少扯裂胸腔的悼亡词,作为以悼文样式奉献给读者的凄楚而又凄美的抒情散文《陪你过节》,则是一篇风格清奇、别开生面、催人泪下、感染力极强的作品。

三

啄木鸟在发声:"6月6日,本是个引发遐思和富有诗意的日子,但就在这样一个吉祥的日子里,在下却亲历了一件令人匪夷所思的事情,让一天中难得的好心情荡然无存。"这是小品文《吉祥日子里的诙谐一幕》开门见山、开宗明义告诉我们的。聪敏的读者马上就会意识到,我们的作家要用他的刀笔干预生活了。果不其然,紧接其后的如此文字出现了:

"这天下午,西街某银行营业厅1号柜台前人头攒动,前来办理业务的客户挤成一团。排在前面的两位是身着制服的女客户,两人一左一右,像守门神一样把持着柜台上的窗口,大声地与柜台里的女营业员说笑着。

"也许是身后乱哄哄的人群影响了她们的谈兴,或许是众人挤在一起散发的气味令她们作呕,两人都蛾眉紧皱,其中一位矮个女'制服'冷着脸对身后的客户说:'这边早着呢,你们都到那边去吧。'后面的客户都对女'制服'的傲慢无可奈何,便忍气吞声地相继离去。"然而,在形形色色各色人等熙熙攘攘的社会生活中,总有一些不愿由人随意摆布的哥儿们,"我"就是一个长有一副钢筋肋巴骨的人!他原地不动闷声不响地站着,俨然就像一尊英雄人物的雕塑。蓦地,矮个女"制服"像是这位哥儿们惹了她似的,一边厉色呵斥"你怎么还不走",一边严重申明"我们这边还早着呢"。

"我"终于怒不可遏了:"是3号柜台的营业员叫我到这边办理支票转存手续的。"女"制服"正要还击,说时迟、那时快,也就是恰在这一时刻,2号柜台前来了一位"我"和矮个女"制服"都认识的熟人。这才了结了双方顿时都感到既尴尬又难堪的对峙僵局。"而女'制服'所说的'需要很长时间'的业务,在很短的时间内便办理完毕了。"读到此处,我一下子想到了报恩寺二道院里粗大遒劲的千年白果树,恍惚中斜刺里又飞来一只啄木鸟,只听得"咚咚咚"声响,但只见从那斑驳苍老的树干上有两条虫子被叼了出来……

文章的结尾,作家尽显刀笔锋锐切肤戮颊:"三尺柜台,演义百味人生。女'制服'在小小的银行柜台都能淋漓尽致地展示一下高人一等的优越感,那么她们在办公室里对办事群众的态度也就可想而知了。

"当今社会,上自国家政要,下至平民百姓,用寿县俗话说都是'肩膀头一般高'的常人,在构建和谐社会的进程中,岂容有居高临下的'超人'?"

这才是作家撰写该篇文章的真实目的,也是他情不自禁发自肺腑的心声。就此,我要说的是:这是一种义正词严的当头断喝,这是一种与生俱来的赤子之心!

四

赤腹鹰在捕食:这种主要生活在长江中下游和淮河流域的大鸟,也算是非常威猛的飞禽了。别看它不像高原上的金雕和草原鹰那样体型巨大,但它健硕的身姿和一双利爪,足能把一只超重于自身的肥老母鸡抓到空中……作家在《古城时光》第三辑"国学偶得"里,发挥出来的是鹰爪功。这中间,他首先捕捉到的光辉形象是孙叔敖,接下来依次是老子、王翦、袁术、谢安、李白等,这些在中国历史上不但声名远播逸响后世,而且都是一些与古城寿县有着不解之缘的人物。

浅说一下《孙叔敖:退守保全成大道》。大家知道,孙叔敖是春秋时期楚国的一名贤相,司马迁在《史记·循吏列传》中把他列为首传。所谓"循吏",通俗点说就是忠君、爱民、亲民的廉吏。他辅佐楚庄王"三年不飞,一飞冲天;三年不鸣,一鸣惊人",并国大大小小二十六,开疆拓土三千里,一跃成为"春秋五霸"之一。作家在此把这对君臣事迹只是点到为止,他所要阐述的重点,是孙叔敖的民本思想和"退守保全"主义。

孙叔敖所处的那个时代是奴隶社会,生产力极其低下,人们种粮完全依靠大自然的馈赠。文中说,孙叔敖的主要功绩之一,是施教导民,在古寿春地区征集民力,开挖了"天下第一人工大塘"——芍陂,也就是自唐代以后人们俗称的安丰塘。它不仅仅和都江堰、郑国渠、漳河渠并称为中国古代"四大水利工程"且居其之首,更重要的它是中国亘古以来第一个社会性的特大型农田水利工程,标志着人类已从各自为政单打独斗的"听天由命型"农耕,发展、进步到广泛的区域性"协作灌溉型"农耕。这个不得了!它具有划时代意义,人类社会从此跨进了"农耕文明"的门槛。自此,我们的祖先彻底告别了茹毛饮血的蛮荒时代,人类社会由原始落后状态下的社会类型,逐步迈进比较先进的农业经济社会。因此,我们不能不说孙叔敖主持兴建的芍陂,在社会学意义上具有重要的创造性和超前性地位。它在五彩斑斓的世界古代文明的画卷上,深深地烙上了中国印!

文中又说,孙叔敖身居相位清正廉明,是古今从政为官者的楷模。《辞源》里解析,孙叔敖"三次得相而不喜,三次去职而不悔",对个人的得失或浮沉并不计较。如此大度的忘我精神实属难得!他为相期间,虽在"一人之下、万人之上",但穿的是布衣,吃的是粗粮,出门公干坐的是用木头制作的已经破旧了的车子,拉车的也只是那瘦弱的牝马;他的妻儿不衣帛;他穷得家徒四壁,竟然自个死了之后连口棺材也没有……

文中还说,由于孙叔敖在发展楚国经济和军事斗争中屡建奇功伟业,楚王曾经多次要封给他一块肥沃的土地作为奖赏,可他说什么都不要。直到临终前,他还嘱咐儿子,楚王如若为了追思封赏土地给你,旱涝保收的好地万万不能要,只能接受比较贫瘠的,这样就不会惹人眼红招人嫉恨。因此,后来他们家受封的是易发涝灾的"寝丘"之地,以至绵延子孙十世不绝。于此,作家喟然叹道:"孙叔敖此乃高明的保全之道,是以退守的方式来获得自身的保全,体现了楚相孙叔敖的超人智慧。"

人生一世,无论成功和失败、盛衰与荣辱、保全与旁落、欢乐和痛苦,都会如同淮河之水东流去。挫折、打击、孤独、寂寞……是人生不可缺少的调味品,消除的是怯懦,成就的是坚强,赐予我们的是几多精神的充实与丰厚,教会我们的是对生活更多的感悟和理解,进而逐步走向成功和成熟。坦然地面对自己的遭遇,或好或坏,或对或错,见得多了、经验足了,自然而然就会明白,并非人人事事都能完美和一帆风顺。一言以蔽之,一个人在生命的旅程中,只要自己奋斗过、追求过、经历过,挫折和打击又有何妨?直面和善待真实的人生才对得起自己。

言归正传。《古城时光》所涉猎的体裁、题材是多样的,足见作家对于文字和体例非凡的把握能力。

五

白天鹅在展翅:有资料显示,一只成年白天鹅的体重最高可达十八千克左右,它可以飞上九千米高空几天不吃不喝、借助气流因素一次性飞行千余千米,然后稍事休息继续飞翔,只为了完成自己作为候鸟的使命。

大凡优秀的作家,都会走笔于熟稔的生活路径,都有个宽广的故土情怀呀!仁君老弟在文学创作的泱泱天地间,在古城生活的悠悠时光里,已经领悟到人生最实质、最本真、最主体的内涵。岁月可以把痛苦的磨砺和成功的硕果糅进生命的脉络,滋养人生、丰富人生,而智慧人生、醇享人生才算是真正的赢家。"海阔凭鱼跃,天高任鸟飞。"机不可失,时不再来;自然法则,时不我待。让我们一起珍惜,珍惜每一寸光阴;愿我们一起努力,努力圆好文学梦。尤其是你,正处于年富力强的人生写作黄金期,既然已经练就为一个短章高手,那么期盼你就像一只白天鹅,在今后的日子里,张开大翅膀,飞向大境界!

心灵的吟唱

时洪平

仁君的大作《古城时光》,经千锤百炼终于出版发行啦!这是他奋斗的足迹,是他生命的结晶,是他心灵的吟唱。手捧千里之外寄来的精美书札,高兴之情绝不亚于自己出书。

之前,仁君陪同县领导来川考察时,告诉我他准备出本书。后来也曾寄来书稿,就书名等征求我的意见。相比他人而言,仁君既没当过兵,也没进过高校,更没下过海经过商,始终如一的是到哪都是拿笔——写。从县广播电台驻区记者到迎河文广站,从迎河镇党镇办主任到文广新局办公室主任,写下数以百万字的文章。其中,许多为完成工作任务的应时之作,随着时光的流逝沉淀了,而自己比较满意的作品则编入了《古城时光》,呈现给大家。诚如赵阳先生所言,他"和这座古城里的人们一样,在生活的海洋里痴迷而执着,用一双双手,共同弹奏着,用心歌吟着"。可不,翻开书中的件件作品,扑面而来的"浓浓的乡情""绵绵的亲情"和"殷殷的家国情",不正是仁君用心灵吟唱出的一首首美妙的乐曲吗?

初识仁君,还是他在乡镇工作时。那段时间,我在县委宣传部和县文广局工作,经常到乡镇去,一来二回就和朴实憨厚的他熟悉了。我经常见他发表大量的通讯报道,快捷及时,以小见大,满腔热忱地用心歌颂着乡村中发生的人和事。在乡亲们的眼里,在"三夏""双抢"的田间地头,在"防汛抗旱"的风口浪尖,随时可以看到他瘦弱而矫健的身影。用他自己的话说:"以自行车为伴侣,以笔为武器,冷眼看世界,秃笔写文章。走遍全区11个乡镇200多个村庄……与采访对象同喜、同悲、同忧、同怒。"那时,在同行和我的心目中,他已是植根泥土、特接地气的寿县一支笔啦!

我们在开篇看到的几篇小说以及随后的多篇乡情散文,应当是他那时生活的积累。他写寡汉、海量、命运多舛的"九爷",生命的绝唱是将一辈子舍不得喝好酒节省下来的两万六千块,捐给了敬老院;他写视草堆如命的"六舅",是乡亲们眼中的能工巧匠,在草堆上实现着他的人生价值,一样受人尊敬和推崇;他写酒海称霸,英雄一世,把岁月腌咸风干,在孤独寂寞中下酒的"水爷"以及皮黑肉糙、生性执拗、脾气暴躁、阴晴不定的"老鬼"等,一个个活灵活现的乡村人物,虽不如鲁迅笔下的阿Q、孔乙己、少年闰土那样典型深刻,却也笔调清新、栩栩如生,生活气息浓厚。故事引人入胜,手法不落俗套。

他写乡情散文独具特色。在含蓄美感上落笔,从一件事、一个场景入手,驾驭文字,选择角度,重在写情,选取那些能传达美的素材,表现温情美、生活美、沧桑美,把感悟最深的写透,把文章的分量做足。

他写《牵牛花》:从历史的废墟中张扬起绿色的头颅,从唐诗宋词的背后延伸如茵的情韵。牵出小村庄古朴凝重的沧桑,牵来放牛娃悠扬婉转的笛音;牵走少女窈窕可人的姿影。它向上的喇叭四季而歌,艰难的步履在风雨中昭示着攀登的快乐。

他写《听雨》:是谁在弹奏柳叶作弦的琵琶?是哪对恋人在喁喁私语?沾衣不湿杏花雨,春雨是春姑娘的洗发精,飞舞的是白色的泡沫,轻盈而晶莹。春雨像烟一样柔弱,像雾一样和蔼,使泛着圣洁光芒的大地从沉睡中醒来。是春雨轻轻地抚摸着山川、河流,柔声地呼唤着小草、野花。一切都朗润起来了,一切都明艳起来了,一切都活泼起来了。接着笔锋一转,画龙点睛,道出了"原来,春雨是生命的交响曲"!结尾他把"身世浮沉"看作心灵的浮沉,任浮任沉心自宁;把"听雨"当作一种对心灵的洗涤,深信"心中有春,秋也是春;心中有春,秋雨也是春雨"。

读着这些情深意浓、饶有兴趣的文章,不禁使我想起国学大师、学界泰斗季羡林曾经说过,写散文要像写诗那样的来写,文章读起来才有味。这个味就是给读者丰富的想象空间。仁君正是遵循大师的教诲,在创作时酝酿了充分的激情,选择那些深深感动了自己的人和事,以诗一般的语言来表达内心深处的情感。他深知,自己都没被感动的事,千万不要轻易动笔。靠冥思苦想出来的作品,必然苍白无力,多半是废品。

他写《那树·那花》：栀子花是农家的女儿，是农家的希冀，是农家的骄傲，是农家的富足，是农家的故事。"栀子花，是家乡的相思花，永远是我沧桑心路上一枝清纯的花。她缀满思念的芬芳，相伴我的一生。"

他写《心底的荷塘》：家乡那片荷塘，是我心底恒久、悠深的记忆。兴许是受安丰塘碧水的恩泽和浸润，荷塘像一位婷婷袅娜的少女，雍容、娇媚和多情。他深情地描述着"白日里的荷塘"，莲花绽放着迷人的笑脸，幽香暗传；晚间的荷塘，有着别样的妩媚；严冬时节的荷塘，雪花飞舞，却是另一番景致。家乡的荷塘，给了我很多馈赠，都定格在我儿时的记忆中。今夏再回故乡，去探访那心仪已久的荷塘，可哪还有她的影子？浅吟低唱出对故乡的一往情深和无尽思念。文章没有华丽的辞藻，不用生僻晦涩的字词，朴实无华，生动深邃，富于哲理。正如杜牧所言："文意为主，气为辅，辞采章句为之兵卫。"而写朴实的文章正是他写作上成熟的标志。

21世纪初，我局的大多数工作在省、市有一定的地位和影响，唯独创研工作是短板和软肋。鲍广喜局长上任后，求贤若渴，下决心要改变这一状况，委托我在系统内推荐人才。在我脑子里储存的人才库里，瓦东有个农民作曲家魏艺，瓦西当数能写会写的楚仁君。当我到乡镇协调此事时，乡镇领导也让我的诚意给打动了，以大局为重，忍痛割爱，给予大力支持和方便。于是，我和仁君就成了天天见面的同事和搭档。

他初到文广局的那几年，正逢文广事业在艰难中奋力爬坡的年头，工作千头万绪。虽忙虽累，但丰富的文化建设实践，给了仁君施展才华的大好时机和更大舞台。在古城的那段时光，他"独拥小窗"，如饥似渴、废寝忘食地学习研究，写了大量关于"文化（立县）强县""文化遗产保护""文化旅游"等理论文章，从篇幅上看，将近占全书的三分之一；从形式和内容上看，涉猎之广，触及之深，令我们这些干了多年的老文化也自觉汗颜。说实话，我对这部分文章更感兴趣。因为在这些文章里，仁君记下了文广人弘古创新、开拓进取的足迹，讴歌了文广人自强不息、艰苦奋斗取得的业绩，更主要的是看到了在这个勇往直前的浩荡大军中也有我的身影。

在《定位与跨越——关于寿县打造文化强县的几点思考》等文章中，仁君紧紧围绕寿县特色文化，对大量历史文化资料，进行去粗取精、去伪存真、由此及彼、由表及里的加工制作，从影响力、区域、艺术、民间民俗文化、自然与人文景观以及现代革命史六方面，对寿县的楚文化、戏曲文化、优秀民间文化、奇特的山水文化和红色文化资源进行准确定位；充分肯定了其深厚的文化底蕴、独特的文化资源及优越的区位优势为寿县发展文化旅游提供了必要条件、奠定了良好基础、展现出了广阔的前景;一针见血地指出"重视程度不够,保护力度不够,基本保障不够",是"古城不成古""名山不成山""遗产不成产"的根本原因;进而提出了基本思路,阐明了工作对策。可谓定位准确,问题清楚,思路清晰,措施有力。这些文章和以往此类文章相比,在深度和高度上,都有了质的飞跃,在省内外产生了更为深远的影响。

那几年,国家对文化的投入与如今大不相同,资金投入少。兴建寿县博物馆(寿春楚文化博物馆)和重修寿州孔庙,不得不发动社会各界踊跃捐资。他目睹"众人拾柴火焰高"的动人场景,以及筹建廉政教育基地和非遗馆等轰轰烈烈的文化建设实践,涉前人从未涉足的领域,写前人从未写过的文章。于是又有了《古建筑的地域特色(及艺术美)》《寿县芍陂(安丰塘)申报全球重要农业文化遗产的设想及建议》《推进寿县廉政文化建设的对策与思考》及《浅析寿春楚文化对中国和世界历史文化的影响及贡献》等诸篇大作,令人耳目一新,催人奋进。

此外,《母亲》《乡下嫂子》《我妻无金也美丽》以及《巴蜀那个叫汶川的地方》《抗战纪念馆里的震撼》《水危机与水忧患》等篇目,也深深浸透着"绵绵的亲情"和"殷殷的家国情"。尤其是《陪你过节》,与爱妻难以割舍的凄切之情,令人潸然泪下。谁说这不是他用心灵吟唱出的如杜鹃啼血般的爱情永恒曲?

说到这里,我想换个话题。前两天大洋彼岸一位战友发来一则微信:"2017朋友圈最狠的11个段子,你看过几个?"其中有个段子说:"毛竹用了四年时间,仅仅长了3厘米,但从第五年开始,以每天30厘米的速度疯狂地生长,仅用六周,就长到了15米。其实,在前面的四年,毛竹将根基在土壤里延伸了数百平方米。做人做事亦是如此,不要担心付出得不到回报,因为这些付出都是为了扎根,等到时机成熟,你就会登上遥不可及的巅峰。"这与仁君的心路是何等相似!多年来,无论在乡下还是城里,也无论在哪个岗位,他都能做到被人误解的时候能坦然一笑,吃亏的时候能开心一笑,无奈的时候能达观一笑,被轻蔑的时候能平静一笑。不管身处顺境还是逆境,也无论为官还是为民,他都保持着一颗平常心,多做好事善事。

《古城时光》为古城锦上添花。我衷心地希望仁君继续发扬肯吃苦、能受累的"拼命三郎"精神,为古城人民写出更多更好的作品,为古城的文化事业努力、努力、再努力!

读楚仁君和他的《古城时光》

陈立松

朋友有两种,一种是用来相处的,另一种是用来读的。楚仁君当属我要认真去读的朋友。我平凡的一生可圈可点的事情不多,能引以为骄傲的可能就是处了几个好朋友而已。仁君即是我的好朋友之一。

仁君其人

同船过渡是缘,我和仁君成为无话不谈的朋友,缘分应该不浅。1992年的春天,县委宣传部组织全县的通讯员到金寨梅山学习,我和仁君邂逅美丽山城,开始了跨越世纪的兄弟往来。

仁君是一个勤奋的人,爱好新闻写作。勤才能出新闻。由于他的勤奋,他的新闻作品经常刊发、获奖。他挖掘了淠河岸边的百岁女艄公风风雨雨80年为群众摆渡的事迹。一时间他的这篇新闻稿被中央和省市各级媒体转载,仁君因此出尽了风头,更令我们这些写新闻的人对他刮目相看。

仁君爱学习,善积累,工作默默无闻甘于奉献。他善于捕捉深度报道。20世纪90年代后期,农村税费征收出现了瓶颈,制约了乡镇发展,他写了一篇调研文章《锈锁是怎样打开的?》,探讨了基层在税费征收中的新思路、新做法,引起了县领导的重视。也许是名如其人吧,仁君身上有君子之风,和他交往觉得十分轻松愉快。2006年后,我到记者站工作,与仁君的接触更加密切,常在一起小聚。他虽然经济比较拮据,但吃饭必定是他结账的多。即使有时候结不了账,隔几天他肯定还会邀我们聚聚。朋友之间不是看重吃饭谁结账的细节,但饭桌上也是能看出一个人品行。

仁君的勤奋和任劳任怨换来了丰厚的回报,他从偏远的迎河镇被破格选拔到文广局担任办公室主任。写材料,办文办会,来人接待,他都做得井井有条。用两任文广局长的话说,把办公室交给楚仁君,我们放心。就在他繁忙的工作之余,仁君一直笔耕不辍,文学创作也取得了丰硕的成果。

仁君其文

仁君不事张扬,他的文章和他的人品一样,让人有一种清风徐来的感觉。

2006年冬,仁君母亲谢世,我去他老家过了一夜。仁君的老家左临安丰塘,右傍淠河。秀水的滋养让仁君文章充满了灵性。他用他的笔,写他故乡的人故乡的事,饱含深情。

仁君九岁时父亲过世,让仁君的少年时代就充满艰辛。也许就是少年时的苦难,磨炼了他的意志,他才能在做人做文处世上登上自己的人生高地。十岁,仁君就进到生产队的磨坊推磨挣工分,为母亲分担家里的忧愁。在《磨坊岁月》里,他遇到了生产队管理磨坊的文宽表叔。"尽管文宽表叔变着法子帮我驱散瞌睡虫,但我那时毕竟还是一个贪睡的孩子,有时还是忍不住犯困。有一天早上推磨,文宽表叔一边忙活着,一边给我们讲锅打店的传说,我抱着磨棍,走着走着便睡着了。磨盘那边的福子哥(文宽表叔的儿子,比仁君稍大)恶作剧,将磨推得一撅一撅的,见我还没醒,便将磨猛一撅,又猛一停,我猝不及防,一头栽过去,头磕在旁边的缸沿上,血立时就出来了,我的眼泪也下来了。正在放单上滤浆的文宽表叔见了,慌忙把我扶起来,气得鼻子都红了。他转身操起笤帚疙瘩,朝愣在一旁的福子哥屁股上猛抽。福子哥捂着屁股躲闪着,文宽表叔一边咒骂着,一边撵着打,打得福子哥鬼哭狼嚎的,都叫叉了音。等笤帚打散了,文宽表叔还是气咻咻的。他用围裙揩干我额头上的血迹,又从火柴盒上撕下一块火柴皮贴在伤口上……"为什么我要举这段文字为例?因为看这段文字时,我想到了我的磨坊岁月,我想起用火柴皮贴伤口的那个年代,我想到文宽表叔那博大的情怀,我想到仁君是一个重情之人,几十年后,还能把磨坊岁月记得那么清晰!

朱光潜说,有钱难买少年穷。正是苦难的童年,成就了仁君坚强的意志。他克服了家累、人忙、事多的羁绊,通过孜孜以求,读书、思考、追寻,终于形成了自己独特的文风,在寿州文坛独树一帜。

就这样,我一边与仁君交往着,一边品读着他。他就是一本耐读的书,翻他千遍万遍也不厌倦,与他结缘三生有幸,他注定要成为我的良师益友。

仁君其书

2016年冬,《古城时光》由安徽文艺出版社出版。我知道,仁君近几年把自己整个身心都放在照顾罹患癌症的妻子身上。他的文字里除了泪便是血,36万字可以说是字字泣血。

手捧《古城时光》，《牛筋头》里的七舅、《六舅的草鞋》里的六舅、《九爷》里的九爷、《磨坊岁月》里的文宽表叔，淮南农村一个个小人物在仁君的笔下鲜活起来。他写小人物，他懂那些生活在社会底层小人物的喜怒哀乐，他用善良的笔写善良的人歌颂这个善良的社会，这些都在《古城时光》里得到充分的再现。

仁君知识面宽，涉猎的层面广。他调到城关工作后，寿州深厚的历史文化一下子展现在他的面前，让他兴奋让他彻夜难眠。他宵衣旰食一头扎进寿州文化的深处，短短几年的时间，他殚精竭虑写下20多篇对寿县历史文化名城建设、发展、规划有价值有深度的调研文章和论文。

文化是一个城市的灵魂。在《古城时光》里，我认真研读了《寿县文化遗产保护工作的难点及对策》《推进寿县廉政文化建设的几点思考》《寿州文化现象：民间禁忌中的秩序观念》等文章，说句实话，这些文章观点之高之新之远见，用高屋建瓴来评价一点都不为过。如果不是和仁君相识，倘若有人说这些文章是一个资深的楚文化学者写的，我会深信不疑。而这些文章竟出于仁君的笔下，他耗费了多少心血是可想而知的。

仁君到县文化馆工作有些时间了，去年冬天，我去他办公室坐一会儿，他瘦削而单薄的身子弱不禁风，唯一双眼睛里透着智慧充满灵气，脸上写满善良。一杯清茶，一支香烟，一本厚厚的《淮南子》，他又在啃这部鸿篇巨制。作为一位文化工作者，仁君当之无愧。

文章结尾时，忽然想到卞之琳的那句诗：你在桥上看风景，看风景的人在楼上看你。是啊，仁君，你在读古城，我在读你！

享受文学的真味

王继林

仁君虐我千百遍

——我读《古城时光》

读楚仁君的书《古城时光》，我大致对小说的作法有了一些认识，要么精致感人，要么铺陈博大。长与短都需要一个支点，短而紧凑，长不至于拖沓，不因缺少向心力而散了架。他的《古城时光》的第一辑"人生百味"头五篇《牛筋头》《六舅的草堆》《九爷》《水爷》《老鬼》，像是在民俗里翻着筋斗,似捶过千百遍的青麻。

我们试着从《老鬼》一文来窥测其中之妙。老鬼本姓李,因个矮,身脸糙黑,人前人后大家叫他老鬼,加上生性执拗,脾气暴戾,捉摸不定,在村里是一个鬼不缠、惹不起的人物。老婆死得早,丢下老鬼爷仨相依为命。大冬天里三人伙盖一床被,架不住两个儿子夺抢,索性半夜"摸到剪刀""咔嚓""刺啦"撕成两半,"把半片甩给两个睒睁着的儿子,自己裹着另一半倒头便睡"。在小说里,我们无法界定老鬼这一形象的时代特征,老鬼怪异不羁的行为并不是所在环境的必然冲突。但围绕这密不透风的土地,那衍生在贫穷土壤上无法泄热的燥病,通过它们大概能找到一些原因。开篇的《牛筋头》中的七舅,亦有着老鬼一样的性格,那时候中国每个村庄都或多或少存在着这样的老鬼或牛筋。萧红的《呼兰河传》中的"有二伯",残雪短篇小说《去菜地的路》中的我的叔叔"仁升",他们共同成为悲剧命运的宿主。

"光头七舅(牛筋头)没走出几丈远,风像故意找碴似的,再次掀掉七舅头上的草帽,落下的草帽不偏不倚,正巧帽窝朝下扣在一堆干硬的牛屎上",最后牛筋头将气撒在草帽上,"不消几下,那顶草帽就被砸成一小堆软耷耷的碎草"。同样的情形也发生在老鬼身上。《牛筋头》《老鬼》互为呼应,加强了这一性格的塑造。

"太阳已经升起来,锄过的新土在潮气和露水里,散发出一股浓烈的清馨。一阵凉风吹来,老鬼浑身起了一层鸡皮疙瘩,就慌忙将领衣穿上。锄了一会,汗又出来了,又脱下。脱了又冷,再穿上,再脱下",老鬼心里腾起"无名火","'你这龟孙子。'老鬼大骂一声,挥起锄头向地上的领衣刨去,几下将领衣刨成了碎片。老鬼一屁股瘫坐在地上,牛一样地喘着粗气"。在读者看来,老鬼身上充满着喜感和幽默成分,然而土地不言不语,哪怕再空旷的棉花地也找不到一个可以倾诉的对象。这样想来老鬼就定格在那个晴空底下,脊背上汗渍着盐霜,看着空茫四野。老鬼自然有自己的伤感处。

"这年,老鬼领衣沤过的几棵棉花长势特别好,叶子黑嘟嘟的,棉桃也出奇地大,只是摘下的棉花不怎么白,就像老鬼的脸。"

从楚仁君五篇小说观之,他的短篇小说的文学性最丰富,富于生气和张力,不穷不窘,信手拈来。其叙述技巧和语言魔力有特别的看点。《六舅的草堆》写了个气喘且聋什么事不能干的"白芋头子"却有堆草的功夫,整个小说说的就是"堆草"这件事,"那个大草堆就像刀削斧刹一般,齐崭崭的,小底盘,大肚子,上面像山墙一样棱角分明,顶子上呈鱼脊状,两头还翘着角","晚上收工回家,六舅磕上一钵子青辣椒,就着'八毛冲子'酒,喝得红头涨脸。他还混着痰音哼出几句四句推子:'喜洋洋顶五星走出了张家村,借送茶去会那张家的郎君……'"

仁君对草堆的描述以及"红头涨脸"四字，用的是地方语言，但很传神，不扭捏生涩，做到了既可意会又可言传。《古城时光》部分篇章已经达到了寿县方言向书面语言转化的全新革命，带来全新面貌和文化自信力。《六舅的草堆》最后一句，"队长苦着脸对老耕说：'要是你伯老聋子不死，唉——'"，联系上下文，"你伯"称呼并不需要附注说明。因此说适当的语境是对方言最好的诠释。李延孟在本书序中说，"虽然一些篇章欠细琢、打磨，却给刻意寻求文学技巧的人们以深刻启示"，这句话是恰当的，越是自己的语言，越朴素越抵化境，是真巧处。楚仁君将全书仅有的五篇小说放在第一辑题首，彰显其开掘气象，表明了自己的意趣宗旨，为全书四辑渲染了浓重的时光背影。接下来的第二辑"世相杂说"、第三辑"国学偶得"、第四辑"文化省思"，或疏或密，或反或正，像滴下去的墨汁在轻匀的晃动中呈现出丝丝缕缕的光晕。

就拿共同看好的第二辑开篇《时光的风从古城吹过》来说，是借有故事人的嘴说出的清新美丽的词语："远山衔古树，近水走渔船。拾级登临处，放眼草木欢。微风里，心湖澎湃，倚墙远眺，感受着时光之河，感受着时光之手，感受着时光之风。"仁君于我声闻已久，但相遇不多，只数次相见却给我留下非常深刻的印象，身形黑瘦，架一副深度近视镜，言语不多却出语爽利，或谈起国学历史，无论是官守循吏、起蔚颇牧、令尹国相、才子佳人，他都有自己的沉思和卓见。在文化系统工作多年，没有沾染官场习气，在他身上看不到乖巧伶俐，却有一股敦厚儒风。人到中年，生活给他开起了玩笑，《陪你过节》（第一辑中）满纸辛酸。他的书中苦痛的部分需要有那个年代经历或受过苦痛的人方能理解，这大概就叫迷因。文学自有其自身的肌理，懂得规则，热爱文学，自能享受文学的真味。

500条成语勾画寿春文化
——读《典藏寿春：寿县成语500条》

"文化寿州丛书"之《典藏寿春：寿县成语500条》，由安徽文艺出版社出版发行，洋洋十数万言，一经投放市场即带来良好的阅读效应。

《典藏寿春》一书早在三年前就被县文广新局局长李延孟同志预先冠名，并敏锐地觉察到古城寿春完全有理由成为中国成语之乡。可在茫茫的书海当中捕获并收集这些成语典故殊非易事，需选派专人确定专责矢志完成之。这项浩繁的工作就落在了县文广新局创作研究办公室主任楚仁君身上。

《典藏寿春：寿县成语500条》一书，按照志书的体例进行编排，共分为舆地类、兵事类、人物类、著作类等4类。500条成语的分布，舆地类5条，兵事类14条，人物类37条,著作类472条。合计528条。其中著作类占总数约90%。可见,《典藏寿春》的编纂工作是一件卷帙浩繁的工程。对照中国成语之乡邯郸的成语特点,寿春成语亦有其独特性,从作者对各成语出处及词频分析看来,寿春的成语当有三个"母题":楚国考烈王迁都寿春,淮南王刘安及其皇皇巨著《淮南子》以及驰誉中国历史的"淝水之战",而《淮南子》因成书的独特性成了寿春成语典藏的总汇。

从《典藏寿春:寿县成语500条》的编排上,本书开篇有"前言",总论成语的形成和意义以及寿春成语的特色;后有"凡例"方便读者阅读、检索和查阅;每章节前有概述,对本章节成语形成特点进行了分析和研究;每一则成语都有汉语拼音注音并进行详细解释。显见,这是一本既丰富又老少咸宜的工具书。除了知识性以外,本书更体现了编纂者浓浓的爱乡情结。寿春乃一古城,千百年来文明璀璨,那整齐排列的成语典故无不突显出文化的厚重。其舆地"优良的地理和气候条件,使寿春自古就物产丰富,富甲一方";其兵事"在寿县曾发生过中国历史上以少胜多、以弱胜强的著名战例——淝水之战";其人物"寿县人杰地灵,人才辈出。汉魏以来,荐辟名贤200余人";其著作"《淮南子》'牢笼天地,博极古今'";文末附录《古代名人咏寿春》,不仅突出寿春成语的文学运用,还用那些优美的诗词文赋昭示了编纂者在词语的世界里探幽取胜、光大寿春文化的初心。

三载的谋划,三个月的集中编纂,其间家事堪哀,愁绪萦怀。编著者楚仁君先生苦心孤诣,终于完成了这项神圣而艰巨的任务。本书出版之际,淮南市申报"中国成语典故之城"工作正如火如荼进行中,《典藏寿春:寿县成语500条》的出版,定能为申报工作助力。

后记

用文字救赎灵魂

有人说,文字是与自己灵魂的对话,是与读者思想的碰撞。我要说,文字是对生命和灵魂的救赎。

我们生活在这个世上,本可以无忧无虑、按部就班地走过自己的一生,但是当你成长到一个阶段,或早或晚,可能都会产生一丝疑虑:我到底该怎样去生活呢?我生命的意义和价值究竟在哪里?于是,我们需要一种东西去承载心中的疑虑,去解答我们的问题,去探索生命的意义,去抒发内心的感情。我想,最好的载体就是文字。

从识字开始,我便对文字有了一种特殊的感情。尽管那时还小,对文字世界里贮藏的博大深意尚是青涩懵懂,但偏偏是不可救药地喜爱文字。在校读书期间,每个做过学生的人都有自己喜爱的老师和科目,我所喜爱的老师大部分是语文教师,喜爱的科目也是语文、历史、政治这些偏文的科目,我的作文天赋,也就是在那时候开始被发掘和展现的。至今还记得,当年的语文老师手捧着作文本,站在讲台上声情并茂地朗读我写的作文时的情景。看到同学们纷纷投来羡慕、崇拜的目光,我心里甜滋滋的,对文字有了更深的挚爱和眷恋。

兴许是上天眷顾我对文字的一片痴情,参加工作后所从事的职业仍是与文字有关。五年的记者生涯,让我的人生得到充盈和淬炼,对文字的魅力有了更深的理解和领会,驾驭文字的能力有了新的提升。乃至后来,我的工作岗位虽几经变换,但一直与文字打交道。可以这样说,我的一生中始终没有离开过文字,舞文弄墨、码字写稿成了我终生的职业,与方块字结下了难解之缘,文字已深深地融入我的生命之中。

长年累月的文字生涯,让我的生命和灵魂有了归依,感情的潮流每每在文字的飞扬中得到沉淀,痛苦和躁动也常常在文字的流动中得以释怀。我在文字中抒发自己的心绪,释放自己的情怀,感悟人生的真谛。我用文字磨砺自己,陶冶自己,锤炼自己,升华自己。走进文字的世界里,我可以毫不掩饰地设定自己的思想与精神,让它自然或非自然地增加风韵。走进文字的世界里,我随时都可以烂漫在萧瑟的秋风里,在心的沙漠中描绘出一片绿野芳洲。走进文字的世界里,我可以随心地畅扬华丽的想象,任意地飞翔在蓝天白云中,去感受那一片空旷,那一片清新。走进文字的世界里,我可以惬意地偎依在海的怀抱里,书写着那一份温情和博爱……

有文字相伴,我的生活是充实的,我的感情是丰满的,我的生命是美好的。当成功时,我用文字记录当时的精彩,与更多的人分享我的喜庆;当失意时,我用文字写下所思所想,能够得到朋友给予的及时的鼓励。我坚信,生命中的精彩在于发现,字里行间的魅力在于推敲,想到和写出是两种不同的感受。通过文字,我找到了更多的自信,也展现出更加真实的自我。文字,让我拥有了独具华美的春天,灿若夏花的浪漫,成熟丰硕的秋韵,清幽静美的雪原。

一分文字,十分心血。我不想说码字是苦旅,因为至少到目前为止,我没把它当作负担或煎熬,反而是心里似乎有好多的声音在不断地催促我,有空就把它用文字记录下来,不论散文、随笔或者小说。我唯独担心就是自己的拙笔把这美好践踏,让写出来的文字味同嚼蜡、淡而无味。在与文字的对话中,我突然明白,码字也是一种自我疗伤,落在纸上的文字就是唤醒心灵的乐符,在等待另一个音符和它共鸣。这种自我陶醉会解救我匆匆的脚步,将我带到另一个更加美好的世界里,让文字在那里无限疯狂。

我想生命过半,与其被生活折磨成不堪,不如把今日当成生命里一次重生,淡然安定,为经历过的曾经写点文字,祭奠下稚嫩的成长之路,把那些路过的风景读成诗,画成画,用另一种崭新的姿态迎接生活。感谢那些我遇见的感性的文字,湿润了我每一根敏感的神经,让我逝去的灵魂在生命的历练里逐渐复苏。倘若文字真能对一个失去自我的人进行灵魂的救赎,那么我虔诚地希望在文字的温润里获得新生!

楚仁君
2020年7月于寿春